SV

Vincenzo Consolo
Die Steine von Pantalica

Sizilianische Geschichten

Aus dem Italienischen
von Anita Pichler

Suhrkamp Verlag

Die Originalausgabe erschien 1988 unter dem Titel
Le pietre di Pantalica
bei Arnoldo Mondadori Editore S. p. A.,
Mailand.

Erste Auflage 1996

Druck: Wagner GmbH, Nördlingen
Printed in Germany

Die Steine von Pantalica

Meinen Neffen
Nino und Rino

Theater

Rückkehr

»O Jesù Cristo, co 'l puoi sofferire
de sì amara morte farme morire?
Damme licenzia de ma ferire,
ché mo m'occido con gran desiore.«

Jacopone, *Como l'anima piange la partita del suo amore*

»Ding ding ding ding ding«: fünf Schläge eines schrillen, erschöpften Glöckchens; die Nacht ist das schwarze, vorgeburtliche Nichts, sie frißt unsere Lebenszeit, sie stößt uns in die schwarze Ewigkeit des Todes; die Stunden entschwinden, fliegen in Schwärmen davon, wie die Schwalben vom Glockenturm.

Agrippino wurde aus dem Schlaf gerissen; er öffnete im Dunkeln die Augen und blieb rücklings, die Arme neben dem Körper ausgestreckt, reglos auf dem Strohsack liegen. Er spürte seine Knöchel und Handgelenke in Riemen eingeschnürt, seinen Brustkorb zusammengepreßt von einem Leinengurt, der hart wie Leder war. Er wähnte sich noch in Santa Maria della Pietà und wartete auf den beißenden, säuerlichen Geruch der Pisse und den süßlich-fettigen vom Schweiß, die ihn jedes Mal überfielen, sobald er erwachte; und auf das Jammern, Schreien, Brummen und Klagen, das Stimmengewirr der Station; und auf das erbarmungslose Licht, die Sonne, die durch die Scheiben der großen Fenster auf den grüngefliesten Fußboden des Schlafsaales fiel und über die Laken näher kam auf seine geschlossenen

Lider. Doch dann hörte er hinter der Zellentür das Murmeln und Schlurfen der Mönche, die in einer Prozession den Gang entlang in den Chor zum Morgengebet zogen. Da wurde ihm bewußt, daß er nicht mehr in Rom war, sondern auf Sizilien, im Kloster San Michele in Caltanissetta. Rasch setzte er sich auf, er war frei, und schon wurde ihm schwindlig. Schwach war er, sehr müde, aber nicht von der Reise. Es war eine Müdigkeit, die älter war, sie stammte aus der Zeit vor seiner Einlieferung ins Krankenhaus. Sie schien von seinem Kopf auszugehen, und wie aus einer umgestürzten Flasche glitt sie, eine teuflische Flüssigkeit, Tropfen für Tropfen an seinem Körper entlang, an Armen, Rumpf und Beinen, sog ihm die Kraft aus Muskeln und Knochen und gab ihm dieses andauernde Gefühl von Gliederschmerz und Schwäche.

Er stieg aus dem Bett und ging auf einen schwachen Lichtstreifen an der Wand zu. Tastend fand er den Knauf am Riegel, schob ihn nach oben und öffnete das Fenster. Frische Luft schlug ihm entgegen, sie roch nach Harz, nach Gras und Blumen. Er breitete die Arme aus, beugte den Kopf nach hinten und atmete tief ein, so weit sich sein starrer Brustkorb, der schmächtig wie der Brustkorb eines Schwefelgrubenarbeiters oder eines Schwindsüchtigen war, aufzublähen vermochte. Ihm schien die Luft wie Balsam, Stärkung. Noch war es dunkel, der Himmel in dämmrigem Grau war überzogen vom Schatten der Aleppokiefer in der Mitte des Kreuzganges. In den Ästen zwitscherten die Vögel.

Agrippino trat zwei Schritte vom Fensterrahmen

zurück, kniete auf dem Fußboden nieder, die Unterhosen hatte er hochgekrempelt, man sah seine spitzen, behaarten Knie, er hob die Hand zur Stirn und bekreuzigte sich mit dem »In nomine Patris et Filii et Spiritus Sancti«; dann beugte er den Oberkörper vor, warf sich mit ausgestreckten Armen auf den Boden, wie ein Moslem gen Mekka, und sprach leise das Morgengebet. Als er damit fertig war, richtete er sich auf, kreuzte die Finger über der Brust und schüttelte den Kopf, so als gelte es, nein zu sagen, nein, zu jemandem in seinem Kopf, der ihm ins Ohr flüsterte. Verärgert schimpfte er: »Nicht jetzt, doch nicht jetzt ... verfluchte Versuchung! Wenn das die Oberen erfahren ... oh, oh! ... na ja, von mir aus.« Er gab sich geschlagen. Er erhob sich, rannte zum unteren Bettende, wo über einem Stuhl seine Kutte lag, nahm den Knotenstrick, schlang ihn um den Hals, knüpfte eine Schlinge und zog, zog, bis er fast erstickte, bis ihm die Augen aus den Höhlen quollen. Dann kniete er sich wieder hin, warf sich auf den Fußboden und sprach halblaut sein verbotenes Gebet, *Das Gebet des Selbstmörders*, für das ihn seine Vorgesetzten ins Irrenhaus gesteckt hatten.

Laß mich sterben, laß mich sterben,
lieber Herr durch dein Gewehr.
Mit deiner Klinge, deinem Pfeil
durchbohre Du mir diese Brust.
Aus dieser Welt voller Sünden,
Aus diesem Jammertal,
erlöse mich, o Herr.

Heiliger Franziskus, heilige Klara,
bittet für diese arme Seele,
ich will im Himmel drinnen sein
bei Maria und dem lieben Joseph,
jetzt, sofort oder morgen.
Und wenn Ihr nicht auf mich hört,
töt' ich mich selbst und befrei' mich
aus meiner sterblichen Hülle.
Brüder und Schwestern, Christen,
ihr alle zusammen im Paradies
durch Feuer, Wasser und bittere Galle,
durch Strick und Buße,
durch alles was hängt und würgt,
befreit und tröstet. Amen

Beim Amen griff er nach den beiden Enden seines Knotenstrickes und zog daran, bis er ohnmächtig am Boden lag. Er hustete, er keuchte und schwitzte. Allmählich beruhigte er sich, löste den Knoten am Strick, atmete. Er hockte sich auf die Fersen, schaute hinauf in den Wipfel der Kiefer, in den Himmel. Der war klar, von hellen, fast schwefelgelben Wolken durchzogen. Agrippino zitterte jetzt, klapperte mit den Zähnen, der übliche Schüttelfrost hatte ihn ergriffen, als läge er im Schnee des Ätna oder mitten auf dem Bàlio d'Erice bei Nordwind. Von San Domenico her drang ein Läuten, die Glocken riefen zur ersten Messe. Da hörte er es an seiner Zellentür klopfen.

»Bruder Agrippino, Bruder Agrippino, es ist spät. Sie verpassen den Bus!« rief ihm ein Mönch hinter der Tür zu.

»Ich komme, ich komme gleich hinunter!« antwortete Agrippino und ging eilig zum Tisch, wo sein Koffer stand, er öffnete ihn und nahm ein Fläschchen mit Serpasil heraus. Er schluckte eine Tablette, trank Wasser nach. Blitzschnell wusch und zog er sich an. Dann sprang er die Treppe hinab zur Sakristei, wo er sich die schwarzen Paramente überstreifte. Es war Samstag, der erste Tag im September, Tag des heiligen Ägidius, des Franziskaners, man befand sich in der Zeit nach Pfingsten, der Zeit der grünen Paramente, doch er zelebrierte eine Gedenkmesse für die Seele seiner verstorbenen Mutter. Er zelebrierte die Messe so hastig, daß sich die Mönche auf den Bänken im Kirchenschiff und hinter dem Chorgitter entgeistert ansahen. Von all den Worten der Messe, vom *Requiem aeternam* zum *Dies irae* bis zum *Requiescat in pace* war nicht eine Silbe zu hören, als handelte es sich um eine stumme Messe, als wäre er, der sie zelebrierte, eine hölzerne Statue auf der Flucht, eine Marionette, die sich schnell und ruckartig bewegte, schwarz die Haut und schwarz der Bart, schwarz auch Kasel und Manipel, dem heiligen Kalogerus von Naro gleich oder dem Sarazenen Rodomonte auf der Flucht vor Ruggero. Erst beim Oremus war laut, deutlich und klar eine Anrufung zu hören: »Miserere clementer animae matris meae Ignatiae ... Ignazia, Ignazia Salerno«, wiederholte er in einer höheren Stimmlage den Namen und Nachnamen der Mutter, »eiusque peccata dimitte ...« Doch Ignazia, das wußte er genau, war ein feuriger, ein flammender Name, und ihre Seele war dazu bestimmt, jahrelang, wie das Öl der Lampe, das Wachs der Kerze, in den Flammen des Fegefeuers zu brennen, bis sie sich verzehrte, sich als ein Atem erhob, als Wärme, als Licht, endlich würdig, ins Paradies einzugehen.

Und es brennen die Kerzen, und es ist noch nichts verloren, sie verbreiten Dämmerlicht und einen hellen pergamentenen Schein …

Agrippino wollte dieses schmerzhafte, allmähliche Auszehren beschleunigen und feierte Messe um Messe, und jedesmal schrie er Gott diesen Namen hin. Aber mit welchem Kondottiere Aragoniens, mit welchem kastilischen Höfling, mit welchem Abenteurer aus Navarro war dieser ätzende Namen Iñigo von Loyola aus Spanien bis nach Sizilien wie das Pfingstflämmchen über die unschuldige Stirn einer Bäuerin von Mineo gekommen? Und durch die Mutter hatte der Hinkende von Pamplona, der Büßer von Monserrat, der Asket von Manresa, der Pilger von Jerusalem, der Verfasser der Exerzitien Agrippinos Leben bestimmt: Sie hatte ihm einen Bruder geschenkt, einen Jesuitenbruder, ihn an die Gregoriana nach Rom und von dort über die Brücke in den IV. Pavillon, in die Beobachtungsstation des Irrenhauses von Santa Maria della Pietà geschickt.

Doch jetzt kehrte er endlich in sein Land zurück, zu seinem Orden, in den Mutterschoß der Gemeinschaft des heiligen Franziskus. Er war dreiunddreißig. Nach allen Widrigkeiten und Verfolgungen zog er ein in das stille Kapuzinerkloster, um sich im heiteren Refugium San Francesco in Mazzarino zu erholen.

Feuerspiele

Die Tuzza erschrak vor den Mäusen, es graute ihr vor ihnen, sie fuhr aus dem Schlaf auf, das Herz schlug ihr bis zum Hals bei jedem Geräusch aus dem Gewölbe über ihr, wo dichtgedrängt die Säcke standen, weiß und fettleibig wie Äbtissinnen, vollgestopft mit Saubohnen und Platterbsen, Linsen und Weizen, und Provola und Würste hingen an den Balken. Jetzt hörte sie über dem gewölbten Himmel des Alkovens ein lautes Stampfen, ein Lärmen, als wären es ganze Herden von Ziegen oder Schweinen, die in diesen Zeiten der Not und des Hungers hierher, in das Gewölbe gelaufen kamen, um all die versteckten Reichtümer zu plündern. Doch waren es Mäuse, das wußte sie, diese Mäuse, die durch nichts aus dem Haus zu vertreiben waren. Schön war das Haus und geräumig, das Haus des Verwalters, Haus des Überflusses, aber sehr alt, aus Stein außen, und innen nichts als Bretter, Balken, Rohr, Schlupfwinkel für Spinnen und Motten; unter ihr war der Stall, über ihr das Gewölbe, der Abtritt auf dem Altan, morsche Stiegen und ineinander verschachtelt Zimmerchen, Kammern und Löcher, ohne Luft und ohne Licht: ein Geschenk des Himmels, eine reine Freude für diese widerlichen Viecher, die hier schon immer hausten, vielleicht seit der Zeit, als der Großvater des Bauern Pe', ihres Mannes, die erste Kelle Mörtel auf den ersten Stein geworfen hatte. Nichts half, weder geschwefelter Käse noch Brosamen mit Arsen, weder Ratten- noch Mausefallen. Für jedes dieser

Tiere, das trocken wie ein Stockfisch oder bettelnd und piepsend, das Pfötchen im Fangeisen eingeklemmt, verendete, kamen zehn, ja zwanzig weitere zum Vorschein, keiner weiß woher. Nur für kurze Zeit hatte sie mit Donna Marietta, der schönen weißen Katze, die geschickter und gescheiter war als jeder Christenmensch, Friede und Ruhe gefunden, ihr Sohn Angelo hatte sie ins Haus gebracht. Und Donna Marietta hatte sich bald vermehrt, es kamen Nòfrio und Zuppidda, die von der Mutter Schönheit und Gescheitheit, von einem unbekannten herumstreunenden Vater jedoch eine gewisse Gleichgültigkeit und Trägheit geerbt hatten. Sie verwöhnte die Katzen wie Paschas, hegte und pflegte sie, und die Katzen vergalten es ihr (Donna Marietta tat es auch für ihre beiden undankbaren Sprößlinge), indem sie ihre Katzenpflicht wahrnahmen und Jagd auf Tuzzas unverfrorene, gierige Feinde machten, sie erschreckten, in ihre Löcher trieben, aus dem Haus verjagten. Doch währte die Ruhe, der flüchtige, trügerische Friede nicht lange; bald tauchten im Dorf Fremde auf, keine guten Menschen, sie waren vom Kontinent gekommen, Knechte aus Cremona, die, unter dem Schutz der Uniform der Milizia Territoriale Sicurezza Nazionale, Tag und Nacht Katzen stahlen, sie gierten nach diesem Fleisch, wie nach Hasen- oder Kaninchenbraten, und ohne Scham und Ekel brieten sie die Katzen auf eilig errichteten Feuerstellen oben hinter den Mauern des Castelvecchio oder unten vor dem Kalvarienberg des Kapuzinerkreuzwegs. Aus Gela oder Licata kam noch eine Handvoll müder und gelangweilter Soldaten von der *Livorno* dazu, diese waren nach Mazzarino abkommandiert worden und hatten eine Art Minenwerfer, eher eine Steinschleuder, zum Schloß hochgehievt, der bloß Lärm und Rauch brachte, wie sich herausstellte, als ein feindliches Flugzeug tief über dem Dorf kreiste und Flugblätter abwarf, auf denen zu lesen war: »Die Familien haben sich vom Stadtgebiet und den militärischen Zielen fernzuhalten und Unterschlupf auf dem Land zu suchen.« Der Minenwerfer vom Schloß krachte, bumbum, und das Flugzeug zog weiter unbekümmert seine Kreise, übersäte die Häuser mit Papier. Die Soldaten redeten sich darauf heraus, daß es eine dieser amerikanischen, mit Kautschuk verkleideten Maschinen gewesen sei und deshalb die Kugeln abgeprallt seien.

Milizionäre und Soldaten verzehrten miteinander das Katzenfleisch, nagten es bis zum Knochen ab und tranken dann aus großen Flaschen Wein, Mafiawein von Rafforusso oder Ratumemi, den der Baron, Don Luigi Accàttoli, und seine gnädige Frau Schwester, Donna Elisa, verheiratete Alì, großzügig wie sie waren, niemals versiegen ließen. Sie aßen, tranken und sangen danach patriotische Lieder oder seltsam traurige von Liebe und Leidenschaft.

Im Dorf fand sich also keine einzige Katze mehr, weder Hausmieze noch ein wohlgenährter, fetter, weil kastrierter, Straßenkater, auch keiner, der einfach nur vollgefressen war, kein magerer, kein knochendürrer, kein Kater, der aus Mangel an Nahrung oder aus übermäßigem Verschleiß rolliger Katzen ausgezehrt und bis auf das Skelett abgemagert war. Und dann hatte sich Signora Tuzza eines Tages entschlossen, ihre drei Katzen verschwinden zu lassen, sie den Blicken der Soldaten, der Gefahr und jeder Versuchung zu entziehen. Sie hatte sie gepackt und in den Raum unter der Stiege getragen, in den Mauleselstall, in dem ein Käfig leerstand, der Käfig der dahingeschiedenen Hühnchen und Hähnchen. Sie hatte die Katzen dort eingeschlossen, wo sie jammerten und flehten, miau, miau, miau, aber die Tuzza reagierte nicht, sie blieb hart und kehrte ihnen den Rücken zu, verließ den Mauleselstall und drehte den Schlüssel ein paarmal im Schlüsselloch. Zum Wohl der Katzen, um sie zu retten. Doch seither waren die Mäuse zurückgekehrt und tanzten über ihr.

Nun war sie wach und tastete im Dunkeln die Marmorplatte auf dem Nachttischchen ab, fand die Schwefelhölzer und zündete eine Kerze an, während über ihr das Getrampel immer lauter wurde. Bauer Pe' schnarchte neben ihr sein störendes Schnarchen.

»Bauer Pe', Bauer Pe'«, rief die Signora Tuzza. Er aber gab kein Zeichen, heulte und pfiff, was das Zeug hielt.

»Zi' Pe', Peppe, Pirrone, o Pe'!« schrie sie dann und rüttelte ihn.

»Was ist los, was ist los?«

»Die Mäuse, die Mäuse nagen an allen Säcken!«

»Heiliger Bimbam, Tuzza, laßt mich schlafen! Ich muß in aller Herrgottsfrühe auf die Felder! Ich pfeife auf die Mäuse, kapiert?!« und er drehte ihr den Rücken zu, zog mit seinem massigen Körper das ganze Laken zu sich hinüber und schnarchte weiter.

An die Eisenplatte des Bettes gelehnt, verstummte die Signora Tuzza, sie verschränkte die Arme über der Brust, preßte die Lippen aufeinander und seufzte tief. Die Kerze brannte, warf das Spitzenmuster des Vorhangs mit Girlanden und Putten als Schatten über den Fußboden des Zimmers, wo ganz hinten ihr Sohn Angelo fest schlief, jung wie er war, und von den Worten Ma's und Pa's nicht das geringste gehört hatte. Die Signora Tuzza wollte nicht mehr schlafen und so, wie sie war, reglos ausharren bis zum Morgen, um ihren Ärger zu bekunden. Bloß die Augen huschten hin und her, von der Decke des Alkovens über die Wände, bis sie am Bettende auf dem gewölbten Rundbild mit einem Rahmen aus Perlmuttsplittern haften blieben, das von den Patschhändchen zweier nackter Eisenputten hochgehalten wurde, auf dem emaillierten Bild der *Madonna del dito*. Sie beschloß, von nun an dieser Madonna gleich in einen schweren, kurzen Stoffmantel eingeschlossen zu verharren und sich vor dem Bauer Pe' fortan zu verhüllen, nichts sollte er sehen, nicht einmal die Daumenkuppe, die bei der Gottesmutter unter dem Saum vom Mäntelchen hervorlugte wie das Köpfchen einer Schildkröte.

»Ja, ja, ich rede nicht mehr mit ihm!« schwor sie sich.

Eine tiefe Stille lag über dem Haus und über der Gasse, den Straßen und Feldern. Die Stille einer kurzen, angehaltenen Zeit, in der die Geschöpfe sich beruhigen und in Decken versinken, in Wolken von Schlaf und Vergessen. Die kurze Zeit des Übergangs zwischen dem Ende der Nacht und dem ersten Weiß der Morgendämmerung, die allmählich eine neue Welt offenbart.

Satt von Körnern und Käse ruhten auch die Mäuse, sie schliefen, und selbst der Bauer Pe' hatte aufgehört zu schnarchen, als hätte sich der Sturm seines Atems gelegt und wäre in eine völlige Flaute übergegangen. Nur an das Ohr der Tuzza drang das Schnarchen der Schleiereule vom Turm der Chiesa del Carmine. Es war eine uralte Eule, vielleicht aus der Zeit der Branciforti und der Carafa, niemand hatte sie jemals gesehen, doch jedem war das gleichmäßige Hauchen wie das eines keuchenden Blasebalgs vertraut, man meinte, es wäre der Atem der alten Steine vom Kloster der Karmeliterinnen.

Auch die Tuzza erlag, allen Vorsätzen und allen Widerständen zum Trotz, diesem eintönigen, ermüdenden Rhythmus und fiel unmerklich in einen Schlummerzustand, die Lider waren über die Augen und die verschränkten Arme in den Schoß geglitten.

Ein plötzlicher, furchtbarer Knall – als wäre der ganze Protzkasten nach einem Fest in die Luft geflogen, als wär's der jähe Donner eines Sommergewitters, eine Mine in einer Grube oder das Getöse eines Erdbebens – zerriß die tiefe Stille der nächtlichen Ruhe.

Die Tuzza fuhr auf, hob den Daumen instinktiv zur Stirn, »Heilige Barbara und heiliger Lorenz«, murmelte sie und bekreuzigte sich. Während sie das Stoßgebet und auf Lippen und Kinn das Kreuzzeichen wiederholte, krachte es ein zweites Mal, noch lauter als beim ersten Mal, donnerte es am Himmel, rüttelte an den Fenstern und dem ganzen Gebälk im Haus.

»Jesus, Maria und Joseph, was ist das für ein Feuerwerk?!« schrie sie und warf sich, klein und zart wie sie war, gegen den großen Körper des Gatten, klammerte sich, schmiegte sich an ihn, auf der Suche nach Schutz und Trost.

Nun folgte Knall auf Knall, gleichzeitig, bald fern, bald näher, laut, ohrenbetäubend, daß sogar die unbußfertigen Toten bei der Einsiedelei von San Corrado zitterten. Und am Himmel war ein einziges Brummen, ein dumpfes Vibrieren von Motoren, ein Drohen vorüberfliegender Flugzeuge.

Die Kerze auf dem Nachttischchen war geschmolzen, das Wachs hatte sich auf der Marmorplatte ausgebreitet, und der lange, qualmende Docht stotterte, er konnte jeden Augenblick die verkohlte Spitze niederlegen und verlöschen. Was das Krachen nicht vermochte, erreichte das Licht. Ein weißes, blendendes Licht, wie das Mittagslicht im Juli auf einer gekalkten Hauswand, drang durch die geöffnete Balkontür und prallte auf die Lider Angelos, der mit offenem Mund schlief.

Der junge Mann erwachte und hörte sofort den Kanonendonner und das Dröhnen der Motoren am Himmel. Er sprang aus dem Bett, ging auf den Balkon und sah voller Staunen das Wunder, sah den Tag mitten in der Nacht. Die Glocken des Klosters läuteten so laut sie konnten, sie riefen zu den Waffen, dann stimmten auch die Glocken der anderen Kirchen mit ein, die von Santa Maria della Neve, vom Santissimo Ritrovato, von Gesù Adorato, vom Crocefisso dell'Olmo, von Santa Maria del Màzzaro ... und unten in den Gassen, auf den Feldern wurden Stimmen laut, Schreie, Menschen riefen, flehten und rannten auf der Suche nach einem Unterschlupf.

»Angelo, Angelo, Angeluzzo!« rief die Signora Tuzza mit sich überschlagender Stimme, Angelo kehrte hüpfend ins Zimmer zurück, lief wie besessen auf den Alkoven zu und schrie: »Sie kommen, die Befreier kommen! Endlich! Gehen wir, gehen wir, fliehen wir aufs Land!«

»Los, los, mach dich fertig!« befahl der Bauer Pe' seiner Gattin. »Pack alles ein, Gold und Geld, in zehn Minuten ziehen wir los! Ich gehe schon den Maulesel aufladen.«

Der Bauer Pe' holte das Tier aus dem Stall, es war jetzt gezäumt und mit Säcken vollbepackt; auch Angelo und seine Mutter waren mit Körben und Bündeln beladen. Der Bauer Pe' wollte gerade den Stall abschließen, als die Signora Tuzza hineinstürzte.

»Die Katzen, die Katzen, meine Katzen!« schrie sie.

»Tuzza«, rief der Bauer und lief ihr hinterher, »zwing mich nicht zum Fluchen!«

Doch flink hob sie auf einer Seite den Käfig an: Donna Marietta, dahinter Nofrio und Zuppidda schossen mit hochaufgerichtetem Schwanz wie der Blitz davon und verschwanden.

Der Sherman

Ein Vormittag im Juli, die Sonne blendete die Erde, die Stoppelfelder, die brachliegenden Ebenen und die Hügel aus Kaolin und Kreide, die sich an das kleine Tal in der Region Prato schmiegten. In der erstaunten Stille näherte sich auf der Straße nach Mazzarino, mitten in dieser Wüstenei, in dieser unendlichen Leere, der Sherman.

Das Rasseln der Raupenketten, die Explosionen des Motors, das Kreischen des mächtigen Panzerhaufens, dröhnte im engen Tal, prallte als unendliches, erregendes Echo von einem Hügel zum anderen zurück. Und von den Hecken, den Ästen der Feigenbäume und den weißen Steinhaufen flogen in Schwärmen die Raben auf, wie unheilbringende Wolken oder Gewitter.

Aus Höhlen und Felsenschluchten, aus Straßengräben, hinter dem Brombeergestrüpp, das Wasserrinnen versteckte, und zwischen den Reihen von Kaktusfeigen kamen, ausgezehrt, die Bauern, die Frauen mit den Kindern an der Brust und an den Röcken, die Alten nach und nach heraus. Zerlumpt, erdig, erstaunt, wie vom Klang der Trompeten erweckte Tote.

Sie betrachteten diese große Eisenschildkröte auf der Straße, diese mächtige Kuppel, diesen aufgeblasenen, mechanischen Possenreißer mit der Kanone auf dem Kopf, der, einen Schweif aus Rauch und Staubwolken hinter sich lassend, heranrollte. Sie sahen die weißen, an den Flanken aufgedruckten

Sterne und am Ende der Stangen über dem Kotflügel die schlappe Fahne. Sie rätselten, was dies wohl war oder nicht war, endlich begriffen sie, daß sie es waren, die 'Merikaner, die nach drei Tagen und drei Nächten unter heftigem Feuer und Krachen endlich angekommen waren, um sie zu befreien.

Bei dem hübschen Häuschen von Dr. Cannada, wo sich das Tal mit üppigem Grün schmückte, mit Nuß- und Pistazienbaumkronen, mit einem Spalier aus Zypressen an den Rändern eines Feldweges, der in das Weiß der Straße mündete, kamen drei Männer dem Panzer entgegen, die Brust gebläht von Mut und Hoffnung, und darunter schwarze, erstickte Angst. Sie schwenkten weiße Taschentücher zum Zeichen der Kapitulation, des Friedens, der Freundschaft. Es waren Cannarozzo, der Pfarrer, Meister D'Aléo und Vico Nolasco, genannt Divìco Sette Soldi, der nach zwanzigjährigem Aufenthalt im 'merikanischen Land, in Pittsburgh City, in Pennsylvania, diese fremde Sprache radebrechte und jetzt gegen den hermetisch verschlossenen Panzerturm, dem Durchschlupf an der rätselhaften Büchse, anschrie: »*We are friends, friends! Welcome to Mazzarino city! We love America! Peace, peace, liberty!*«

Pater Cannarozzo, fett und verschwitzt in seinem verschossenen schwarzen Priestergewand, das schon grünlich schimmerte, machte mit erhobener Hand Kreuzeszeichen in die Luft, Zeichen des Segens und der Vergebung.

Rasselnd hielt der Panzerwagen an, rollte zurück und zermahlte den Schotter und Kies mit seinen Raupenketten. Der Deckel der riesigen Büchse wurde plötzlich geöffnet, und aus ihrem finsteren Bauch kamen ein, zwei, drei behelmte Köpfe zum Vorschein, Schultern und Arme steckten in grünen Uniformen: Die 'Merikaner begannen zu kreischen, stießen kehlige Laute hervor, wie Hirtenbuben, die verirrte Schafe locken, oder Maultiertreiber, wenn sie Lasttiere hetzen; sie machten spartanisch weit ausholende Gesten, die Willkommen und Wohlwollen ausdrückten: »Ihù, ihù, ihù ...« machten sie mit breiten Mündern und entblößten alle ihre weißen Zähne.

Wie vom Donner gerührt standen die drei Männer da, mit offenem Mund und aufgerissenen Augen, Pater Cannarozzo mit erhobenem Arm, wie ein Heiliger in einem Reliquienschrein.

»Heda, Landsleute!« schrie einer vom Panzer herunter.

»Ich, ich Sizilianer«, fügte er hinzu, um sie aufzurütteln und ihnen den Schrecken zu nehmen.

»Mein Vater ist in Cefalù geboren, meine Mutter in Petralìa.«

»Ist das möglich?« fragte sich Pater Cannarozzo. »So blond und das Gesicht gerötet wie eine Aprikose.« Doch der da sprach, sprach sizilianisch, wenn auch mit einem ausländischen Akzent.

»Komm, komm her«, sagte der Amerikaner und winkte Divìco Sette Soldi zu sich. Divìco setzte sich in Bewegung und ging, auf den Lippen ein idiotisches Lächeln, bis unter den Panzerturm.

»Die Mütze«, rief er. Divìco nahm die Mütze ab und hielt sie dem Mann umgekehrt mit beiden Händen wie ein Tablett entgegen. Der schüttete ihm Zigarettenschachteln, Bonbonrollen und andere Päckchen hinein. Neben ihm lachten unflätig die beiden Soldaten und schlugen sich dabei mit der Hand auf die Schulter, als gäben sie eine komische Einlage auf einer Varietébühne, vor allem der eine, er war kohlschwarz, schlimmer als ein Sarazene, die Riesenlippen weit geöffnet wie ein Scheunentor. Der Blonde begann zu schreien, machte ein böses Gesicht und beschimpfte die anderen, diese nahmen eine anständige Haltung an, duckten sich und verschwanden im Innern des Panzers; tauchten jedoch sofort wieder auf, mit den Händen voller Zigaretten und anderen Geschenken, die sie D'Aléo und Pater Cannarozzo zuwarfen. Dieser aber bückte sich nicht wie der andere, der die verstreuten Dinge vom Boden einsammelte, stolz stand er da, zog mit würdevoller Geste sein Taschentuch heraus und wischte sich den Schweiß von Kopf, Gesicht, Hals und vom Ausschnitt des aufgeknöpften Skapuliers ab. Der blonde Sizilianer bemerkte seine Befangenheit und rief ihn zu sich.

»Euer Gnaden, Herr Pfarrer, komm her!« und als Cannarozzo unter dem Panzer stand, rief er: »Breite deinen Kittel aus!« Für Pater Cannarozzo war dieses Wort Kittel, das sich auf seine Soutane bezog, auf sein priesterliches Gewand, eine Beleidigung. Doch angesichts der Unschuld des Soldaten beugte er sich so weit vor, als es ihm sein Bauch gestattete, und ergriff mit beiden Händen anmutig den Saum der Soutane, hob ihn an, bis sich vor seinem Bauch eine große Mulde bildete. Da hinein regnete es nun im Überfluß, Wohlbekanntes und Unbekanntes.

Als der Austausch von Geschenken und Höflichkeiten beendet war, fragte der sizilianische Soldat, der auch der Panzerkommandant war: »Hört mal, Landsleute, gibt es hier in der Gegend noch Germanesi, Deutsche, oder italienische Soldaten?«

»Nein, nein, nein«, antworteten die drei Landsleute im Chor.

Und Pater Cannarozzo bekräftigte: »Die Germanesi haben sich zurückgezogen, und die italienische Miliz und die Soldaten sind schon früher verschwunden.«

»Ist der Weg sicher, können wir ins Dorf?«

»Was denn sonst, alle warten nur auf euch.«

»Also, kamàn, kamàn! Los, kommt herauf, ihr auch«, sagte der Kommandant und winkte die drei auf den Panzerwagen. Sie versuchten hinaufzuklettern, doch es war nicht so einfach. Da sprangen die beiden Soldaten hinunter und schoben die drei Männer, sie mit den Armen stützend, die Hände am Hintern, auf den hohen Blechbalkon. Divìco, D'Aléo und Pater Cannarozzo waren selig wie die Kinder auf dem Karren bei der Prozession des Signore dell'Olmo. Ein heftiger Stoß erschütterte den Panzer, der zuckte und setzte sich sogleich unter Lärmen und Rasseln in Richtung Mazzarino in Bewegung.

Die Bauern hatten diese Szene von den Hügeln aus heimlich beobachtet, hatten ihre Landsleute, die auf den Panzer geklettert waren, erkannt und waren überzeugt, daß jetzt alles vorbei war: vorbei die Blitze, die Schüsse, die Flugzeuge, daß der Krieg zu Ende war und sie zurück ins Dorf konnten.

Doch waren sie auch davon überzeugt, daß die Vorstellung, die ihre drei Landsleute Divìco, D'Aléo und Pater Cannarozzo gegeben hatten, die Tatsache, daß sie als erste den 'Merikanern entgegengegangen waren – die weißen Tücher, die Unterredung und dann die Geschenke –, daß dies alles das übliche Theater war, das Barone, Großgrundbesitzer und Gebildete seit jeher vor jedem inszenierten, der ins Dorf kam, um es zu beherrschen, um für sich das Wohlwollen, die Vorteile zu erlangen, vor allem aber, um die Bauern übers Ohr zu hauen.

Der Fotograf

Der Faden riß bereits, als junge Männer, die nach Milch rochen, und schon bejahrte Familienväter zu den Waffen gerufen wurden oder sich zu den Partisanen schlugen. Flucht und Evakuierung zerstörten das dichte Gewebe aus Bekanntschaften, Bräuchen, Haß und Zuneigung, aus den Mühen des Alltags und den Festen und Feiern, dem von Glocken geschlagenen Echo der Tode (vier Schläge für einen Ehrenmann, drei für einen lauen Christen), aus Liebe auf den Promenaden und den Blicken aus den Fenstern zwischen Basilikum und Minze, den Verlöbnissen mit Ring, der Flucht und Versöhnung in der Morgendämmerung in der Sakristei oder den Hochzeiten im großen Stil, wo Messen gelesen wurden, den Geburten und Taufen. Man hatte wie in einem gemeinsamen Hinterhof gelebt, in derselben Gasse, in einem einzigen Haus, in einer Familie. Und jeder wußte von den anderen, und die anderen wußten von jedem. Doch mit den Bomben, der Vertreibung und der Angst war plötzlich alles zu Ende, war der Zauber gebrochen, das Geschwätz verstummt. Schweigen, Öde, Leere machten sich im Dorf breit.

Doch jetzt mit der allgemeinen Rückkehr, der Heimkehr der Entlassenen und versprengten Soldaten, der den Gefängnissen von Malaspina, Syrakus und Noto entflohenen Häftlinge, dem massenhaften Einmarsch von »Sarazenen« und »Türken«, den Scharen dieser Alliierten, war es plötzlich ein Höllenchaos, ein Babylon geworden; die Spanngewichte waren zu Boden gefallen, das Weberschiffchen spielte verrückt, die Fäden hatten sich verheddert, und der Kamm schob nur noch Knoten. Gesichter und Sprachen, alles war fremd geworden.

Engländer und Amerikaner hatten Mazzarino besetzt. Oben im Schloß, im Viertel Fiorentino und am Aussichtspunkt Maria Santissima del Màzzaro hatten sie ihre Zelte und Baracken mit den Moskitonetzen aufgeschlagen. Doch liefen sie dauernd im Dorf umher, man traf sie, zu Fuß oder auf ihren Jeeps, in alten Straßen und Vierteln, sie gingen in Cafés und Kneipen ein und aus, als Liebhaber von gekochten Saubohnen, Buccellati und geeisten Mandeln, von Zuckermandeln und vor allem des Weins, den sie »ovain« nannten, sie mochten jeden, egal ob rot oder weiß, egal von welcher Rebe, ob den Muskatwein aus Noto oder den schweren Rotwein aus Caltanissetta. Und von den MPs bewacht, standen sie Tag und Nacht in der Nähe des Friedhofs an der Tür der Buterésa und ihrer Tochter Concettinella Schlange.

Der Oberbefehlshaber dieses ganzen Unternehmens, der auch dem Polizeimeister Dessy und der Gemeinde vorstand, jener Militärverwaltung mit dem Namen Amgot, war der Schotte Abell, der eine dieser schottischen Mützen mit einem Pompom auf dem Kopf hatte und mit einem Faltenrock, unter dem die nackten Knie hervorschauten, und mit weißen gestrickten Strümpfen an den Waden herumlief. Die einfachen Leute wunderten sich über seine verschrobene und weibische Kleidung, und die Knaben hatten ihren Spaß daran, wenn er seinen Spaziergang – allein oder in Begleitung von Donna Elisa Accàttoli – auf dem Corso oder vor dem Carmelo, in der Via Firriato oder in der Discesa degli Angeli machte, zu spielen aufzuhören, sich in ihrer ganzen Länge auf den Boden zu werfen und von unten unter den Rock zu lugen, um herauszufinden, ob Abell hochgekrempelte Hosen, Unterhosen oder gar nichts trug. Donna Elisa hatte diese Komödie im Nu durchschaut und geriet über die Ignoranz und die fehlende Kultur im Dorf in Rage.

»Verschwindet, ihr frechen Lümmel«, schrie sie, »geht zu euren Müttern, diesen feisten Huren, und schaut denen unter die Röcke!«

Major Abell blickte sie verwirrt an, er begriff den Grund dieses Wutausbruchs nicht.

Alle wußten bereits, daß der Major, wohlverstanden unverheiratet, sich auf den ersten Blick leidenschaftlich in die Edelfrau von Mazzarino verliebt hatte, Schwester des Baron Luigino, Ehefrau des friedsamen Commendatore Alì und Cousine des abgesetzten faschistischen Bürgermeiters Don Ercole Francesco. Schön war sie zwar, die Donna Elisa, und elegant, besaß jedoch einen derartigen Stolz, eine derartige Überheblichkeit und darüber hinaus ein loses Mundwerk, daß man glauben konnte, unter ihrem Rock habe sie zwei von den Dingern, von denen der Mann eins hat. Kurz, sie war es, die im Dorf kommandierte. Das ging so weit, daß sie die Ernennung von Professor Antrònaco zum ersten Bürgermeister der neu gebildeten Gemeinde vornahm, daß sie ihn wieder absetzte und den Rechtsanwalt Càico zu seinem Nachfolger ernannte. In ihrem Haus wurden Proklamationen, Verordnungen und Übergangsverordnungen verfaßt, und Major Abell begnügte sich damit, seine Zustimmung zu erteilen und die Schriftstücke mit Unterschrift und Stempel zu versehen. Selbst die berüchtigte schwarze Liste mit den Namen der Faschisten, die in ein Lager geschickt oder einem Zwangswohnort zugewiesen wurden, wurde von der weißen, mit Edelsteinen geschmückten Hand der Edelfrau geschrieben, wobei sie ihren eigenen Namen, den von Don Luigino, ihres Mannes, den ihres Cousins Ercole, die Namen der ganzen Verwandtschaft, aller Barone und Grundbesitzer wegließ und bloß die Namen jener armen Unglückseligen aufschrieb, der Lehrer und Kommunalbeamten, die Anhänger und Sklaven ihres Cousins, des Bürgermeisters, gewesen waren. Glücklicherweise wurde nichts aus dieser Liste. Und Peppino Pianciamòre, der anarchistische Schuster und frühere Grubenarbeiter in Belgien, und seine Schüler und Genossen lachten herzlich über die Angst und den Schrecken der Leute im Dorf, die auf die Liste geraten waren. Er hatte sich den offiziellen Aufforderungen von Major Abell verweigert, Vornamen und Nachnamen der Rädelsführer von gestern niederzuschreiben, noch bevor sich dessen Geliebte darum kümmerte. Halb aus Ekel vor den Denunzianten, halb auch deswegen, weil er wußte: da der Pakt zwischen dieser Militärmacht und der seit jeher bestehenden Macht der Feudalherren durch Teufelspech, den magischen Ring, das Haar einer Frau, in diesem Fall das parfümierte Haar der schlauen Zauberin

Donna Elisa, besiegelt war, würde sich alles in Luft, ins Lächerliche auflösen.

Lachend saßen Pianciamòre und seine Kumpane auf Stühlen vor der Schusterwerkstatt auf dem Bürgersteig im Schatten der Balkone, als sie – das Auge war am Sucher der Leica – mit einem Schnappschuß auf die Platte gebannt wurden von einem merkwürdigen amerikanischen Soldaten, der wie geistesabwesend, wie ein Müßiggänger durch das Dorf ging, doch er achtete aufmerksam und neugierig auf alles, immer den Fotoapparat vor der Brust, stets bereit, bei einer Szene, einer Situation, einer Geste, die sich im vorbeiziehenden Fluß des Lebens kurz und flüchtig darbot, auf den Auslöser zu drücken. Er war ein französischer Fotograf, den man dank seines Rufes in die amerikanische Armee aufgenommen hatte und der ein paar Tage zuvor von einer fliegenden Festung über der Ebene von Gela mit dem Fallschirm abgesprungen und schließlich auf einem Jeep nach Mazzarino gekommen war. Er sollte den Krieg, diesen Krieg in Europa, an der italienischen Front auf sizilianischem Boden fotografieren.

Doch Andrei (dies war sein richtiger Vorname – sein Nachname war Friedmann –, den er als ungarischer Exilant in Paris in Robert umgeändert hatte) haßte den Krieg, er verabscheute den Krieg und alle Arten des Faschismus und der Diktatur, welche die Kriege hervorbrachten. Noch immer hatte er den Spanienkrieg vor Augen, er lastete auf seinem Herzen, die Toten und Verletzten auf den Sierras, jener Milizsoldat auf der Sierra Guadarrama, ein Zigeuner und Freidenker, den er in dem Augenblick, in dem die feindliche Bleikugel ihn durchbohrte, festgehalten hatte, die internationalen, freiwilligen Spanienkämpfer und die Republikaner in den Schlachten von Madrid und Saragossa, die patriotischen jungen Männer und Bauern aus dem ganzen Land, die andalusischen und katalanischen Anarchisten. Das spanische Volk tat ihm leid, das unschuldige Volk, Frauen, Alte und Kinder, Entsetzen in den Augen, unter dem Bombenhagel auf den Straßen und in den Schutzkellern, floh es in die Vororte und aufs Land. Der Krieg, das war auch jener Junge, der vor einer Trockenmauer gestorben war: er lag auf dem Bauch, auf einem Haufen aus Baumstämmen und Gestein in seinem ärmlichen weißen Laufburschenoverall, *Zapatos de lona* an den Füßen, die dünnen Arme ausgebreitet wie Flügel, als wäre er vom Himmel auf diese schwarzen Steine gefallen, ein zerbrechlicher Spatz, ein erfrorener Fink. Und der Krieg war auch seine Gerda, seine furchtlose Gefährtin, die plattgedrückt unter einem Panzer an der Front von Brunete gestorben war.

Durch den Gegenangriff der *Goering* und der *Livorno*, die sich auf dem Rückzug im Tal des Gela aufhielten und bei den Monti Erei in der Gegend von Niscemi und Ganzerìa Stellung bezogen hatten, war der Vormarsch der Amerikaner zum Stillstand gekommen (General Eisenhower schlief in der Villa Bertolone am Stadtrand von Mazzarino), und der Fotograf war gezwungen, zwischen der Front und dem Dorf hin- und herzupendeln. Er fuhr mit seinem Jeep über die Hügel und durch die Täler, über die unendlichen gelben, nackten und sonnenüberfluteten Ebenen, wo aus den Feldern Rauchschwaden von brennenden Stoppeln aufstiegen, wo sich der Schutt der Schwefelgruben zu gelben Hügelchen türmte, da und dort ein kahler Baum stand, einige Dornenbüsche, Zürgel, Tamarisken, Wacholder oder Platterbsen, ein Pferch oder ein vereinzeltes Bauernhaus, genauso wie in Spanien oder Tunesien; und er fotografierte Hirten und Bauern. Reglos, mit dem Stock in der Hand, ausgelaugt wie die Erde, auf der sie standen, oder gekrümmt, mit der Spitzhacke die Erdkruste aufbrechend, als sei ihnen alles gleichgültig, die Kolonnen und Truppen, die auf den von Agaven und Brombeersträuchern gesäumten Triften vorbeizogen, der Jeep des Fotografen, gleichgültig auch dieser Krieg, der neben ihnen ausgetragen wurde. Gleichgültig und unbeweglich standen sie dort seit Jahrhunderten, Zuschauer bei all den Eroberungen und Rückeroberungen, Besetzungen und Befreiungen, die über diese Bühne gezogen waren. Und es schien, als fochten sie in Wirklichkeit einen anderen Krieg aus, einen, der seit Jahrtausenden währte und kein Ende fand, einen Krieg gegen diese Erde, die ihnen nicht gehörte, Besitz der Barone und Verwalter, karg und feindlich, gegen diesen spöttischen, unerschütterlichen Himmel.

Robert hatte sich durch diese Steppe fotografiert, mit Freude und Sympathie einen der Hirten oder Bauern abgelichtet, einen Mann, der kaum eine Handbreit über die Erde ragte, einen Sklaven ohne Alter, ein Erdmönchlein, Hosen und Weste aus abgewetztem Samt, zahllose Flicken auf dem zerfetzten Hemd, das Schuhwerk aus Bockleder und

Leinen, als Kopfbedeckung ein Taschentuch mit Knoten an den Ecken. Daneben hockte mit dem Hintern auf den Fersen, den Armen auf den Schenkeln, einem Ring am Finger, einem goldenen Armreif am Handgelenk, ein hochaufgeschossener amerikanischer Soldat, aalglatt und schön, ein blonder, gesunder und lächelnder Gary Cooper. Der Bauer, eine Hand auf der Schulter des Soldaten, zeigte ihm mit der anderen, mit der er seinen langen Stock hielt, etwas, das weit entfernt lag, eine Straße vielleicht, ein Dorf, oder eine Fata Morgana, einen Brunnen oder eine Quelle. Hinter ihnen bäumte sich das ausgedörrte, glühende Land auf, formte Hügel aus Kreide und Kieselgestein.

Es handelt sich um jenes bedeutungsschwere Bild, das von nun an überall abgebildet sein wird, in Zeitschriften und Büchern, sogar in den Geschichtsbüchern der Kinder. Ich schenke es Dir, Leser, und hoffe, daß der ungarische Fotograf, der eines Nachmittags im Mai 1954 in Thai Binh in Indochina auf eine Mine trat, diese Geste mit seinem ironischen Blick vom Himmel herab billigt.

Vielleicht beginnt hier, mit diesen Fotografien von Robert, dem dreiunddreißigjährigen Mann in Sizilien, und auch mit seinen früheren Bildern aus Spanien und China, das Ende des Zeitalters der Wörter, vielleicht fängt hier das Zeitalter der Bilder an. Doch auch diese Fotos wurden allmählich zu bedeutungslosen Bildern, immer gleich und unerschütterlich, ohne Verständnis und ohne Liebe festgehalten, ohne Mitleid mit den leidenden Menschen. Und als wären sie alltäglich und normal, werden Dir Tausende solcher Fotos unter die Augen kommen, Kriegsszenen und Verheerungen, Tote und Massaker, Bilder, auf denen die intimsten Dinge verletzt und die Schmerzen der Gleichgültigkeit und dem Gespött preisgegeben sind. Die Gewöhnung ist bekanntlich der Gerbsäure ähnlich, die Krusten bildet, ist wie Ruß im Schornstein, wie der Krebs, der sich weiterfrißt und die Vernunft verwandelt, verhüllt und löscht, und Dummheit ist die Mutter des Verfalls und der Grausamkeit.

... Monsieur Guy de Maupassant va s'animaliser ...

Nach diesen Bildern hatte Robert das Bedürfnis zu schreiben, er notierte in sein Tagebuch:

»Ich konnte kein Wort Italienisch und habe versucht, mich mit den Sizilianern, denen ich begegnete, mit meinem schlechten Spanisch zu verständigen. Einer von ihnen wiederholte dauernd ein seltsames Wort (Broccolino, Broccolino), bis ich schließlich begriff, daß er Brooklyn meinte; vielleicht wollte er mir sagen, daß er Verwandte in diesem Stadtteil von New York hatte. Ich erklärte ihm, ohne zu überlegen, daß auch ich aus diesem Viertel der amerikanischen Stadt kam, und sogleich wurde die Beziehung und das allgemeine Verständnis besser ...«

Als Peppino Pianciamòre und seine ahnungslosen Genossen bemerkten, daß der amerikanische Fotograf sie geknipst hatte, hörten sie auf zu lachen und erstarrten auf ihren Stühlen; als Kommunisten und Anarchisten neigten sie schnell zu Argwohn und Mißtrauen. Robert aber lächelte belustigt, und er lächelte vor allem dem Pianciamòre zu, denn der hatte ein außergewöhnliches Gesicht, einen gütigen und strengen Ausdruck.

»Alò«, machte einer der jungen Männer, um das Schweigen und die Verlegenheit zu brechen.

»Hallo«, antwortete Robert, »do you speak english?«

Schweigen.

»Habla español?«

Schweigen.

»Parlez-vous français?«

»Moi, je parle français«, antwortete Pianciamòre.

»Êtes-vous allés en France?«

»Non, je suis allé en Belgique, à travailler dans les mines.«

»...«

»Et vous, êtes-vous américain?«

»Non, non, je suis hongrois, mais j'habite en France.«

»Ah, la France, le pays de Proudhon et de Victor Hugo!« rief Pianciamòre aus.

»Oui, de Proudhon, de Hugo et bien d'autres ...«, antwortete Robert mit einem offenen Lachen. Aber er begriff sofort, wen er vor sich hatte, und während er das Gesicht seines Gesprächspartners beobachtete, dachte er an die katalanischen Bauern von Durruti, an die harten asturischen Grubenarbeiter.

»Dites-mois, était-il de ce pays le cardinal Mazarin?« fragte er auf französisch.

»Bah, ici il n'y a jamais eu un cardinal, mais seulement des prêtres, des religieuses et des capucins. Nous en avons déjà assez!«

Robert streckte ihm lächelnd die Hand hin, und der andere drückte sie: »Au revoir«, sagte er, »au revoir.«

»Au revoir«, antwortete Pianciamòre. »Vive la France!«

»Oh ... Vive le monde tout entier!« sagte Robert.

Donna Elisas Fuchs

S'avissi 'na mezza sciabula
o puru 'na carrubina
facissi 'na ruvina
facissi 'un sacciu chi.

S'avissi un pignateddu
l'agghiu e puru lu sali
facissi un pani cottu
sempre s'avissi 'u pani.

Sizilianisches Volkslied

Es wehte ein Ostwind, er strich über das Eis des Ätna, wälzte sich durch die Ebene von Catania, kräuselte das Wasser im Simeto und im See von Pergusa, streifte Morgantina und Casale, heulte zwischen den Steinen von Filosofiana und Bubbònia und ging über Mazzarino nieder. Schnee war in diesem Wind, er sprühte und wirbelte und zerrann auf dem Boden. Zeit der Wölfe, Sperber und Briganten. Die Straßen im Dorf waren leer, nur eine Gestalt huschte mit gesenktem Kopf, eingemummt in ein schwarzes Kapulier mit Kapuze, an den Mauern entlang durch die engen Gassen und um die Hausecken. In den Häusern der Reichen sprühten die Kohlenbecken Funken und Glut, unter den Tüchern ging der Brotteig auf, und im Herd knisterten die Zweige.

Signorina Colajanni, Terziarin bei den Franziskanerinnen, saß hinter den Balkonfenstern, ihre Füße lagen auf dem Rand des Kohlenbeckens, in der Hand hielt sie den Rosenkranz und sah besorgt zu den Blumentöpfen auf dem Marmorsims, wo Fuchsie, Granatapfel, spanische Nelken und die zerbrechliche, empfindliche Pomelie standen; und als wären es Zuckerglöckchen, stumme Schellen auf einer Ostergrußkarte, wiegten sich auf dürren Stäbchen die Eierschalen. Es war Beichttag, doch die Signorina Colajanni war nicht sicher, ob der alte Kapuzinerbruder Carmelo bei diesem Wetter den Weg vom Kloster zu ihr machen würde. Auf dem kleinen Tisch im Wohnzimmer hatte sie ein Tablett mit Mandel- und Honiggebäck bereitgestellt und eine mit Organsin bestickte Serviette darüber gedeckt. Sie wartete, betete eine Abteilung des Rosenkranzes ab und las im Brevier die Messe der heiligen Jungfrau und Märtyrerin Bibiana. Und sie hoffte, daß ihr Bruder nicht zu früh die Apotheke schließen, nicht vor der Ankunft des Kapuziners nach Hause kommen würde.

Durch die Straßen und Gassen, über die Plätze vom Arenazzo bis hinauf zum Piano del Carmelo, nach Marigèsu, hinunter nach San Giuseppe und über den Kalvarienberg gingen zwei Männer in Uniform. Ihre Stiefel und Gamaschen waren aus Leder, an den Reithosen hatten sie rote Streifen, sie trugen blaue Mäntel, Hüte und Schulterriemen, gingen im Gleichschritt, als wären sie auf Patrouille oder bei einer Parade. Ab und zu hielten sie vor einer Haustür an.

Klopf, klopf.

»Wer ist da?«

»Karabinieri.«

Ein Türchen oder ein Fensterflügel tat sich einen

winzigen Spaltbreit auf, in dem ein Tuch zum Vorschein kam, das einen Kopf verhüllte, oder der Schal einer Frau.

Die beiden Karabinieri fragten, wo der Ehemann, der Bruder oder der Sohn sei.

»Er ist nicht da, er ist nicht da«, antwortete erschrocken die Frau.

»Und wo ist er?«

»Ich weiß nicht. Auswärts, auswärts ist er.«

»Ach ja? Sagen Sie ihm, er soll bald zurückkommen. Hier ist eine Karte für ihn.«

Und sie übergeben den zitternden Händen der Frau die rosarote Karte mit dem Aufdruck: »Im Namen seiner Königlichen Hoheit Umberto di Savoia, Generalstatthalter des Königreichs ... haben Sie sich innerhalb von zehn Tagen beim Bezirkskommando ... zu melden. Blechnapf, Löffel und Decke sind mitzubringen.« Diese Karten, es waren Einberufungsbefehle, die Männer wurden eingezogen oder erneut eingezogen, nach dem Sturz des Faschismus, dem Waffenstillstand und der Fortsetzung des Krieges, diese Karten, so hatte Unteroffizier Rizzo, Kommandant der königlichen Karabinieri, beschlossen, sollten seine Soldaten persönlich zustellen; er beschlagnahmte sie bei der Leiterin des Postamtes, denn er wollte diesem staatlichen Befehl mehr Autorität und Nachdruck verleihen.

Auf den anfänglichen Schrecken und die Bestürzung folgte Murren und Unwillen bei den jungen Männern und ihren Familien wegen dieser anmaßenden erneuten Einberufung, dieses Hohns und dieser erträumten Freude jetzt, da sie, Gott sei Dank, ihre

Haut heil nach Hause gebracht hatten, anders als die vielen, vielen Toten und die unglücklichen Brüder, die über Meere und ferne fremde Länder verstreut waren. Überdies wurden Stimmen laut, die von Abgaben munkelten, von Lebensmittelkarten für Brot und anderes, wobei Feldhüter, Pächter und Grundbesitzer ausgenommen sein sollten; man sprach über die Herrschaft, jetzt, da 'Ngländer und 'Merikaner abgezogen waren, da der Major Abell, wenn überhaupt, nur noch eine vage Erinnerung war, ein verflogener Duft von Lavendel, Geruch von Whisky und Tabak, nur noch in Donna Elisas Gedächtnis und zwischen ihren Leintüchern, man sprach über die Herrschaft, die immer in den gleichen Händen blieb, in Kriegszeiten, in Friedenszeiten und in den Nachkriegsjahren. Das Murren drang aus den Häusern, heizte sich in den Gassen und Höfen auf, gelangte in Cafés, Verbände, Vereine und Parteien, loderte überall im Dorf auf.

Am siebzehnten, dem Tag des heiligen Lazarus, verbreitete sich die Nachricht, daß es in Catania, Giarratana, Avola, Scicli und Palazzolo einen Kampf wie am dreißigsten April, einen Aufstand gegen Bezirkskommandos, Kasernen, Rathäuser, Zollämter, Steuereintreiber und Gerichte gegeben hatte, daß in Comiso, rund um die Fonte di Diana, in den Vierteln von Sénia Acquapomo und Calafàta bis hoch in die Kronen der Johannisbrotbäume auf den Anhöhen, eine unabhängige Volksrepublik ausgerufen worden war (wenige Tage später folgte der Aufstand in Hybla und im Bezirk Russia von Ragusa mit zahlreichen Toten und, weiter entfernt, auf der Piana degli

Albanesi die *Repubblica di cinquanta giorni*, die Republik von fünfzig Tagen), und so kamen sie am Nachmittag aus allen Himmelsrichtungen auf den Piano del Carmelo. Allen voran die jungen Männer, die rosaroten Karten schwenkend, angeführt von den Brüdern Ansaldi, Rocco als erster, dahinter, dem Alter nach, seine Brüder Giovanni, Carmelo und Salvatore; Rocco war der stattlichste, und zusammen mit seinen Brüdern führte er diese Bande an. Eine Bande, wie sie Briganten bilden, von denen es in den benachbarten Dörfern viele gab. Doch die Brüder Ansaldi nannten sich kommunistische Briganten, Banditen für Recht und Freiheit im Kampf gegen Staat und Adel, Großgrundbesitzer und Mafia. Ähnliche Banden gab es auch in Centùripe, Niscemi und Sambuca. Und Rocco wollte wie Testalonga sein, der einstige Bandit aus Pietroperzìa, von dem erzählt wird, er habe sich aus Hunger nach Gerechtigkeit und Freiheit der Bande von Ratumemi angeschlossen.

A Ratumemmi a li primi nisciuti
Si sparagiaru già li so surdati.
Li baddi gruossi e li baddi minuti
Cadianu comu grannuli quagghiati;
E Pidicuddu ci dissi a Rumanu:
Lassamu l'armi e facimmula a manu.

Maskiert und mit den roten Hemden unter dem Rock aus Samt und Barchent, mit Karabiner oder Doppelflinte, umgehängten Patronen und Handgranaten im Brotsack, zogen Rocco und seine drei

Brüder, umringt, über Pässe und Triften, zogen plündernd bis zu den Straßenkreuzungen nach Riesi, nach Butèra und Barrafranca; sie überfielen Maultier- und Karrenkarawanen, die Autos der Accardi, der Accàttoli, der Bàrtoli und der La Loggia; nachts brachen sie in Villen und Bauernhäuser ein, kehrten dann zurück ins Dorf, promenierten auf dem Piano del Carmelo, tranken im Café mit den Freunden und diskutierten mit den Parteigenossen der Ortsgruppe.

Und die jungen Männer, die auf dem Platz zusammentrafen, fanden an den Mauern der Paläste, vor dem Rathaus und vor der Kaserne, neben den Türen der Klubs und Parteien diese Plakate, und wer lesen konnte, las sie, und las den Genossen laut vor:

JUNGE SIZILIANER

Nach den langen Jahren,
in denen Krieg und Elend herrschten,
wird von uns, gegen den Willen des Volkes,
wieder verlangt,
daß wir unser Blut vergießen. Wie gestern
befiehlt uns der feige Monarch,
für die Eroberung weiterer Reiche zu sterben.
Wir werden nicht zu den Waffen greifen!

JUGEND SIZILIENS

Seid solidarisch und stellt Euch nicht!
Friede und Arbeit, das ist es, was wir wollen.

Inzwischen hatte sich der Platz mit weiteren Menschen gefüllt, mit Männern, Greisen, Frauen und Kindern, die aus der Nähe und aus der Ferne gekommen, aus allen Ecken und Enden herbeigeströmt waren. Sie stellten sich im Kreis um die jungen Männer auf, bildeten eine Mauer.

Rocco Ansaldi, der in der Mitte stand, nahm ein Streichholz und zündete den Einberufungsbefehl an, er hielt die brennende Karte an einer Ecke hoch in die Luft. Schnell machten es ihm die Brüder nach, dann auch alle anderen, und unter Reden und Lachen tanzten, kurz wie Strohfeuer, die Flammen auf dem Platz. Die rosaroten Karten gingen in Asche auf.

Hinter den Sprossen der Fensterläden beobachtete Unteroffizier Rizzo die Szene, ließ sich vom ältesten Gefreiten, der seit Jahren im Dorf lebte, alle Namen sagen und schrieb sie pingelig in sein Register.

Die Männer vom Circolo Amicizia amüsierten sich bei diesem Anblick und waren neugierig, welche Wendung diese Parade nehmen würde.

Peppino Pianciamòre, der auf der Treppe zum Carmelo stand, oben zwischen den beiden Säulen des Portals (noch weiter oben funkelte die emaillierte Kuppel in einem letzten und hellen Strahl der Dezembersonne), schaute zu und lächelte über diese schnell verlöschenden Feuer, die bloß die Finger verbrannten, dieses schwache Aufblitzen der Anarchie, dieses kurzlebige Aufbäumen gegen den Staat. Und die jungen Kommunistenführer vor dem Parteilokal, neben ihnen Tagelöhner und Schwefelgrubenarbeiter, waren beunruhigt über dieses spontane und unvorhergesehene Auftreten der Einberufenen. Es waren Genossen, es waren Parteilose und Leute ohne jede Ideologie und armes, aufgebrachtes Volk.

Auf der Brust von Liberto, dem Buckligen, erschien radförmig ein zweiter Buckel, die Trommel, und Japico Midolla hielt die beiden Kupferbecken der Musikkapelle in den Händen. Liberto gab den ersten Stockschlag, und Japico antwortete mit dem Tschingbum, Tschingbum. Dann wurden die Musikanten an die Spitze geschoben, und hinter ihnen reihte sich der Trupp ein, der schreiend den Corso hinunter zum Arenazzo zog. Kurz darauf ertönten vom Platz die ersten Schüsse in die Luft, Lärm, Schreie, Hilferufe und Gekreische.

Dann folgte eine wilde Flucht, rasch wurden Cafés, Klubs und Parteilokale geschlossen.

Donna Elisa Accàttoli, von Natur aus sensibel und wach wie eine Füchsin, hatte, die Geschehnisse vorausahnend, den ganzen Vormittag und auch nach dem Mittagessen auf ihren Bruder Don Luigi eingeredet und war dabei auf und ab gegangen, wie ein Wiesel im Käfig:

»Ich bin unruhig, ich bin unruhig, ich weiß nicht. Heute nacht habe ich von Süßigkeiten geträumt, von Cassata, Cannoli und Tellern voller Beignets ... Ekliges Zeug! Laß uns fortgehen, Luigi; laß uns gehen! Bring' mich nach Catania, nach Taormina ...«

»Elisa, gib Ruhe! Du und deine Träume! Ich habe versprochen, daß ich dich zu Weihnachten hinunter nach Palermo bringe, wenn es dein Mann erlaubt. Du erlaubst es doch, nicht wahr, Gaetano?« fragte

Don Luigino höhnisch seinen Schwager, der im Sessel saß, schlaff, schnarchend, die Zeitung lag auf dem Boden, war ihm aus den Händen geglitten. Don Luigino schaute ihn dabei nicht einmal an, nicht einmal seine Frau Elisa schaute ihn an.

»Ich habe dort eine Verabredung mit Baron Alù«, fuhr Don Luigino fort, »mit Agostino La Lomìa und mit Sillitti. Wir sind bei Don Luigi Tasca eingeladen.«

»Zu Weihnachten, Weihnachten ... Noch eine Woche. Wer weiß, was in einer Woche alles passiert!«

»Elisa!« rief Don Luigino in einem Tonfall, der keine Widerrede zuließ. Donna Elisa nahm den Schal, den sie auf das Sofa geworfen hatte, wickelte ihn wütend um die Schultern und verließ stocksteif den Raum.

Als sie in ihre Zimmer hinübergegangen war, holte sie den Armeefeldstecher, ein Geschenk ihres Ältesten, aus dem Arbeitszimmer und bezog gleich Stellung oben am Erkerfenster, von wo aus man das ganze Dorf überblicken konnte. Sie setzte sich in den Armsessel und richtete den Feldstecher auf die Piazza del Carmelo. Genau in dem Augenblick, als Ansaldi Rocco, der im Mittelpunkt dieser Menschenansammlung stand, seine rosarote Einberufungskarte anzündete. Donna Elisa holte das Bild näher heran, richtete den Feldstecher nur noch auf Rocco und glaubte in dem jungen Mann, an seinem Körperbau, an seinen Bewegungen und an der Kleidung, den Banditen zu erkennen, der mit anderen eines Abends in das Gutshaus von Gibilemme eingedrungen war, die jungen Männer und Aufseher überwältigt hatte, und, um sie zu beleidigen, oder vielleicht begehrte er sie wirklich, vor den Augen aller Anwesenden mit seiner groben, heißen Hand über ihr Gesicht gefahren war, über Brust, Hüfte, über den ganzen Rücken und noch weiter hinab, dabei hatte er geflüstert: »Ach, so ein feines Häppchen, so ein Zuckerpüppchen!«

Dann verfolgte Donna Elisa die ganze Szene, verfolgte die Prozession, die sich von der Piazza del Carmelo aus unheildrohend in Richtung Fiorentino bewegte.

Atemlos lief sie hinunter zu Luigino, schreiend, fluchend, trieb zur Eile an, befahl sofort den Aufbruch. Sie schafften es gerade noch, auf den Balilla zu steigen, den Koffer mit den feinsten und kostbarsten Dingen zu verstauen und nach Caltanissetta abzufahren.

Die Menge strömte hinunter zum Arenazzo, und aus Gassen und Passagen ergossen sich, wie kleine Bäche in eine Talmulde, Tagelöhner, Hilfsarbeiter und Arbeitslose mit Frauen und Kindern und den alten Eltern. Als wären es Hellebarden, trugen sie auf den Schultern Schaufeln und Spitzhacken, Stangen, Flinten und andere Waffen, welche die Truppen beim Rückzug zurückgelassen hatten.

Der Menschenstrom wälzte sich hinunter durch den Firriato und den Largo Madonnuzza, zum Purgatorio und mündete bei den Kapuzinern, bog in die Via Sperlinga, in die Botteghelle ein und kehrte in der Dämmerung wieder zurück auf den Piano del Carmelo. Es wurde geschrien und gesungen:

»Schluß mit den Einberufungen, für uns ist der Krieg aus!« riefen sie. »Nieder mit den Beamten, nieder mit den Grundbesitzern!«

Unterdessen wurden in den Palästen die Tore verriegelt, Balkontüren und Fenster geschlossen. Die Barone liefen mit den Dienern durch die Säle, über Treppen und Höfe, legten Ketten an Schränke, Tresore und Speicher. Doch das Volk hatte es zuerst auf das Rathaus abgesehen.

Was geschah? Was geschah? Was geschah? Es war wütendes Wüten, Wut, die kommt und geht, Raserei, die anschwillt, abnimmt, die vorüberzieht, ein toller Tanz, ein wirbelndes Feuerrad, das in sich zerfällt, sich an den Funkenflügeln entfiedert, in einer Wolke erloschenen Gesteinregens auflöst. Es war, es war, es war schwindender Rauch, Schatten, weichender Dampf vom Rauhreif auf Gräsern, Dornen, Knospen. Geh nur, geh. Eine Steinlawine wird Dich begraben. Über dem Grab aus Brennesseln und Äpfeln von Sodom erhebt sich das Kreuz mit einem einzigen Arm, der Galgen, an dem der dreckige Lappen hängt. Bitte die Raben um Mitleid, die streunenden Hunde um Vergebung, lausche ihrem Heulen, ohne zu zittern. Denn Du weißt es, Du weißt es, daß nur Fuchs und Geier überleben.

Von den bauchigen Balkonen des Rathauses flogen Papiere, Register, Stühle und Möbel, zerbrachen auf dem Platz, wurden vor dem Denkmal aufgehäuft. Und dort wurden sie in Brand gesteckt. Alle liefen und tanzten um die Flammen. Jemand schrie: »Accàttoli, Accàttoli«, und eine Gruppe stürzte zum Palast des alten Bürgermeisters, eine andere zu dem von Donna Elisa und ihrem Bruder. Die zweite bestand vor allem aus Frauen; Frauen, die dieser hochmütigen Mafia-Frau ihre Überheblichkeit und die Hörner, die sie dem ganzen Dorf aufgesetzt hatte, mit dem Engländer, nicht verziehen.

Sie drangen ein und stürmten über die breite Treppe in die Säle, öffneten Spiegelschränke und Schubläden, Kommoden und Koffer (aus diesen Öffnungen strömte ein Wohlgeruch von Quitten, Lavendel und Bergamotten, als wäre dies der Atem des Holzes, der Sachen). Im Schlafzimmer nahm eine vom Toilettentisch eine große Flasche Kölnischwasser, entkorkte sie und trank, weil sie glaubte, es sei Likör. Eine andere, die unerbittlichste, holte sich die Kleider der Baronin aus dem Schrank, Alltagskleider, Röcke und Jacken nach Männerart und auch die langen Kleider aus Moiréseide mit tiefem Ausschnitt, die sie auf Festen trug oder beim Besuch im Teatro Massimo in Palermo. Eine andere fand Schuhe mit hohen Absätzen oder orthopädischen Einlagen, Strümpfe, Mieder und Strumpfbänder. Andere fanden eine Boa, Schals, Kragen und Mäntel. Sie nahmen alles und warfen es von den Balkons, unten packten sie die Sachen und trugen sie zum Feuer. Die Unerbittliche nahm den honigfarbenen Pelzmantel, zog ihn an, drehte sich vor dem Spiegel, ging dann, die Gangart der Baronin nachahmend, auf den Balkon und verkündete: »Dies ist Donna Elisas Fuchs!« Sie zog ihn aus und schleuderte ihn mit weitausladender, königlicher Geste fort.

Liberto, der Bucklige, setzte die große Trommel im Hausflur ab und stieg, von seinem Schatten, dem

Beckenschläger Japico Midolla gefolgt, die Treppe hinauf in den Palast. Die beiden suchten gleich die Zimmer von Don Luigino, sie waren darauf bedacht, nur das Allernotwendigste, nur nützliche Sachen zu nehmen, vor allem solche, die nicht auffielen: Liberto nahm ein Paar schöne schwarze Stiefelchen aus Chevreauleder mit schwarzen Gagatknöpfen an der Seite; Japico nahm dicke cremefarbene Unterhosen und Leibchen aus echter englischer Vorkriegswolle.

Andere Gruppen stürzten sich in den Palast der La Loggia, wieder andere in den von Cavaliere Perno und von Cannada: Sie zertrümmerten, raubten und verbrannten. Der Cavaliere Bàrtoli Antonino, der Schlauste, zeigte sich, als sie dabei waren, Feuer zu legen, auf dem Balkon und rief ihnen zu: »Nein, nein, kein Feuer! Was bringt das? Hier sind die Schlüssel. Kommt herein, kommt und nehmt euch, was ihr wollt.« Und klirrend ließ er den Schlüsselbund auf den Bürgersteig fallen. Kaum waren sie im Haus, zogen sie schnurstracks zu den Vorratskammern, ohne an etwas anderes zu denken, sie bildeten sofort eine Prozession mit Säcken, Fäßchen, Schläuchen und Korbflaschen auf dem Rücken.

Der Raubzug dauerte etliche Stunden, die Feuer loderten in den Palästen, die Schreibstuben im Rathaus und im Circolo Amicizia glichen Warenlagern, durch die Zuaven gezogen waren.

Endlich, zwischen neun und zehn Uhr, zerstreute sich die Menge allmählich, satt, müde und betrunken, jeder verschwand in seiner Behausung, verkroch sich in seiner Hütte.

Auf den Eisengestellen bogen sich die Bretter, die

Blätter knisterten im großen Sack. Unter Mänteln und groben Decken zusammengerollt drückten sich die Kinder an den Rücken von Ma' und Pa', die sich, einer im anderen, vergnügten und Stöhnen und Seufzen unterdrückten. Und in der Nacht, in dieser Nacht voll klebrigem Schweiß war der letzte Gedanke, bevor man erschöpft in den Schlaf sank: »Und morgen geschehe, was Gott will.«

In dieser Nacht kam Girolamo Li Causi ins Dorf, die Freunde nannten ihn Mommo, ein Mann des Opfers und des Kampfes, der aus dem Partisanenkrieg heimkehrte.

Ob Mommo jemals dem Fotografen Robert begegnet ist, der jetzt im befreiten Paris war oder im Inferno der Ardennen, jenem Robert, der Hemingway, Picasso und Eluard in der Rue des Grands-Augustins traf?

Jedenfalls begegneten beide Peppino Pianciamòre und seinen Genossen, sahen die gleichen Gesichter der Bauern, Frauen und Kinder, gingen durch die gleichen Straßen, betrachteten die Türme, Kuppeln, Klöster und die grotesken Konsolen an den Balkons von Mazzarino.

Im Parteilokal lauschte Mommo der Erzählung der jungen Genossen, der Erzählung über Wut und Rebellion. »Ihr Unglückseligen, Ihr Unglückseligen«, rief er betrübt.

Ratumemi

I

Schwarze Wolken zogen am Himmel vorüber, dichte Wolken, als würden sie aus einem Schornstein ausgestoßen, sie wanderten von Osten nach Westen, rissen und streckten sich, gaben blaue, kristallklare Augen und die langen Strahlen der aufgehenden Sonne frei, die in glühenden Fächerstäben vom unteren Ende des Corsos aufwärts zum Quartiere del Màzzaro, zum Borgo, bis zum Dreieck im Giebelfeld der gelben Kirche von Santa Lucia emporstieg.

Auf dem Marktplatz standen dichtgedrängt Esel, Maultiere, Stuten und Grauschimmel, ihre Spiegelchen glänzten, die Bänder, Troddeln und Federn leuchteten in grellen Farben, die Glöckchen und Schellen bimmelten. Und die Männer zu Fuß und zu Pferd, Fahnenstangen in den Händen, Bündel und Körbe vollgestopft mit Eßvorräten, strahlten aus den blauschimmernden, frisch rasierten Gesichtern. Sie warteten, die Augen auf das Tor der Casa del Popolo gerichtet, auf das Erscheinen der Anführer.

Von den Balkonen der Paläste, die auf den Platz hinausgingen, den sie auch den Arenazzo nannten (Rastplatz der Fuhrleute von Butera, Riesi oder Terranova, wo sich die Tiere, alle Viere von sich gestreckt, den Rücken rieben, Erholungsort im Warenlager, der üble Geruch nach verbranntem Horn, vom Beschlagen der Hufe in der Schmiede, nach gekochten Artischocken und in den Kneipen nach Wein), vom Palazzo Accardi und vom Palazzo Alberti, von der Apotheke Colajanni, sogar vom Pfarrhaus von San Rocco wurde dieser Auflauf von Bauern beobachtet, diese angehende Prozession, dieses neuartige Fest, das weder einem Brauch noch einem Kalenderfest entsprach.

Und im leisen Stimmengewirr, in gemurmelten Begrüßungen und Gesprächen, im schrillen Quietschen der Hufeisen oder Nägel, im Gebimmel der Glöckchen, im Rauch von Schnittabak und billigen Zigarren ertönten Banjos und Mandolinen, die mit Schleifen geschmückten Instrumente der Barbiere, und die Barbiere, deren Gesichter, Haar und Launen noch strahlender waren als die der übrigen, stimmten mit ihren langen, dürren Fingern, den gepflegten Nägeln, die *Internationale* an. Und gleich danach *Bandiera Rossa*, die *Inno di Garibaldi* und *Mameli*. Sie nahmen die Holzplättchen mit dem Zelluloidkern von den Saiten, als sich die Tür der Casa del Popolo öffnete und La Marca, Cardamòne, Siciliano, Pirrone und noch andere herauskamen, den Platz überquerten, sich an die Spitze des Zuges begaben, wo die Via Bivona auf den Platz mündet, und auf den Rücken der Tiere stiegen. Vorsichtig, denn sie waren nicht alle mit den Tieren vertraut, diese jungen Männer aus Mazzarino, die aus dem Krieg zurückgekommen waren. Sie hatten studiert, aber nicht in Büchern, sondern gegen die papiernen Bücher und Schulwörter, in anderen Büchern und hatten überdies leidenschaftlich in dem Buch ihres Dorfes studiert, hatten darin deutlich von der fortdauernden

Beleidigung, der seit jeher währenden Unterdrükkung, der anmaßenden Überheblichkeit der Barone gelesen. Sie waren Erben, aber sie waren anders als ihre Vorgänger, anders als Don Oreste Paraninfo, der nachts auf seinem Balkon nackt auf der Geige Mozart und Beethoven spielte, oder Don Rocco Colajanni, der Apotheker, ein eingefleischter Atheist, der auf dem Totenbett nach dem *Decamerone* verlangte und so seine Tochter, die Laienschwester, und die assistierenden Nonnen tief verletzte. Oder Giunta, der Arzt, der, wenn er auf dem Corso Krankenbesuche machte, den Blick nach oben auf die Fenster der Paläste richtete und ausspuckte und schimpfte: »O ihr Barone, ihr Schweine!«

Dank dieser jungen Männer hatte der Blocco del Popolo die Wahlen gewonnen, und nach dem Wahlsieg spazierten sie herausfordernd einer neben dem anderen den Corso auf und ab, blockierten die Straße, um ihre Gegner zu ärgern. »Da einmal mit der Maschinenpistole durchziehen, das müßte man! Schaut sie euch an! ... Gerade jetzt, wo man alle im Visier hat ... Ra-ta-tata und im Nu wäre man diese Taugenichtse los«, flüsterte Don Turiddo Bàrtoli auf seinem Balkon seinen Feldhütern zu, die sich hinter ihm aufgestellt hatten. Allen voran der Schutzengel, Blutsauger und Zuhälter Don Peppino, Falzone mit Nachnamen, Mafiaboss dem Namen nach und auch wirklich, Genosse von Scebba, ein weiterer Boss aus Butèra.

Als alle auf ihre Reittiere gestiegen waren, blies der Trompeter von der Kooperative »L'Agricoltore« den Weckruf, wie er es als Soldat getan hatte. La

Marca drehte sich auf seinem Pferd zur Menge um, hob den Arm und schrie:

»Vorwärts!«

Und ein fröhlicher, lauter festlicher Zug setzte sich in Bewegung, die Barbiere stimmten den Marsch von Orsomando, dem Kapellmeister, an.

Sie zogen durch die Via Bivona und zum Castelvecchio, über den Saumpfad am Rande der Vallata del Canale, sie ließen die letzten Häuser am Hügel der Immacolata hinter sich, kamen zur Einsiedelei von San Corrado, die schon Karmeliterkloster und Lazarett zur Zeit der Cholera und der schwarzen Pocken gewesen war, aber auch ein Bestattungsort für unbußfertig und durch Messer oder Jagdgewehr Gestorbene. Bald gelangte die Prozession unter den noch stehengebliebenen Turm und die Mauern des alten Schlosses der Branciforti, Carafa und Santapau, der Fürsten von Butèra, Roccella und des Heiligen Reiches, der Grafen von Mazzarino und von Grassuliato, und so weiter, und so weiter. Das Schloß mit seinen Türmen und Mauern, das von überall sichtbar hoch auf dem Hügel am Fuße des Monte Diliàno thronte, hatte für alle, die in diesem Augenblick darunter vorbeiritten, seit ihrer Geburt, in ihren Bildern und Erinnerungen etwas Drohendes, mit Bann oder Hexerei, mit einem alten Fluch Behaftetes. »Die Last des Schlosses werden wir wohl nie abschütteln«, sagte La Marca zu sich selbst. Und er verstand jetzt, er verstand die beiden Arbeiter vom Staudamm, die eines Tages, am Vorabend zu den Wahlen, mit Sprengstoff zu ihm gekommen waren und sagten, sie wollten das Castelvecchio in die Luft jagen.

»Seid Ihr wahnsinnig?!« hatte sie La Marca angefahren.

Jetzt aber dachte auch Totò an einen Streich, der es ihm ermöglichte, das Schloß einzunehmen, wie den Turm auf dem Schachbrett.

»He«, rief er seinen Genossen zu, »wer ist so mutig und steckt eine Fahne auf den Turm?«

»Juhuu!«

»Juhuu!«

Zwei Reiter auf Berberrossen sprengten nach vorn.

Sie packten eine Fahne und ritten zwischen Dorngestrüpp und Disebüscheln den Hügel aufwärts und verschwanden hinter der Kulisse der zerfallenen Schloßmauer. Gleich darauf tauchten sie zwischen zwei Zinnen auf dem Turm wieder auf, steckten die Fahnenstange in einen Spalt, und die rote Fahne entfaltete sich und begann zu flattern.

Sie zogen am Hügel von Gambellina, am Monte Caruso vorbei, stürzten sich in die Ebene von Sanghez und kamen in das Tal von Braèmi. Als sie es hinter sich gelassen hatten und Ratumemi erreichten, war Mittag schon vorbei.

Sie gelangten zur Lichtung mit der Wiese, aus der die Steinblöcke wie die Rücken der Tiere des großen Gutshofs von Don Ercole ragten.

Das Gehöft war von einer hohen Mauer mit Löchern für Gewehrläufe und Glasscherben auf der Krone eingeschlossen.

Hinter der Mauer, hinter dem verriegelten Tor tauchte die Krone eines Johannisbrotbaumes auf, konnte man die Gitter an den Fenstern und oben die

Loggia mit den Steinsäulen und Ziegelbogen erkennen. Alles schien verschlossen, verlassen und ruhig. Doch aus den Ställen erhob sich das Muhen der Kühe. Und Wiehern aus dem Hof, das Kläffen von Hunden und das Gurren der Tauben aus den Mauerlöchern.

Sie verteilten sich über das Hochplateau, die Tiere banden sie an den Eisenringen fest, die in die Mauer gerammt waren, und luden das Essen ab.

Aus Steinen errichteten sie Feuerstellen, zündeten Laub und Holz an, bereiteten die Glut und brieten auf den Rosten Würste, Rippchen und gefüllte Gedärme vom Lamm und vom Schwein.

Die Brise war abgeflaut, und in die reglose Luft über dem ganzen Platz stiegen, in diese plötzliche Nachmittagsruhe, fettige Rauchsäulen, kompakt und gerade wie Baumstämme. Oben blühten die Rauchsäulen auf, breiteten sich in Wellen, Ästen aus, vereinten sich an den Spitzen wieder und bildeten einen Bogen, einen Himmel voll schmackhafter und sättigender Verheißungen.

Zi' Ciccio Arcadipane, zwei Spannen hoch, war der geschickteste aller Köche. Mit den Händen wendete er Fleisch und Würste, die von Fett troffen, streute Salz, Pfeffer, Fenchelkörner und Rosmarin darüber. Und während er arbeitete, spürte er die Hitze tief unten im Kinn, spürte, wie sich der Mund mit Speichel füllte, wie jedes Mal, wenn er auf das Essen wartete und es etwas sehr Leckeres gab.

So ging es allen Genossen in seiner Gruppe: Vito Parlagreco – er war mager, doch, wenn er um die

Wette aß, durchaus fähig, einen Trog Pasta mit Soße zu verschlingen –, Turi Trubbìa, Santo Brucculèri, Croce Vitale und Petro Grassiccia, einem hochgewachsenen rotgesichtigen Mannsbild mit Spitzbauch.

Rund um die Feuerstelle hatten sie sich mit langen Gesichtern und gierigen Augen aufgestellt, sie rauchten und schnupperten.

Und so stand auch Rocco Grassiccia da, ein kaum fünfjähriger Junge, als wäre er dort geboren, in diesem Augenblick aus dem Bauch seines Vaters gekrochen. Das Ebenbild des Vaters: das Gesicht rund und rot, blond und dicht das Haar, und tiefliegende helle Augen über den Wangen. Er wich nicht von seiner Seite, ahmte jede Geste, jede Haltung nach, steckte die Hände in die Hosentaschen, verschränkte die Arme, kreuzte die Finger auf dem Rücken. Doch der Vater bemerkte seine Anwesenheit nicht, so sehr war er daran gewöhnt, ihn immer bei sich zu haben, bei der Arbeit, nach der Arbeit, sonntags auf der Piazza, wie einen verkleinerten Schatten seines Körpers.

Und als das Essen fertig war, näherte sich der kleine Rocco wie die anderen dem Rost, griff nach seinem dampfenden Stück Fleisch und fing an, es mit seinen kleinen Wolfszähnen abzureißen. Jemand reichte ihm auch die bauchige Flasche mit dem Wein, die er mit ernster Miene entgegennahm und hoch erhoben wie eine Trompete zum Mund führte. Der Vater nahm ihm die Flasche weg.

»Hau ab hier! So ein Gauner!« rief er. Da prusteten alle los vor Lachen. Rocco war beleidigt, er stand auf, ging zu seinem Maultier und hockte sich mit tränennassen Augen vor die Mauer. Er warf einen Knochen, den er noch in der Hand hielt, trotzig auf den Boden. Rasch schnappte ihn sich ein *cirneco*, der da herumstreunte oder mit einem der Maultiere aus dem Dorf gekommen war, und lief davon. Zi' Ciccio Arcadipane wollte Rocco zur Gruppe zurückholen, aber der sagte bockig nein.

Später, viel später ging er zurück, da waren die Männer schon satt und angetrunken. Petro Grassiccia hatte mehr getrunken als die anderen, und sein von Natur aus rotes Gesicht war jetzt dunkel wie eine Blutwurst. Er hänselte Arcadipane wegen seiner vier Töchter. Zi' Ciccio meinte, um ein Mädchen zu zeugen, brauche es mehr Kraft, und die Tatsache, daß die Frauen länger lebten, sei der Beweis dafür. Der andere erwiderte, daß sich der Mann jedoch bei schwerster Arbeit auszehre, vor allem bei jener süßen Schwerarbeit, dem rastlosen Stoßen mit dem Schwengel. Und was macht sie dabei, he? Sie liegt da, streckt ihren Bauch in die Luft und tut nichts.

»Tut nichts dazu? Tut nichts dazu?« fiel Arcadipane ein, »dann hast du aber von dieser Sache nichts kapiert!«

O du langer Lulatsch, du Einfaltspinsel, du Unschuldslamm!

Alle lachten, doch als Zi' Ciccio den kleinen Rocco gewahrte, der die Ohren spitzte und wollte, daß der Vater bei diesem Wortgefecht gewinne, sagte er, man solle jetzt aufhören, es sei genug. Und vor sich hinbrummend legte er neues Fleisch über die

Glut. Während sie warteten, machte die Korbflasche wieder die Runde von Mund zu Mund.

Auch bei den anderen Gruppen, die einen näher, die anderen weiter entfernt, stiegen immer noch Rauchsäulen hoch, man hörte Stimmen, Lachen, schmeichelnde und spottende Worte. Und ab und zu, leise oder bloß angedeutet, die Musik der Barbiere.

Grassiccia, der schon betrunken war, klammerte sich an Vito Parlagreco, er hatte den Arm um seine Schulter gelegt und fütterte ihn, gab ihm zu trinken, nannte ihn seinen Freund und küßte ihn zwischendurch auf die Wangen.

»Eßt doch«, sagte er, »trinkt! Ihr seid so traurig!«

Doch der magere Vito, der immer hungrig aussah, hatte mehr verschlungen als alle anderen.

Der kleine Rocco schaute zu, und da er sah, wie der Vater den Freund fütterte, lief er zur Feuerstelle, holte gebratenes Fleisch und reichte es dem Vater:

»Pa'«, sagte er, »da, Pa', nimm.«

Und Petro gab Vito das Fleisch. Der war satt, doch um die Erwartung des Freundes nicht zu enttäuschen, tat er so, als beiße er hinein und gab es gleich an Trubbìa oder Brucculèri weiter. Das gleiche tat er auch mit der Korbflasche.

Erschöpft ließen sie sich in ihrer ganzen Länge ins Gras fallen, stützten sich auf die Ellbogen: Und es war, als sei jeder wieder allein mit seinen Gedanken, seinen Sorgen. Die Blicke irrten über diese nackte Ebene, über die sich anschließenden Hügel, die nach dem Oktoberregen gerade zu grünen begonnen hatten oder weiß und steil waren, hohe, spitze Festungen aus Kalkstein. Sie sahen auf der einen Seite das Schloß des Dorfes und darunter die Ebene und den Berg und rundherum in einer verwirrenden Unendlichkeit, Richtung Riesi oder Barrafranca, die Lehnsgüter von Contessa, Mastra und Mercatante. Und keiner von ihnen, keiner von denen, die dort verstreut lagen, ertrunken in diesem Raum der Vergessenheit, unter diesem unbeweglichen Himmel, keiner hatte bemerkt, daß über der weißen Mauer des Gutshofes, über den Glasscherben, hinter den vergitterten Fenstern, unter den Bogen der Loggia im Obergeschoß kaltblütige Gesichter, spähende Augen, rauchende Münder und Nasen unter schwarzen oder farbigen Baskenmützen erschienen waren. Daß auf der Loggia unter dem mittleren Bogen Don Ercole mit einem Strohhut stand, daneben Peppuzzo Bàrtoli, sein Sohn, und Don Peppino Falzone, der Mafioso, umgeben von anderen, die alle reglos auf dieses Bauerntreffen auf dem Gut von Ratumemi starrten.

»Pa', o Pa'«, rief Rocco und rüttelte den Vater am Westenzipfel, »schau' mal, Pa', dort!«

Doch Petro rührte sich nicht, er lag mit halbgeöffneten Augen da und blies seinen schweren Atem aus den Lungen.

Zi' Ciccio Arcadipane aber bewegte sich und setzte sich jäh auf, sah die Szene im Gutshof, sah die Herrschaften und blieb verdattert sitzen, wie der Ochs' vorm Scheunentor.

Da kam Totò La Marca und rüttelte ihn wach, versetzte ihm einen Schlag und schrie:

»Los, Zi' Ciccio. He, ihr anderen, an die Arbeit! Wir haben genug gerastet. Wir sind hergekommen, um zu arbeiten. Los jetzt!«

Und während er schrie, schaute er herausfordernd hinauf zur Loggia.

Dann fiel sein Blick auf den Sohn von Grassiccia, den kleinen Rocco. Er ging zu ihm und legte ihm die Hand auf den Wuschelkopf: »Und dieser Junge, wem gehört der?« fragte er.

»Das ist meiner!« erwiderte stolz Grassiccia.

»Er muß sofort mit den Barbieren zurück ins Dorf.«

Und zu Rocco gewandt: »Du gehst zu deiner Mutter zurück. Dein Vater bleibt hier.«

Rocco nickte ernst. Totò lächelte ihm zu und ging.

Zugleich mit La Marca hatten sich auch die anderen Anführer erhoben und verteilt, sie rannten in alle Richtungen über die Hochebene, schrien und befahlen den Gruppen, rasch mit der Arbeit zu beginnen.

So gingen alle zu den Tieren, nahmen von den Packsätteln Hacken, Picken und Schaufeln und spannten die Maultiere vor die Pflüge. Sie bildeten Trupps, markierten mit Steinen Grenzen um das große Gut, stellten sich mit ihren Arbeitsgeräten in Reihen auf.

Und von einem Stein, der am höchsten Punkt aufragte, sprach Filippo Siciliano, die Hände vor dem Mund zu einem Trichter geformt, zu seinen Leuten: »Die Erde gehört denen, die sie bestellen! Dieses unbebaute Land gehört uns. Von hier gehen wir nicht mehr fort. Hier werden wir unsere Schützengräben bauen ... An die Arbeit, Genossen, an die Arbeit!«

Aus der Ebene erscholl ein einziger Schrei. Dann, nach dem Trompetenstoß, bückten sich alle und fingen an, die Erde aufzuhacken. Und vor den Reihen der arbeitenden Männern wirbelten in den Strahlen der Sonne, die herabsank zu den Schwefelgruben, zum Salso und Gallitano, Staubwolken auf, die die Arbeiter sofort einhüllten und verbargen.

Im Herzen von Sizilien

Lieber Peppino, ehrlich gesagt, haben Onkel Alessio und ich Caltanissetta und Umgebung zu einer Jahreszeit besucht, die sich dafür nicht besonders eignet. Man findet hier vor allem ausgetrocknete, geheimnisvolle Schwefelgruben und die öden, unbebauten, nicht enden wollenden Latifundien. So haben wir auf unserer Reise vor allem versengte, mit gelben Stoppeln übersäte Erde gesehen. Wären wir im Winter gereist, hätten die feinen Halme des gerade aufgehenden Weizens ihr zartes Grün über die feuchten Schollen gebreitet und dieser unermeßlichen, verlassenen Landschaft die tiefe Süße eines friedlichen Arkadiens verliehen. Und stell' Dir vor, was unsere Augen erst im Mai genossen hätten, wenn die Hänge mit purpurrotem Süßklee bedeckt sind und zwischen den hohen Ähren knallroter Klatschmohn, blaue Kornblumen, weiße und gelbe Margeriten, violette Iris, zierliche wilde Gladiolen hervorblitzen, die beim leisesten, duftenden Windhauch ihre rosafarbenen Blütenköpfe neigen! ...

Trotzdem faszinieren mich die Latifundien immer, selbst in der Sommerhitze. Ich kann Dir nicht sagen, was meine Seele im Angesicht solch wilder Poesie der Natur empfindet. Es ist, als würde ich in fernliegende Zeiten getaucht und der Mensch existiere nicht mehr oder, besser gesagt, hätte nie existiert. Dabei erfüllt der Anblick mein Herz mit einer unbeschreiblichen, heimlichen Beklemmung, der Anblick dieser weiten, einsamen Ländereien, der spärlichen Rinderherden, der unruhigen Stutenherden, der weit verstreuten Gutshäuser, der unendlichen Horizonte, der Morgendämmerungen, der Nachmittage und der traurig feierlichen Sonnenuntergänge, die nur das heitere Geflüster des Windes in den Disteln, die weiß sind vom Staub, das melancholische Gebimmel entfernter Viehglocken und die Hirten begrüßen, die am Abend, während sie die Herden in die Ställe zurücktreiben, nach den verstreuten Tieren rufen.

Auf dem Weg von Mussomeli nach Aidone, in Pietraperzìa, in Niscemi, in Mazzarino, in Terranova (das an das griechische Gela erinnert, wo 456 v. Chr. der größte der griechischen Tragiker, Aischylos, gestorben ist), hatte ich manchmal das Gefühl, jene gewaltige Fläche von Latifundien zu überqueren, die sich von Lercara ausgehend, bis S. Stefano-Quisquina, Bivona, Alessandria della Rocca und Cianciana hinunter ausbreitet, wo sie sich gegen Cattolica Eraclèa, Sambuca-Zabut, Ribera, Sciacca und Menfi wendet, bis sie auf dem einsamen Strand des afrikanischen Meeres endet. Die einzigen Oasen in so viel Wüste sind Weingärten, Olivenhaine, Mandelbaumwäldchen, Affenbrotbäume und Obstbäume, welche jene abgeschiedenen Dörfer umgeben, und zwischen Cianciana und Raffadali ist es der wunderschöne Pistazienhain entlang des Plàtani, im Fondo Sàlacio. [...]

Dein Vincenzo

Der Fruchtwechsel

Die Felder brauchen den Fruchtwechsel: erst Weizen, dann Saubohnen und dann ein Jahr Ruhe.

Mit der Erde darf nicht über die Maßen Raubbau betrieben werden: Wenn Du zu viel von ihr verlangst, gibt sie weniger her. Gib ihr die Möglichkeit, sich zu stärken und zu nähren: Sie ist wie eine Amme, die Ruhe braucht und gute Nahrung, um gute Milch zu geben.

Wechsle von Weizen auf Gerste oder Saubohnen, und laß die Erde dann ein Jahr lang in Ruhe. Dann hast Du auch Weiden für die Tiere und bekommst so Milch und Dünger.

Vorteilhaft, aber in Sizilien kaum verbreitet, ist auch die Nutzung des Bodens als Wiese: Süßklee, Luzerne, Wiesenklee und Esparsette, diese Pflanzen düngen den Boden und laugen ihn nicht aus.

Ein so bestellter Boden gibt Dir in ein, zwei Jahren Felder, die Du bloß zu pflügen brauchst, und das Korn wird prächtig gedeihen.

Die Sprüche:
Wer wirklich will, macht auch aus Steinen Brot.
Schiebe Stroh nach, anstatt zu reden.
Wer fühlt, der leidet.
Richtiges Maß währt am längsten.
Zeit allein reicht nicht, es braucht auch Talent.
Dienstag ist nicht Montag.
Der Fuß trägt den Kopf.

Verschiedene Arten von Saatgetreide

Majorca
Majorca pilusa o sganguni
Ruscìa o Furmentu biancu
Furmentu forti o piluseddu
Gurrìa o Furmentu di la Madonna
Urlìa 'mpiriali
Furmentu di Franza o Francisella
Giustalisa
Giganti
Tumminìa
...

Die Latifundienwirtschaft

Wie aus der Veröffentlichung des neuen Grundbuchs (1937) hervorgeht, ist das gesamte Agrarland wie folgt unter den im Grundbuch eingetragenen landwirtschaftlichen Betrieben aufgeteilt:

a) eine Fläche von 6131 ha gehört 6954 Betrieben, das ergibt pro Betrieb eine durchschnittliche Fläche von 0,90 ha;
b) eine Fläche von 1806 ha gehört 1203 Betrieben, das ergibt pro Betrieb eine durchschnittliche Fläche von 1,50 ha;
c) eine Fläche von 2169 ha gehört 50 Betrieben, das ergibt pro Betrieb eine durchschnittliche Fläche von 40,30 ha;
d) eine Fläche von 18 661 ha gehört 53 Betrieben, das ergibt pro Betrieb eine durchschnittliche Fläche von 352,00 ha.

Es sei noch darauf hingewiesen, daß der Grundbesitz der beiden letzten Kategorien (c und d) unter knapp zehn Familien aufgeteilt ist, die auch in anderen, an das hier untersuchte Gebiet angrenzenden Gemeinden Latifundien besitzen; daraus kann man ganz einfach ersehen, daß sich zwei Drittel des gesamten Gebietes im Besitz von knapp hundert Individuen befinden.

Unter den Besitzern der Gemeinde findet sich die Stiftung Opera Pia Branciforti, Legatar des gesamten

Besitzes der Familie Rafforusso, das 1961 ha beträgt.

Insgesamt ist dies eins der Gebiete mit der größten Konzentration von Latifundien auf der Insel, ungefähr 70% der Fläche besteht aus Latifundien.

Im Jahr 1907 hat Professor Lorenzoni festgestellt, daß in der Gemeinde Mazzarino 56,60% der gesamten Fläche aus Latifundien besteht, während 1927 von Prof. Molè nur 42% als Latifundien verzeichnet wurden. Die Nachforschungen dieser Wirtschaftsexperten beschränkten sich ausschließlich auf Besitzungen, die größer als 200 ha waren, während wir 1937 die Besitzungen von über 100 ha untersuchten und feststellten, daß 53 Betriebe (die im Grundbuch eingetragen sind) 18 661 ha von den 28 767 ha des gesamten Agrarlandes besitzen.

Der Arbeitsmarkt

In dem untersuchten Gebiet kann die Belegschaft der landwirtschaftlichen Betriebe in folgende Kategorien eingeteilt werden:

Hilfsarbeiter oder Wanderarbeiter:

Tagelöhner Landarbeiter, die nicht auf Dauer und für eine unbegrenzte Zeit eingestellt werden und fast nie am Arbeitsort leben.

Festangestellte Arbeiter:

Vorsteher Vertrauensperson des Eigentümers; der die Interessen des Eigentümers vertritt; der Gebildetste von ihnen hat einen Grundschulabschluß. Es werden insgesamt ca. 20 sein, ihre Aufgabe ist es, die Felder unter die Beteiligten zu verteilen und den Anbau zu regeln.

Feldhüter Meistens weniger gebildet als der Vorsteher, wird er immer unter den Knechten ausgewählt. Seine Aufgabe besteht darin, dafür zu sorgen, daß weder Saatgut noch Düngemittel, noch Heu oder Früchte ohne die Einwilligung des Eigentümers oder seines Stellvertreters das Gut verlassen. Es sind ca. 80.

Schaffer Er ist für Küche und Ofen zuständig. Davon gibt es ungefähr 40.

Maultiertreiber, Knechte und *Fuhrmänner* Es sind ungefähr 200. Sie sind fest angestellt und besorgen alle schweren Arbeiten auf dem Gut.

Aufseher Es sind ungefähr 10, sie überwachen die Arbeit der Tagelöhner.
Schaf- und *Rinderhirten* und andere. Es sind ungefähr 150.

Es gibt keine technischen Leiter, nur sehr wenig (5 Personen insgesamt) Verwaltungspersonal, ihre Aufgabe ist die eines Buchhalters und Sekretärs, sie haben kaum den Grundschulabschluß, verfügen über keine Kenntnisse von der Agrarwirtschaft und haben keine Allgemeinbildung.

Fast alle Bauern, ungefähr 6000, muß man zur Kategorie der »Halbpächter« zählen, mit einer vorübergehenden Anstellung und den Bedingungen der Pacht unterworfen.

Noch heute werden Tagelöhner oder nicht qualifizierte Arbeiter frühmorgens (zwischen drei und fünf) auf dem Hauptplatz angeheuert, genauso wie zur Zeit der Bourbonenherrschaft.

Es fehlt hier ganz an landwirtschaftlichen Ausstellungen, Messen, Märkten usw., die sich in anderen Teilen des Königreiches als sehr wichtig für den Fortschritt in der Landwirtschaft erwiesen haben.

II

Knarrend öffneten sich die Flügel vom großen bolzenbeschlagenen Tor des Gutshofes, und durch den steinernen Bogen kamen die Reiter aus dem Hof, die Baskenmützen tief in die Augen geschoben, die Gewehre quer über der Brust.

Das Tor wurde geschlossen. Die vier Männer ritten paarweise, wie auf einer Parade, langsam über die Hochebene, schauten geradeaus, ohne auch nur ein einziges Mal nach links oder rechts auf die Reihen der Bauern zu blicken, zwischen denen sie durchritten.

Es war der Mafioso Don Peppino Falzone mit drei von seinen Männern, seinen Picciotti.

Inzwischen waren über der Umfriedungsmauer, hinter den Schießscharten, hinter den Stallfenstern noch weitere Köpfe mit flachen Mützen aufgetaucht.

Die Reiter gelangten an den Rand des Abgrunds, nahmen den Saumweg, ritten schneller durch den Talkessel abwärts und erreichten die Trift nach Mazzarino.

»Entweder holen sie aus dem Dorf die Polizei oder Verstärkung für die Picciotti«, sagte Borgnanni zu Siciliano.

»Soll doch kommen, wer will«, sagte Cardamòne, »die ganze Mafia von Sizilien oder eine ganze Armee Karabinieri. Wir gehen von hier nicht fort!«

»Ach, Gino, Gino, ich sehe schwarz«, drängte

Borgnanni. Gino antwortete ihm mit einer groben Geste der Ungeduld.

Inzwischen hatten sich alle Anführer um einen Schober versammelt, welchen die Knechte soeben aus Baumstämmen, Zweigen und trockenem Gras errichtet und innen mit Betten ausgestattet hatten, auf denen sie abwechselnd schlafen konnten. Andere hoben Schützengräben aus und deckten sie für die Nacht mit Zweigen ab, zum Schutz gegen Tau und Regen.

Die Anführer stellten sich im Halbkreis auf, in der Mitte La Marca, der sofort das Wort ergriff. Er sagte, was immer geschähe, egal ob sie von den Männern der Mafia aus dem Hinterhalt angegriffen oder von den Karabinieri eingekesselt würden, es sei ihre Pflicht auszuharren, und nur tot oder in Ketten könne man sie von Ratumemi wegführen.

»Von Ratumemi«, sagte er, »muß die Bewegung zur Besetzung weiterer Güter ausgehen, der Güter von Rafforusso, Rigiulfo, Salverìa, Gallitano ... Von hier muß die Bodenreform ihren Anfang nehmen, oder wir sind verloren!«

»Totò? ...« flehte Borgnanni.

La Marca brachte ihn zum Schweigen. »Wehe, wehe dem, der sich vor den Genossen seine Unsicherheit anmerken läßt!«

Dann teilte er die Männer für die Nachtwache ein und schickte andere ins Dorf, um Nahrung, um Speisen für die Menschen und Futter für die Tiere zu holen.

Am Horizont schien die Sonne durch einen schwarzen Dunstschleier, und bevor sie hinter den

Bergen, hinter Barrafranca, Pietraperzìa, erlosch, leuchtete sie noch einmal kraftvoll und rot, tauchte die Männer von Ratumemi und das weiße Gestein vom Gutshof in ihr flammendes Licht. Dann ging sie langsam unter, und alles wurde dunkel. Die Knechte hörten zu pflügen, zu graben und zu eggen auf und räumten die Geräte weg.

In den Zimmern des Gutshofes wurde Licht angezündet.

Und die Bauern machten Feuer, um zu kochen und um sich zu wärmen.

Eine feuchte Nacht senkte sich über die Hochebene, eine Nacht voller Wolken, voll Tau. Im Graben legte sich jeder an die Wand, hüllte sich in den Überwurf ein.

Im Schober, beim Schein einer Lampe, las Filippo Siciliano, er bereitete sich auf seine Examen vor. Mit angezogenen Beinen, das Kinn auf die Knie gestützt, saßen La Marca und die Genossen ihm gegenüber auf dem Strohlager und rauchten und diskutierten hitzig.

Sie waren zäh und mutig, aber gleichzeitig war in ihnen die Angst verborgen.

Die Morgendämmerung offenbarte einen trüben Tag. Große Wolken hingen über der Hochebene, die sich zum Horizont hin dehnten und zerflatterten. In der Ferne über einem weißen Steinhaufen, über der Schwefelgrube von Pazienza ragte aus dem Wolkendach wie ein Nagel eine Windhose, die vom Himmel bis auf die Erde reichte.

Mit schmerzenden Gliedern erhoben sich die

Männer in den Gräben, schauten verwundert um sich, sie hatten vergessen, daß sie sich auf Ratumemi befanden. Sie riefen einander von einem Ende zum anderen zu, baten um Essen, Tabak, Zigarettenpapier, Zündhölzer, Zigarren. Dann rannten alle hierhin und dorthin, hinter die Einfassungsmauer, hinter Steine und Büsche. Sie versammelten sich danach weiter unten vor dem kleinen Teich in Richtung der Trift, aus dem durch ein zusammengerolltes Blatt, wie durch ein Röhrchen, ein dünner Wasserstrahl rann. Später führten sie auch die Tiere dorthin. Drei Trompetenstöße erklangen, riefen zum Appell, und die Männer versammelten sich am Schober.

Mit geschwollenen Augen, dem schwarzen Bart im Gesicht, das noch finsterer war als üblich, ergriff La Marca das Wort und sagte, das morgendliche Durcheinander müsse aufhören: Ob niemand von ihnen Erfahrung mit Feldlagern habe, ob sie wüßten, was es bedeute, tagelang in den Bergen zu warten? Also:

Erstens. Die Notdurft: Man solle etwas abseits zwei, drei Gruben ausheben, mit Brettern abdekken.

Zweitens. Waschen: In Anbetracht der Wasserknappheit solle man es bleiben lassen. Man brauche das Wasser zum Trinken und für die allernotwendigsten Bedürfnisse. Und was den Bart betreffe, auch die Eitelsten könnten ihn ruhig stehenlassen und darunter ihre häßlichen Fratzen verstecken.

(Vito Parlagreco fuhr sich mit der Hand über die ausgehöhlten Wangen und stieß Petro den Ellbogen in den harten Bauch.)

Drittens. Essen: Schluß mit Plaudereien, mit Klatsch und Tratsch, mit dem Hin- und Zurücktauschen von Speisen. Von jetzt an werde man gemeinschaftlich kochen und essen.

Einer rief: »Totò, sind wir wieder Soldaten, wie im Krieg?«

»Ja, im Krieg«, antwortete der Anführer schnell. »Meinst du diese Besetzung ist ein Friedensakt? Du wirst es schon noch merken, heute oder morgen oder vielleicht später.« Er machte eine Pause und fuhr dann mit seiner Aufzählung fort:

»Viertens. Wenn wir provoziert werden oder wenn die Polizeischergen eingreifen, darf sich keiner von der Stelle rühren, darf keiner eine Hand heben, außer in Notwehr. Und daß mir niemand etwas sagt. Ich allein werde reden.«

Am Himmel wälzten sich die Wolken, färbten sich an den Rändern rosa, rissen auseinander und warfen schwarze Schatten über die Anhöhen von Contessa und Mercatante.

Allmählich kamen auch im Gutshof wieder Mützen und Gesichter zum Vorschein. Sogar Don Ercole und Peppuzzo zeigten sich kurz im Pyjama auf der Loggia mit den Kaffeetassen in der Hand.

Die Versammlung löste sich auf, die Männer taten sich wieder in Gruppen zusammen und bezogen die Stellungen, die sie am Vortag verlassen hatten. Ein paar von den Anführern folgten den Arbeitern, andere blieben beim Schober und warteten. Und am Eingang zur Hütte saßen zu beiden Seiten, jeder auf einem Stein, Gino Cardamòne – er schrieb den Bericht über diese erste Versammlung am Morgen –

und Filippo Siciliano, der im Licht der kaum aufgegangenen Sonne in seinem Philosophiebuch lernte. Neben Filippo hockte Borgnanni, er rauchte ununterbrochen und kritzelte nachdenklich mit einem dürren Zweig auf dem Boden.

La Marca ging überall herum, sprach mit den Männern, gab Anweisungen, stieg auf einen hohen Kalkfelsen und beobachtete die Trift nach Mazzarino. Und immer wieder heftete sich sein Blick auf den Gutshof, wo die Schornsteine rauchten, wo die Knechte Ricotta und Käse zubereiteten.

Auf der Trift erschien ein Trupp von Maultieren, Menschen und Pferden. Als sie näher gekommen waren, stellte sich heraus, daß es die vier Reiter mit Falzone waren, gefolgt von Picciotti, die zu Fuß gingen und die vollbeladenen Tiere führten, die Ladung war unter Decken versteckt.

Sie stiegen den Feldweg aufwärts, überquerten die Hochebene und hielten vor dem großen Tor an, das sich, nachdem sie mit dem Schwengel dagegengeschlagen hatten, auftat, um sie einzulassen.

»Etwas braut sich zusammen, etwas ist am Kochen«, sagte La Marca zu Angelo Pirrone, der neben ihm stand.

»Auch die haben vor, eine Weile hierzubleiben. Hast du gesehen, sie haben Vorräte mitgebracht!«

»Vorräte? Wer's glaubt! ...« meinte La Marca und zog kopfschüttelnd ab.

Da gingen einige von den Bauern zu Angelo, zu Angelo, der ihnen vertrauter war als die anderen, erstens, weil er ein Bauernsohn war, Sohn von Pe' Pirrone und der Tuzza, der überzeugten Kommunistin, und auch weil Angelo das Jahr zuvor einmal ein Beispiel gegeben und seine Gesinnung bewiesen hatte, als er mit den Bauern auf die Äcker seines Vaters gezogen war und auf dem Dreschplatz dem entsetzten Feldhüter die Kornverteilung aufgezwungen hatte, wie sie das neue Gesetz vorschrieb: drei Fünftel für die Bauern und zwei Fünftel für den Besitzer. Zu Hause, am Abend, hatte ihm der Bauer Pe' nicht in die Augen geschaut und auch der Tuzza nicht. Stumm war er geblieben, stumm über Tage, bis seine Wut verflogen war.

»Was meint Totò, was meint er, was bedeutet es, daß neue Picciotti angekommen sind?« fragten die Bauern Angelo.

»Nichts, nichts«, Angelo machte eine Pause. »Er bezweifelt nur, daß es Vorräte waren, auf diesen Tieren ...«

Die Bauern sahen einander an.

»Und wir so«, fragten sie Angelo und hielten ihre Hände hoch, »mit bloßen Händen?«

»Mit bloßen Händen, ja«, antwortete Pirrone scharf, »wir sind hier, um zu arbeiten!«

Fernes Motorendröhnen unterbrach die Unterhaltung. Sie liefen zum Rand der Böschung und sahen, wie sich unten in der Trift eine Lastwagenkolonne über die Steine holpernd mühsam fortbewegte.

»Es ist soweit!« sagte Pirrone. »Jetzt kommen die Karabinieri oder die Celerini des Überfallkommandos von Minister Scelba.«

»Und was tun wir jetzt, Angelo?« fragten ihn die Tagelöhner.

»Nichts tun wir. Wir gehen wieder an die Arbeit!« und Angelo entfernte sich rasch, rannte zum Schober.

Auf der Loggia erschienen wieder Don Peppuzzo und Falzone, der Mafioso, die auch zur Trift schauten und dabei plauderten und lachten.

Wo die Straße aufhört und der Feldweg zum Hochplateau beginnt, wurden die Motoren ausgeschaltet. Doch an dieser Stelle blieben die Lastwagen im Talkessel versteckt.

Die Männer nahmen ihre Arbeit jetzt mit mehr Kraft wieder auf. Sie durchfurchten den Boden mit dem Pflug, gruben, wendeten und lockerten die Erde auf.

Zwischen zwei Schlägen mit der Spitzhacke, während sie so taten, als würden sie *ihren* Boden bearbeiten, legte einer auch noch spottend mit alten Sprüchen, Weisheiten und Redewendungen los, als wolle er für sich und seine Genossen eine echte Bauernkomödie inszenieren, mit Männern, die eine Handvoll Erde besitzen, an der sie ihre Gefühle, ihre echten Bauerngespräche festmachten. Er begann:

»Cicerculi e tumminìa,
terra conza a poi lassa fari a mia.«

Und ein anderer antwortete:

Santa Catarina
pigghia la coffa e va' a simìna.«

Darauf fiel wieder der erste ein, mit einem Spruch,

der wie eine Metapher für das war, was sie gerade erlebten:

»La roba cc'è, ma è mala spartuta.«

Und der andere fuhr fort:

»All'omu dabbeni la fami l'allappa.«

Und ein dritter, der daneben stand:

»Quannu la fortuna nun ti dici
jettati'n terra e cuogghi babbaluci.«

»Contra la forza nun cci vali la raggiuni.«

So schloß der erste. Und: »Genug jetzt! Genug mit diesen leeren Sprüchen der Alten.«

Bald darauf kamen die Karabinieri aus dem Abgrund hochgestiegen, mit Helmen und Karabinern tauchten sie von allen Seiten aus der Tiefe auf. Lautlos umkreisten sie die Bauern, als gelte es, eine Bande Briganten zu überraschen und gefangenzunehmen. Allen voran kam einer, ein Oberst mit all seinen glänzenden Abzeichen und der Pistole am Gürtel. Hinter ihm marschierte der Polizeimeister von Mazzarino.

Totò La Marca ging ihm, gefolgt von Borgnanni und Siciliano, vom Schober sofort entgegen. Als sie sich gegenüberstanden, hielten sie an, und der Oberst hob den Arm, um die Kompanie zu stoppen. Der Oberst sagte, er heiße Geronazzo, Kommandant des Bataillons der Antibanditeneinheit in Sizilien. Totò sagte, er sei Offizier im italienischen Heer gewesen, Partisanenkommandant in Jugoslawien, und jetzt sei er Sekretär der Camera del Lavoro von Caltanissetta.

Die Männer hatten ihre Arbeitsgeräte inzwischen auf den Boden gelegt und sammelten sich allmählich in der Mitte des Hochplateaus.

»Ihre Männer müssen abziehen, sie müssen dieses Gut sofort verlassen«, sagte der Oberst.

»Tut mir leid, Oberst, wir rühren uns nicht von der Stelle«, antwortete Totò La Marca.

»Begreifen Sie doch, Sie begehen eine Straftat, das ist ein Eigentumsdelikt.«

»Den ersten Gesetzesbruch haben die Besitzer begangen. Ihre Pflicht war es, dieses Land zu bearbeiten. Schauen Sie sich um: Finden Sie, daß diese Wüste bebaut wurde? Es gibt jetzt ein Gesetz der italienischen Regierung. Es besagt, daß brachliegendes Land den Bauerngenossenschaften zugeteilt werden muß.«

»Notverordnung des provisorischen Staatsoberhauptes vom sechsten September neunzehnhundertsechsundvierzig, Nummer neunundachtzig. Neue Vorschriften zur Konzession für brachliegende Ländereien an die Bauern (»Gazzetta Ufficiale«, sechzehnter September, Nummer zweihundertneun)«, las Filippo Siciliano laut und feierlich von einem Blatt, das er in der Hand hielt. »Artikel eins. Die Bauernvereinigungen, die in Kooperativen oder anderen Verbänden zusammengeschlossen sind, können eine Konzession für Ländereien aus dem privaten oder öffentlichen Besitz erhalten, wenn diese gar nicht oder nur unzureichend bewirtschaftet werden, d. h., wenn es möglich ist, sie für effektivere und intensivere Bebauungsmethoden zu nützen; auch in bezug auf die Erfordernisse der gesamten nationalen landwirtschaftlichen Produktion. Artikel zwei ...«

»Genug, genug!« unterbrach ihn der Oberst. »Ihr wißt ganz genau, daß ihr das Konzessionsdekret des Präfekten braucht, bevor ihr dieses Land betretet. Habt ihr dieses Dekret?«

»Das ist der Punkt, Oberst!«

»Habt ihr es oder nicht?«

»Wären Sie mit den Soldaten aufmarschiert, wenn wir es hätten? Seit zwei Jahren warten wir auf dieses Dekret, Oberst. Diese Landbesetzung soll eine Botschaft sein, wir haben uns hier an die Arbeit gemacht, um den Präfekten wachzurütteln.«

»Ich muß einen Befehl ausführen. Die Bauern müssen dieses Land räumen. Und ihr kommt mit mir nach Caltanissetta, um mit dem Präfekten zu reden.«

»Ich sag es Ihnen noch einmal, Oberst. Wir rühren uns nicht von der Stelle.«

»Totò ...«, beschwor ihn Borgnanni.

»Wir rühren uns nicht!« wiederholte La Marca noch heftiger und blitzte seinen Genossen wütend an.

»Dann muß ich gegen euch vorgehen«, sagte der Oberst.

»Tun Sie das.« Totò drehte sich um und ging eilig auf den Schober zu, beide Genossen folgten ihm.

Der Oberst gab dem Maresciallo den Befehl, und dieser schrie: »Vooor-wärts!«

Die Karabinieri setzten sich wieder in Bewegung, zogen den Kreis um die Männer, die in Gruppen in der Mitte des Hochplateaus standen, enger zusammen.

Im Gutshof standen alle auf der Loggia, hinter der Mauer, hinter den Fenstern und genossen das Schauspiel. Peppuzzo fühlte sich wie in einer dieser Schlachten, die er als Kind in Bilderbüchern gesehen hatte, wie die Schlacht von Calatafimi oder Milazzo. Aber er hätte hier auch gern Waffen, Gewehre und Kanonen gehabt, die Kugeln und Feuer speien.

Da ließ der Trompeter der Kooperative drei hohe Trompetentöne erklingen. Der Oberst blieb stehen und erstarrte in Habtachtstellung. Der Maresciallo und die Soldaten taten es ihm gleich. Doch der Oberst merkte sofort, daß es die feindliche Trompete war, und gab verärgert erneut den Befehl zum Vormarsch. Beim Trompetensignal hatten sich die Bauern zu Boden geworfen und totgestellt. Da lagen sie nun, ein paar von ihnen lachten insgeheim, als wäre es ein Spiel. Die Soldaten kreisten sie ein, zogen die Reihen enger, doch wußten sie, als sie die Bauern wie tot am Boden liegen sahen, nicht mehr, was tun.

»Die Maultiere, die Maultiere«, rief der Oberst, »bringt die Maultiere her!«

Ein Trupp Soldaten rannte zur Mauer, sie lösten die Knoten an den Zügeln und führten die Maultiere und Reitstuten in die Nähe der Bauern.

»Ladet sie auf die Tiere!« befahl der Oberst.

Und so begann eine Riesenarbeit, man mußte an Armen und Beinen zupacken, mußte die Hintern der Bauern auf die Packsattel hieven. Und kaum war ein Bauer mühsam aufgeladen, ließ er sich wie ein Sack auf der anderen Seite des Tieres hinabgleiten. Der Oberst verlor die Geduld und ging mit dem Maresciallo zu den Bauernanführern.

»Ich mache euch für diesen Widerstand gegen die Staatsgewalt verantwortlich!« rief der Oberst.

»Machen Sie das«, sagte La Marca ruhig.

»In diesem Fall muß ich die Verhaftung vornehmen.«

»Nehmen Sie sie vor. Doch ich warne Sie: was danach geschieht, dafür können wir nicht einstehen ...«

Geronazzo schob den Mützenschirm hoch, strich sich mit der Hand über die Stirn. Er schaute den Maresciallo an. Er seufzte.

»Ich ersuche euch noch einmal«, sagte er versöhnlich, »kommt mit mir nach Caltanisetta.«

Niemand antwortete ihm. Doch nach einem Schweigen, das eine Ewigkeit zu dauern schien, trat Borgnanni vor und erklärte: »Ich komme mit Ihnen, Oberst.«

Fern im Himmel begann es zu rumpeln, und weit weg, zwischen den Wolken, zuckten schwache Blitze. Doch über Ratumemi blieb alles reglos und trocken; das Gewitter wußte nicht, in welche Richtung es ziehen sollte.

Nach den Verhandlungen zwischen Borgnanni und dem Präfekten, und nachdem man sich mit dem Baron Bàrtoli geeinigt hatte, stiegen die Bauern von Ratumemi hinunter. Traurig und wütend stiegen sie hinab und beschlossen, ihren Kampf im Dorf fortzusetzen.

Zusammen mit den Frauen und mit den Arbeitern vom Staudamm am Dessuèri riefen sie einen großen Streik aus und zogen mit ihren Fahnen durch die Straßen.

Die Polizei kam und war gerüstet, wie zu einer Schlacht; sie umzingelte Mazzarino, doch man ließ sie nicht in das Dorf: Man hatte Barrikaden und Sperren an den Toren zum Dorf errichtet.

»Ich lasse schießen!« schrie der Maresciallo gegen die Sperre am Arenazzo an.

»Da, schieß, schieß auf mich!« schrie La Marca und öffnete seinen Rock.

»Feuer!« befahl der Oberst.

Doch die Gewehre verfehlten La Marca und trafen wahllos die Demonstranten. Verwundete fielen zu Boden. Die Frauen schrien, jetzt kamen überall Waffen zum Vorschein, und auf das erste Feuer wurde mit Feuer geantwortet. Der Maresciallo wurde verwundet. Die Bauern stiegen über die Barrikade und stürzten sich auf die verwirrten Soldaten, entwaffneten sie und sperrten die Gefangenen in den Lagerraum des Palazzo Nicastro.

Wie jedes Mal tobte die Wut durch die Straßen.

Drei Tage lang herrschte die Anarchie, in Mazzarino gab es weder Staat noch Gemeinde noch Polizei.

Am vierten Tag, in aller Frühe, kam Geronazzo und wollte mit den Verantwortlichen verhandeln. Die sagten zum Oberst, er solle sich nicht von der Stelle rühren, er solle draußen vor dem Dorf bleiben.

Sie könnten dafür sorgen, daß die Gefangenen befreit, die Waffen niedergelegt und abgeliefert würden. Und erst als die Waffen im Lagerraum von Nicastro gestapelt lagen, ließen sie Geronazzo ein.

Der Oberst besetzte das Dorf, rief den Belagerungszustand aus und verhängte eine Ausgangssperre. Niemand durfte auf die Straße, niemand das Haus verlassen. Er verlangte sofort, den Sekretär zu sehen. Doch La Marca war nicht da, niemand wußte, wo er war.

»Ach ja?« sagte der Oberst und begann sofort mit den Verhaftungen.

Fünfzig Männer holte man aus ihren Häusern, auf dem Haftbefehl stand: bewaffneter Aufstand, Mordversuch, Zerstörung ... In Ketten kamen sie auf einem Lastwagen, durchgeschüttelt vom Holpern über Rinnen und Lachen, am Abend, über Barrafranca und Pietroperzìa, in Caltanisetta an, hinter den hohen Gefängnismauern von Malaspina.

»Und endlich war mir das Essen sicher!« sagte grinsend der Bauer Ciccio Arcadipane.

Filosofiana

Im Morgengrauen war er in Sofiana angekommen, auf diesem halben Acker und den paar Haufen Erde, die er gekauft und dafür alles bis auf sein letztes Hemd versetzt hatte, nachdem die Kooperativen ein böses Ende genommen hatten und auch die Hoffnung auf die Konzession für ein kleines Stück Erde in Ratumemi, Rigiulfo, Gibilemme oder irgendwo am Ende der Welt verflogen war. Auf diesem Feld, das ein Scherbenhaufen war, eine rötliche Fläche auf einem Buckel mitten in der Hochebene aus Tonscherben und Splittern, aus Bäuchen, Böden und Henkeln von Bechern, Schüsseln, Flaschen und Krügen. Als ob auf diesem Feld einmal die Brennöfen für Tonzeug gestanden hätten. Man hatte sie hierher gestellt, geschlossen und zugeschüttet, und sie haben auf dem Gelände ihr Zeichen hinterlassen, diesen Friedhof aus Zinnober, wie in Bubbonìa und Pazienza, wo eine gelbliche Masse aus Schlacke und Asche die Zugänge zu den Schwefelgruben gekennzeichnet hat (Reich des Kalkgesteins, der Dise und der Zwergpalmen, Zuflucht für Schatten und Winde, Elstern, Echsen und Taranteln, Ort der Trostlosigkeit und Verwirrung). Und zwischen diesen Scherben wuchsen Spargel, Disteln und wilde Artischokken, Kalypsobäume und Robinien.

Er band das Maultier an einem Baumstamm fest und setzte sich auf die Sandsteinmauer, die aufrecht aus dem Boden ragte, fast eine Grenzmauer, fast das Fundament eines Hauses.

Der Himmel klärte sich auf, die Sterne erloschen, verschwanden, und der Mond, ein Dreiviertelmond, verlor sein Licht, wurde blasser, wurde zu Ölpapier, ein Schleier.

Jenseits des Tales, hinter den Flüssen Dessuèri und Dittàino, hinter Adrano, Jùdica und Centùripe erschien vor dem leuchtenden, violetten Himmel die schneebedeckte Spitze und der Rauch vom Vulkan.

Vito schaute über sein Feld, es gehörte ihm, er betrachtete es genau. Er überlegte, ob er anfangen sollte, die Erde umzugraben, Ableger und Absenker der Americàna, eine Rebe, die gegen schlechte Witterung und Reblaus resistent ist, zu pflanzen; und Oliven-, Mandel-, Pistazienbäume; und zum Vergnügen Bäume, an denen Feigen, Azaroäpfel, Brustbeeren, Vogelbeeren, Quitten und Granatäpfel reiften, außerdem duftende und Ziersträucher von Rosen, Nelken, Jasmin und Zitronenmelisse rund um das Häuschen herum, das er hier errichten würde, auf dem höchsten Punkt, gegen Osten ausgerichtet, vielleicht auf dieser dicken Grundmauer, auf der er saß, mit einer Terrasse, einer Pergola und dem Brunnen davor. Er stellte sich das Haus klein vor, wie eine verkleinerte Kopie des Gutshauses an der Quelle von Favara, wo er ein paar Monate lang für den Grundbesitzer Saavedra gearbeitet hatte, im alten Palast, in jener Pracht mit Kuppeln, Terrassen und kleinen Balkonen, Säulen auf den Höfen, Fußböden ausgelegt mit Fliesen aus Valencia, und Fischteichen, Becken, Wasserrädern und mit Ranken bewachsene Laubengänge mitten durch Baumwoll-

und Zuckerrohrfelder, einem Garten, in dem es die unterschiedlichsten Blumen und Pflanzen, Truthähne und freilaufende Pfauen und in den Volieren jeden Vogel der Arche Noah gab.

Und er lachte, lachte über seinen Traum, schlug sich zweimal auf die Schenkel, stand auf und holte Schaufel und Spitzhacke.

Vito begann mit seiner Arbeit, säuberte die Erde von allen Tonscherben. Er harkte und häufte da und dort am Rand kleine rote Hügel auf, und allmählich kam da, wo weder Grasbüschel, noch wilde Zichorie oder wilder Fenchel standen, eine fette, schwarze Erde zum Vorschein, eine Erde in unberührter Jungfräulichkeit, die nie das Eisen seines Pfluges, nie den Schlag einer Hacke gespürt hatte, die niemals den Samen von Saubohnen, Gerste oder Weizen genährt hatte. Und als es Mittag war und die Sonne gerade über dem Wäldchen von Alzacùda stand, wollte er sich aufrichten, doch er blieb krumm. Mit den Händen auf den Nieren, zwang er sich unter Knacken und Schmerzen hoch, bis er wieder aufrecht dastand wie ein Mensch. Er verfluchte sein Unglück, Heilige und Teufel, während er auf das Maultier zuging, an dem ein Bündel hing, in das seine Frau den Blechnapf mit dem Saubohnenbrei, den Wein, das Brot und den Ziegenkäse gepackt hatte. Er setzte sich wieder auf die rechteckige, gesäuberte Mauer, saß da wie die Träger vor der Mühle von Caldai oder vor der Ölpresse der Provvidenza, er breitete die Serviette aus und stellte das Essen darauf. Während er aß, betrachtete er die Arbeit, die er an diesem Morgen getan hatte, die schwarze Erde, die nach Ewigkeiten von Gras und Scherben befreit worden war und nun entblößt im Sonnenlicht und der leichten Herbstbrise ausgesetzt zu frösteln schien.

Die Stille verwirrte ihn. Diese vom Scharren des Maultiers, vom Bimmeln ferner Schafglocken und ab und zu vom Schrei eines vorüberfliegenden Vogels zerhackte Stille.

Und dieser riesige Berg im Hintergrund, dieser Haufen aus Schwarz und Weiß, dieser Rauch, der von der Spitze aufstieg und sich im Blau des Himmelsgewölbes verlor.

In unmittelbarer Nähe konnte man die Häuser von Caltagirone, Adrano und Piazza sehen (es wurde erzählt, daß beim Casale, im Tal des Nociaraflusses, unter der Erde eine prächtige Villa entdeckt worden war, die Fußböden waren mit winzigen Fliesen ausgelegt, sie zeigten von Girlanden aus Blüten und Früchten gerahmte Jagdszenen mit fremden wilden Tieren, Löwen, Tigern, Leoparden; Fischerszenen, wo in den Netzen silber- und goldgesprenkelte Fische hingen, Kinder, die, auf Ziegen und Tauben reitend, spielten, von Pfeilen getroffene kämpfende Riesen und einen Mann mit drei Augen. Doch das Wunderlichste, davon wurde mit leiser Stimme flüsternd erzählt, war das Zimmer mit den zauberhaften nackten Mädchen, die anmutig tanzten und mit einem Ball, einem Sonnenschirm und einer Trommel spielten. Sicher war dies die Villa eines verwöhnten reichen Mannes, sicherlich war er reicher noch als der reiche Saavedra von der Villa Pastorana an der Quelle von Favara).

»Was sind wir denn, was?« fragte sich Vito Parlagreco, während er Brot und Pecorino mit Pfeffer kaute. »Kleine Ameisen sind wir und bringen uns um vor Arbeit, in diesem Leben, das kurz ist wie der Tag, wie ein Blitz. Im Gänsemarsch gehen wir auf diesem runden Dreschplatz, den man Welt nennt, hin und her ohne Unterlaß, voller Körner, voller Stroh und voller Flöhe, und all das für ein paar andere, die mehr Glück haben. Und dann? Die Zeit vergeht, wälzt Schlamm und Erde über einen Haufen zermalmter Knochen. Und als Zeichen für das Leben, das dahin ist, bleiben ein paar ausgekehlte Säulenschäfte, ein paar Inschriften auf Steinplatten, ein paar Szenen oder ein paar Figuren wie die, die man jetzt im Tal von Piazza ausgegraben hat. Es bleibt ein Friedhof aus Steinen und Scherben, und dazwischen sprießen jedes Jahr, wenn wieder der Frühling kommt, Iris und Affodill.« Und er schaute auf die Tonhaufen, die vor ihm lagen, auf die Scherben, einige waren mit einer Moosschicht überzogen, andere waren schwarz und rot bemalt, einige waren glatt, und auf anderen waren verstümmelte Figuren eingeritzt. »Was für Launen, was für Grillen sich die Alten geleistet haben«, sagte sich Parlagreco. Und er sagte sich auch, daß er aufhören sollte, an das vergangene Leben zu denken, an das er jedes Mal in der Stille und Einsamkeit, in den Pausen zwischen der Arbeit dachte, wie ein alter Mann, wie die Rentner, die vom Morgen bis zum Abend vor der Tür zum Genossenschaftsverband saßen und plauderten. Und er sollte aufhören, seine Gedanken von der Erde zum Himmel zu schicken, auf die Sonne, den Mond, die Sterne. Denn dann wurde ihm schwindlig, er glaubte in einen endlosen Schacht zu rutschen, und genau in diesem Augenblick, in der Ruhe dieser Wüste oder Einsiedelei, inmitten dieser von allen Sorgen befreiten Welt hörte er die Stimme, die immer wieder nach ihm rief:

»He, he!« und von der Grenze seines Feldes, gefolgt von Schafen und Schafböcken kam ein fröhlicher, lächelnder Junge auf ihn zu, der seinen Stock schwang.

Als der Junge bis zu ihm herangekommen war, blieb er stehen und wurde rot bis über beide Ohren. Er lachte, lachte und hörte nicht auf zu zappeln, schaukelte auf den krummen Beinen, auf den in Fetzen gewickelten Füßen hin und her. Es war ein vielleicht fünfzehnjähriger Hirtenbub, Kopf und Oberkörper entsprachen diesem Alter, Kinn und Oberlippe waren mit Flaum bedeckt, doch war er klein von Wuchs geblieben. Mit großen Augen starrte er den Bauern an.

»Heda«, sagte Parlagreco kauend, »was machst du? Wohin gehst du?«

Aber der Junge lachte und sagte nichts.

Da schnitt der Bauer mit dem Messer eine Scheibe von seinem Brot ab, legte ein Stück Käse darauf und bot sie dem Jungen an. Der wich lachend zurück und schüttelte den Kopf. Der Bauer versuchte es mit Wein, reichte ihm die Flasche. Der Junge lehnte wieder ab. Doch blieb er stehen und starrte den Mann an, verfolgte mit lauerndem Blick seine Gesichtszüge, seine Bewegungen. Vito tat nun so, als beachte er ihn nicht, und aß zerstreut weiter, er beobachtete die auseinandergelaufene Herde, ein weißer Zottelhund bellte und lief den sich entfernenden Schafen hinterher. Vito zündete sich eine Zigarette an, schaute zu dem Jungen auf, der kerzengerade vor ihm stand und immer noch lächelte, er zog die Beine auf die Mauer, drehte ihm die Schultern zu und legte sich auf den Rücken, um auszuruhen, das Bündel unter dem Nacken wie ein Kissen.

Durch den Rauch der Zigarette betrachtete er den klaren reglosen Himmel, der stumm und leer wie die Erde war, auf der er sich befand. Und in dieser Leere dachte er an den Hirtenbuben, an seine Einsamkeit seit wer weiß wie vielen Jahren, allein mit den Schafen, im Gras, oben, über der Anhöhe von Filosofiana, dem Wasser ausgesetzt, dem Wind, unter der Sonne, unter dem Mond, und unten, den Dessuèri entlang und weiter über die Felder von Gela bis Morgantina wandernd, bis Licodia, Eubea. Ein sehr einsames Leben, so einsam, daß er sogar die Sprache vergessen hat, falls er jemals eine hatte.

Unmerklich drehte er den Kopf, um den scheuen Hirten von der Seite zu beobachten, und er sah ihn auf der Erde kauern, den Stock zwischen den Beinen und im Gesicht einen Ausdruck von Glückseligkeit über die Gesellschaft eines Christen. Vito dachte an seine drei Kinder in Mazzarino, an Michele, Maria, Bastiano, die zur Schule gingen, die auf den Straßen spielten, redeten, lachten und nachts unter einem Dach schliefen. Von diesen Gedanken glitt er, müde von der mühevollen Arbeit am Vormittag, allmählich in den Schlaf.

Ein Heulen weckte ihn plötzlich, das Bellen des Hundes. Er richtete sich auf, sah den Jungen, der herumsprang, Steine vom Boden aufhob und mit der Schleuder auf einen Reiherzug zielte; in einem Dreieck, wie ein Pfeil, wie die beiden Flügel eines einzigen großen Vogels flogen die Reiher vorüber. Ab und zu konnte man sehen, wie der Reiher an der Spitze des Dreiecks, der mit dem Schnabel und dem langen Hals die Luft teilte, seinen Platz an einen anderen Vogel abtrat, der vom hintersten Ende des Zugs zu ihm aufschloß. So zogen sie weiter im Einverständnis, alle Bewegungen gleichzeitig, zogen, da der Winter nahte, in wärmere Länder, nach Linosa, Lampedusa, Gerba, vielleicht machten sie am See von Dessuèri halt, an den Weihern der Pàlici oder der Vendìcari.

Er sprang von der Mauer und rannte auf den Jungen zu, packte ihn an den Armen und drehte sie ihm auf den Rücken, so daß ihm die Schleuder aus der Hand fiel. So von hinten festgehalten, trat der Junge nach ihm und wand sich. Vito zog ihn zur Mauer, drehte ihn um, hielt ihn immer noch an den Handgelenken fest.

»Schluß jetzt«, schrie er, »genug!«

Der Junge sah ihn erschrocken an. Dann kamen ihm die Tränen. Vito ließ seine Handgelenke los.

»Rei-her«, sagte der Junge und deutete zum Himmel, »Rei-her.«

»Aber du redest, du redest ja!« rief Vito aus.

Der Junge fuhr sich mit dem Handrücken über die Augen.

»Wer bist du? Wie heißt du, he?« fragte er.

Der Junge schaute ihn mit großen Augen an.

»Ich, Vitu«, sagte Parlagreco und zeigte mit dem Zeigefinger auf seine Brust. »Und du?«

»Ta-na-tu, Ta ...« buchstabierte der Junge und lachte, zeigte alle seine spitzen Zähne.

»Tanu? Tanu?« fragte Parlagreco. Der Junge nickte. »Reiher schießt man nicht ab. Verstanden?« sagte er mit Nachdruck.

Der Junge lachte, sagte weder ja noch nein.

»Jetzt ziehen sie weit fort, weil hier der Winter kommt ... Und du, wo gehst du hin?«

Doch Tanu gab keine Anwort, er lachte immer noch.

Dann drehte er sich plötzlich um, hob seine Schleuder vom Boden auf, kam zurück und reichte sie Parlagreco.

»Nein, nein«, sagte Parlagreco, »behalte sie. Was soll ich damit?« Und er ging fort, um seine Hacke zu holen.

Tanu öffnete den Sack, den er umgehängt trug, er steckte die Schleuder hinein und zog einen toten Hasen daraus hervor, der herabhängende Kopf war blutverkrustet. Er reichte ihn Parlagreco.

»Nein, nein, iß du ihn.«

Aber der Junge ließ nicht locker.

»Nein!« sagte Vito entschlossen, er wandte sich ab, um wegzugehen,

Da legte Tanu schnell den Hasen auf die Mauer, steckte zwei Finger in den Mund, pfiff nach dem Hund und zog hüpfend und stockschwingend ab.

Vito rannte ihm nach, doch der Junge lief flink auf seinen krummen Beinen, gefolgt von dem Hund und den Schafen verschwand er schnell im dichten Wäldchen von Alzacùda. Vito stand wie angewurzelt da und schaute auf den Punkt, wo der Hirtenjunge verschwunden war, auf den Weg zwischen den Stämmen der Kalypsobäume. Er war verärgert, denn er fühlte etwas, das dem Mitleid ähnlich war, Mitleid mit diesem Jungen, den er vielleicht nie mehr wiedersehen würde, und dieses Gefühl glich dem Tod, wie die Reiher, die man davonziehen und in der Ferne verschwinden sieht. Mitleid fühlte er auch mit sich selbst, weil er wieder allein war, allein mit seiner Arbeit auf diesem Feld in Filosofiana.

Vito sah auf der Mauer den toten Hasen liegen, er drehte sich um und nahm entschlossen die Arbeit an der Stelle wieder auf, wo er sie unterbrochen hatte.

Nach wenigen Spatenstichen klang es im Boden plötzlich hohl, vielleicht lag ein Kellergewölbe darunter oder ein vergrabener Krug. Er grub behutsam, häufte die Erde an den Rändern auf, und allmählich kam ein länglicher Stein zum Vorschein, einer Grabplatte ähnlich.

Vito wurde unruhig und nachdenklich; in seinem Kopf drängten sich plötzlich die Erinnerungen an Märchen, an Zaubereien, an verborgene Schätze von Sarazenen oder Briganten. Er glaubte zu träumen. Es war ein Traum, der in vielen Nächten wiederkehrte, wenn er sich todmüde aufs Bett fallen ließ und träumte, mit den Händen im Staub, im Schlamm zu graben und schließlich einen Topf oder einen Wasserkrug voller Goldtaler zu finden. Doch war es ein Traum oder eine weit zurückliegende Erinnerung an Erzählungen, wie die von Rocca d'Entella oder der Grotta del Cavallo in Sabucina, vom Hirtenjungen, der auf den Zaubermarkt ging, wo er Orangen kaufte, die zu Gold wurden? Und er hatte die ganze Zeit auch diese Verse im Ohr, die er jetzt aufsagte:

A lu ponti ci n'è un fonti,
A li Lànniri setti mànniri,
Sabucina d'oru è china,
Capudarsu, Capu d'oru ...

Doch ob Märchen oder Traum, der Unterschied ist nicht groß. Ist nicht alles Traum, was erzählt, erfunden oder berichtet wird, ob nun mündlich, schriftlich oder auf eine andere Art, der Traum einer Begebenheit von gestern, heute oder morgen, der Traum einer möglichen oder phantastischen Begebenheit? Alles Erzählen ist Traum, ein Sich-Loslösen vom echten Leben, um in einem anderen zu leben. Traum, oder vielleicht auch Wahn, denn das Leben, das sich loslöst und neben sich selbst herläuft, wie ein Schatten, ein Geist, eine Illusion des anderen Lebens, das wir echt nennen, gehört dem Wahnsinn an. Oder dem Tod?

Vito Parlagreco benutzte die Spitze seiner Hacke wie einen Hebel und hob mit Mühe die schwere Platte hoch. Ein Graben tat sich auf, rechteckig in den Tuffstein eingeschnitten. Ein Graben, den lokkere, braune Erde, wie die Erde der Ameisenhöhlen, bedeckte. Und aus dieser Erde kam ein Totenschädel zum Vorschein mit gelber Stirn, schwarzen Augenhöhlen, mit elfenbeinfarbenen Zähnen, und die Knochen an den Händen waren fein wie die Flügel eines Vogels. Es sah aus wie das Skelett eines Mannes, der im Schlamm versunken ist, der nach Luft schnappt, um sich aus dem Schlamm zu retten, oder wie das eines Menschen, der nach Jahrtausenden vom roten Licht der Sonne, die jetzt unterging, im

Grab geweckt wird und sich anschickt, wieder aufzustehen.

Vito war weder erschrocken noch verängstigt, im Gegenteil, er empfand dieselbe Freude, die er spürte, wenn er im Traum seine Goldtaler entdeckte. Er freute sich vor allem, weil rund um den ehrwürdigen Toten Becher ans Licht kamen, Karaffen, Teller und Lampen, die halb in der lockeren Ackererde steckten, als würden sie auf dem schlammigen Wasser eines Fischteichs schwimmen. Er war sich jetzt sicher, in einem dieser Gefäße einen Schatz zu finden, der in den Zeiten der Märchen und Zauberei versteckt worden war, er fürchtete bloß, daß er die Beschwörungsformel, den Zauberspruch, das geheime Wort nicht kannte, das in dem Augenblick, in dem man das Gold mit den Fingern berührt, ausgesprochen werden muß. Er fürchtete, alles könne sich in jedem Augenblick auflösen wie eine vorüberziehende Wolke, zerstreuen wie Asche im Wind, wie der Traum beim Erwachen. Da betete er in seinem Herzen zu seiner Mutter und zu seinem Vater, zu seinem Kind, das sofort nach der Geburt gestorben war, er betete zu Freunden und Bekannten. »Oh, Ihr meine lieben Toten«, betete er, »Ihr Toten, die ich gekannt und geliebt habe, helft mir, wendet endlich mein hartes Leben, dieses Leben aus Angst und Not. Amen, Amen«, schloß er laut. Amen war das einzige heilige Wort, das er kannte, an das er sich erinnerte.

Auf allen vieren kratzte er dann mit den Fingern in der Erde, die diese Tongefäße gefangen hielt, er grub mit dem gleichen Verlangen, mit der gleichen

Begierde, der gleichen Zärtlichkeit, mit der er einst den Körper seiner Frau zum ersten Mal berührt hatte. So befreite er den ersten bauchigen Topf, den größten, er drückte ihn an die Brust, warf einen Blick hinein: dunkel. Da drinnen war es schwarz wie die Nacht. Er steckte eine Hand hinein und berührte eine verkrustete Materie, er kratzte mit den Fingernägeln und zog ein Klümpchen heraus, das aussah wie fette Reisigkohle. Er war sich ganz sicher, daß diese Kohle noch wenige Augenblicke davor feines Gold gewesen war, Münzen, die geglänzt hatten, wie die Sonne, daß er wegen eines bösen Zaubers, wegen seiner Unkenntnis jener geheimen Sprüche, die das Gold für immer im selben Zustand erhalten, daß er deswegen jetzt dieses giftige Klümpchen in der Hand hielt, diese Handvoll Teufelsdreck.

Enttäuscht betrachtete er die bauchige Karaffe, die Flasche. Nie hatte er etwas Schöneres gesehen. Er wischte mit der Hand darüber, er blies den Staub fort, und da kamen rote Figuren zum Vorschein: Ein Mann, der vorn nackt war, und hinten fiel ihm ein kurzer Umhang den Rücken hinab, mit der Hand stützte er sich auf eine Lanze; eine Frau im leichten Gewand, mit ausgebreiteten Flügeln an den Schultern, die Arme geöffnet, wie ein Engel, der vor dem Mann herfliegt; eine andere Frau im Harnisch, einen Helm auf dem Kopf, sprach mit einem Knaben und hielt einen kleinen Stock mit zwei Ringen in der Hand; eine gefleckte Katze mit geringeltem Schwanz, die zwischen den beiden neben ihr stehenden Figuren herumspringt; und auf der anderen Seite reicht ein Mann, in ein Leintuch gehüllt, um den Kopf ein Band, einem Mädchen in einer bis zu den Füßen reichenden durchsichtigen Tunika, eine vielleicht mit Ambrosia oder Malvasier gefüllte elegante Schale. Es waren Figuren, aus denen Vito nicht klug wurde, Szenen eines dunklen Geschehens, voller Mysterien und Rätsel, und sein ganzes Leben hätte nicht gereicht, sie zu lösen. Ob er da, auf dieser Karaffe dargestellt war, der magische Spruch, der Schlüssel, der den Zauber zu lösen vermochte? Dann dachte er nach, dachte, der einzige, von dem man in Mazzarino wußte, daß er Zauber lösen und verhängen, das Wetter vorhersagen, unterirdische Wasseradern aufspüren, Vergangenheit und Schicksal deuten konnte, war Don Gregorio Nànfara, ein zuverlässiger und weiser Mann, der als Junge im Priesterseminar gewesen war, Kirchen, Einsiedeleien und Klöster besucht hatte, der sich auskannte in der Geschichte, der Poesie, in den Sternen am Himmel, im Griechischen und Lateinischen. Vito beschloß also, die restlichen Tongefäße nicht anzurühren, aus Furcht, er könnte ihren Zauber zerstören; er beschloß alles so liegen zu lassen, wie er es vorgefunden hatte, und später mit Don Gregorio zurückzukommen. Nur die Karaffe, die er nun schon verdorben hatte, nahm er mit, als handfesten Beweis dafür, daß sein Fund kein Traum, keine Blendung war.

Schnell schob er die schwere Steinplatte wieder über das Grab und streute Erde darüber, um seinen Fund zu tarnen.

Während er sich zum Maultier begab, fiel sein Blick auf den Hasen, den Tanu auf die Mauer gelegt hatte: Ein Fliegenschwarm hatte sich über die Augen und über die Wunde hergemacht, eine Ameisenschar marschierte in das Maul.

»Bäääh ...« machte Vito und zog angeekelt eine Grimasse. Aber gleichzeitig konnte er nicht umhin, wieder an diesen seltsamen Jungen zu denken, an diesen Hirten, der im Wald verschwunden war, an dieses stumme, einsame Geschöpf.

Er gab dem Maultier die Sporen und ritt eilig, als säße er auf einem feurigen Fuchs, hinunter nach Mazzarino, und als er bei den ersten Häusern im Viertel Cicoria ankam, war bereits ein violetter Abend herabgesunken. Er ritt geradeaus zum Borgo, zum alten Haus von Don Gregorio Nànfara.

»Pst, psst ...« sagte Don Gregorio und legte den Finger auf die Lippen, nachdem Vito Parlagreco atemlos die Geschichte erzählt hatte. »Um Gottes willen ... hast du mit jemandem darüber geredet?«

»Niemals. Euer Ehren ist der erste, mit dem ich rede. Ich bin von Sofiana direkt hierhergekommen.«

»Recht so«, sagte Don Gregorio. »Daß diese Kunde nur zu mir und niemals an ein unreines Ohr dringe, jeder Zauber würde sonst verfliegen, die Hoffnung würde sich in Verzweiflung wandeln.«

Vito verstummte, er lauschte verwirrt diesen erhabenen Worten.

»Pst! Bleib' standhaft!« befahl ihm Don Gregorio, erhob sich von seinem Stuhl hinter dem Tisch und ging ans Fenster. Er schloß es, dann lief er hinüber zur Tür und bückte sich, um durch das Schlüsselloch zu sehen, ob dahinter jemand lauschte. Beruhigt zündete er dann eine schwache, von Fliegendreck strotzende Lampe an, die in der Mitte des Zimmers herabhing, und setzte sich wieder hin. Bei jedem seiner Schritte war es, als erschüttere ein Erdbeben das Zimmer, knirschten die losen Fliesen unter seinen Schuhen. Er war ein großer, stattlicher Mann, der Kopf war kahl und glänzte, ein Auge war an seinem Platz, feurig und himmelblau, das andere, aus Glas, lag in einem Wasserglas auf dem kleinen Tisch.

»Wir«, fuhr Nànfara fort, »wir, und das ist nur der, der zu dir spricht, wir sind über jede Unreinheit und Schuld erhaben. Wir haben es geschafft, dank unserer Weisheit und unserem Wissen«, und er zeigte mit ausladender Geste auf die alten und vermoderten Bücher hinter ihm, »den unergründlichen Punkt zu schauen, wo sich Tag und Nacht vereinen, Südwind und Nordwind, Ost und West, Gut und Böse ... Parlagreco, Parlagreco, das alles ist schwer zu begreifen, zu erklären ...« er seufzte, »Parlagreco ... du, der du leider die griechische Sprache nicht mehr kennst ... Es ist die Geschichte, die Geschichte, die Zeit, die rollt und alles umwälzt ... Parlagreco!« rief er lauter.

»Ja?« antwortete Vito sofort und hob den Kopf.

»Du bist in Sofiana nicht zufällig eingeschlafen, hast dich nicht etwa mit Rotem aus Favara übernommen?«

»He, he«, entfuhr es Vito, mit einem leichten, nachsichtigen Lächeln. »Darauf war ich gefaßt, Don

Gregorio«, er bückte sich, zog aus dem Quersack, den er auf den Boden gelegt hatte, die bemalte Karaffe und stellte sie vor Don Gregorio auf den Tisch.

»He«, sagte er, »ist das etwa ein Traum, die Einbildung eines Betrunkenen? He?«

Don Gregorio breitete die Arme aus und heftete sein eines Auge auf dieses Wunderwerk.

»Welche Pracht, welche Pracht«, rief er verzückt.

Und es gibt noch zwei davon, die ich nicht angerührt habe, und dann noch Teller, Fläschchen und kleine Lampen.«

Don Gregorio lächelte verschmitzt, dann grinste er wie einer, der gerade die Süße der Lust auskostet. Er nahm die Linse mit dem langen Griff, wie sie die edlen Herren, die vor dem Circolo sitzen, zum Zeitunglesen benutzen, und studierte aufmerksam die auf die Karaffe gemalten Figuren. Dabei murmelte er unverständliche Worte, das himmelblaue Auge hinter der Linse war so groß wie das andere, das im Glas lag.

»Don Gregorio ...« rief Vito auf einmal.

»Ja? ... Gleich, gleich ...« antwortete Don Gregorio, ohne den Kopf vom Objekt seiner Betrachtung zu heben. Und als spiele er Theater, begann er zu deklamieren:

»Ein wunderbarer Krater ... genaugenommen, ein *Deinos* ... Er zeigt die Szenen einer Beerdigung. Dieser Mann, der sich auf einen Stock stützt, betrachtet traurig seinen von einem jungen, geflügelten Mädchen, seiner Harpie, verkörperten Tod; es folgen die Verwandten mit Tüchern und Weihegaben;

dahinter Athene, die Hermes befiehlt, den Toten in den Hades zu geleiten ... Welche Pracht, welche Pracht!« rief er abschließend. Und er stand auf, ging durch dieses Zimmer, das vollgestopft war mit Sachen und stank, sein ganzes Haus bestand aus diesem Zimmer, und er redete und gestikulierte wie ein Rechtsanwalt bei Gericht.

»Das ist ein Beweis, Parlagreco, ist ein neuerlicher Beweis dafür, daß Griechenland nicht existiert, daß es nie existiert hat! Griechenland ist eine Erfindung der Engländer und der Deutschen, dieser Protestanten ... Alles hat sich hier abgespielt, auf sizilianischem Boden ... Von wegen Troja, Mykene, Athen, die Thermopylen oder Salamis ... Hier, hier, alles hat sich hier ereignet!« Er stampfte mit dem Fuß auf die Fliesen, und der Fußboden erzitterte. »Das muß aufhören mit dieser Geschichte, mit diesem Riesenbetrug, der seit Jahrhunderten anhält ...« Er blieb stehen, nahm das Glasauge aus dem Wasser und steckte es sich schnell in die Augenhöhle. Dann blieb er kerzengerade stehen und starrte mit beiden Augen auf Parlagreco.

»Aischylos!« schrie er mit der ganzen Kraft seiner lauten Stimme. »Aischylos liegt hier bei uns begraben, in diesem Gebiet um Gela ...« Dann fuhr er auf, als hätte ihn plötzlich etwas gestochen.

»Sackerlot!« rief er aus. »Und wenn es sich um sein Grab handelte, wenn es seines wäre?!« Er näherte sich Vito.

»Parlagreco!«

»Ja?« antwortete Vito verschüchtert und schaute zu ihm auf.

»Hast du im Grab Täfelchen mit Inschriften gesehen, tragische Masken oder kleine Statuetten von Komödianten?«

»Nein, nein, eigentlich ...«

»Wir werden ja sehen, wir werden es sehen! ...«

»Don Gregorio ...« rief ihn Vito wieder.

»Ja?«

»Aber diesen Schatz, gibt es den nun oder nicht?«

»Den gibt's, und ob es ihn gibt!«

»Und weiter?«

»Weiter wird heute nacht losgezogen, um drei müssen wir in Sofiana sein! Und ... kein Wort! Daß dir ja kein Wort entschlüpft, nicht einmal zu deinem Schatten oder zur Seele deines verstorbenen Vaters!«

»Jawoll!« schwor Vito und legte die Hand auf die Brust.

»Parlagreco ...«

»Ja?«

»Tausend Lire. Nichts für ungut ...«

»Davor?«

»Davor. So ist es Brauch. Denn sollte danach – Gott bewahre uns davor – ohne meine Schuld beim Einlösen etwas schiefgehen, dann bist du auf und davon, auf nimmer Wiedersehen ...«

Vito gab nach und nahm die Mütze vom Kopf, zog aus dem Innenrand zwei zusammengerollte Scheine, schluckte und reichte sie Don Gregorio.

»Vito, Vito, Vituzzo, bei der Madonna del Màzzaro, was ist passiert? Sag's mir, sprich, ich mache mir solche Sorgen ...« beschwor ihn seine Frau, die sich in die Tür stellte, noch warm vom Bett, barfuß, mit keuchender Brust unter dem Baumwollnachthemd, als er gerade fertig war, um loszuziehen.

»Pssst, Pssst ...« machte Vito. »Es ist nichts, nichts Schlimmes, beruhige dich. Danach, danach erzähl ich dir alles. Jetzt darfst du niemandem, hörst du, niemandem sagen, daß ich mitten in der Nacht fortgegangen bin. Wehe!« und Vito streichelte sie vom Nacken bis zu den rosigen Brüsten, zog die Tür hinter sich zu und war auf der Straße.

Don Gregorio wartete bereits vor seinem Haus, in einen grauen, speckigen Staubmantel aus Gabardine gehüllt, den Hut auf dem Kopf und in der Hand die Einkaufstasche. Vito hatte alle Mühe, ihm auf den Rücken des Maultiers zu helfen, wo der große Mann dann in Frauenmanier saß, den Hintern im Sattel, und die beiden Beine baumelten auf einer Seite.

»Ist es zahm? Ist dieses Vieh zahm?« fragte Don Gregorio besorgt.

»Wie eine Braut in der Hochzeitsnacht, wie Honig. Euer Gnaden, Sie dürfen nicht so steif dasitzen, lassen Sie sich schaukeln wie in einer Wiege.« Vito nahm das Maultier am Zaum, und sie marschierten los, hinunter durch die Via Minoldo, durch die Via Galizia, sie ließen die Häuser hinter sich, und gelangten auf die Straße nach Cannavera.

Nach Filosofiana, an den Ort, wo das Grab lag, kamen sie gegen drei Uhr, der Mond war beinahe voll, ein milchiges Weiß erhellte das ganze Land, und am Horizont standen vereinzelte Sterne.

Don Gregorio ließ sich vom Maultier gleiten, schnaufend zog er seinen fettig glänzenden Staubmantel aus, er öffnete seine Tasche, zog alle Gegenstände heraus und stellte sie auf der Sandsteinmauer auf: Bücher, Kerzen, eine Rute, einen Granatapfel, Geigenharz und eine leuchtend scharlachrote Priesterstola.

Vito harkte die Erde weg, die er auf die Grabplatte gestreut hatte. Er putzte so sorgfältig, als wäre es der Ofen, in den er das Brot schiebt, und ging zurück zu Don Gregorio.

»Sind Sie fertig, Don Gregorio?«

»He, nicht so hastig. Eile ist der Feind guten Gelingens!« Dann schaute Don Gregorio Vito fest und gerade in die Augen.

»Zieh dich aus!« befahl er ihm.

»Was?!«

»Zieh dich nackt aus.«

»Euer Gnaden machen einen Scherz?«

»Parlagreco, ist das der Augenblick zu scherzen? Tu, was ich dir sage. Glaubst du, das ist eine Laune von mir? Hier steht es, in diesen geheimnisvollen Büchern, in diesem aus dem *Cinquecento*, dem Rutilio, und in diesem, dem *Gran Quadrato Maltese*!«

Dabei fuchtelte Don Gregorio mit beiden Büchern vor Vitos Nase herum.

Vito begriff, daß da nichts zu machen war, er ließ den Kopf hängen und ging hinter einen Baum. Er zog sich aus, davor aber hatte er das ganze Land bis zum Horizont abgesucht. Gedemütigt ging er zurück zu Don Gregorio, er trug nur noch die Unterhose. Don Gregorio hatte sich inzwischen die rote Stola um den Hals gelegt und die beiden Stearinkerzen angezündet, die jetzt auf der Mauer standen. Er musterte Vito, der sich ihm in seiner langen Unterhose aus weißem Tuch näherte, die Haut darunter war womöglich noch weißer als die Hose, nur der Kopf glänzte schwarz bis zum Hals.

»Parlagreco, sind wir vielleicht am Strand von Mànfria oder Falconara? Willst du etwa baden gehen? Die Unterhose, die Unterhose!« schrie Don Gregorio.

Ergeben ließ Vito auch diese letzte Demütigung über sich ergehen, sie bestand in der Tatsache, daß er nackt wie ein Wurm vor einem anderen Mann stehen sollte, wenn dieser auch bloß ein Auge hatte, und wenn ihn auch noch der Schatten der Nacht verbarg. Don Gregorio reichte ihm die zwei brennenden Kerzen.

»Nimm«, sagte er, »halte sie fest vor der Brust.«

Doch Vito konnte sich nicht entschließen, die Hände von seinem Gemächt zu nehmen.

»Ach je ...« machte Don Gregorio ungeduldig, »ihr Bauern seid immer voller Hemmungen. Denk an die Arbeiter in den Schwefelgruben, die sind immer nackt, sogar vor Seiner Majestät.«

Vito ließ sich überzeugen und nahm die Kerzen in die Hand.

»Los«, sagte Don Gregorio, »fangen wir an. Und paß auf, daß du von jetzt an schweigst, keinen Ton mehr von dir gibst. Tu nur das, was ich dir befehle.«

Und im Kerzenschein öffnete Don Gregorio das

erste Buch, es war der *Almanacco perpetuo*, und nachdem er den Kopf zwischen die Seiten gesteckt hatte, sagte er diese Sprüche auf:

»Orbis nemo sua contentus sorte videtur,
Mille tenensque urbes plus cumulare cupit.

Cuncta perire vides; sola est virtusque perennis
Quae facit aeternos nobilitatque viros.

Quid juvant miser heu argentum, et aurum
  cumulabis
Si post tartaneis tu crucieris aquis.

Quisquis per mare, vel per terram acquiserit,
  aurum,
Stultus erit, coeli cum male inquit opes.«

In seiner ganzen Stattlichkeit, mit seiner tiefen Stimme und dem großen, kahlen Schädel kam Don Gregorio Vito wie der Erzbischof von Piazza oder Caltagirone vor. Vito zitterte vor Kälte und Aufregung, und doch stand ihm der Schweiß auf der Stirn.

»Procedamus, procedamus ...« sagte Don Gregorio. »Gehen wir zum Grab.« Schnell legte er das ganze mitgeschleppte Rüstzeug wieder in seine Einkaufstasche und ging hinter Vito her, der ihm mit den beiden Kerzen voranleuchtete. Doch das Mondlicht war stärker als die zwei Flämmchen, so daß den beiden Männern ihre Schatten direkt vor die Füße fielen und sich mit ihnen bewegten. Da erklang von einem der nahestehenden Bäume der Ruf eines Käuzchens. Don Gregorio murmelte ein paar Worte, vielleicht eine Beschwörung gegen den unheilkündenden Nachtvogel. Vor dem Grabstein blieb Vito stehen. Donnernd wie ein Bischof von der Kanzel herab, setzte Don Gregorio seine Lektüre aus einem anderen Buch fort: dunkle, nie gehörte Worte, die, selbst wenn sie gehört werden, ihrem Gesetz gemäß von mir, der ich schreibe, nicht wiederholt werden können, nicht von Dir, der Du liest, nicht von uns armen, schuldbeladenen Menschen, die wir uns blind in dieser Welt bewegen, die wir nichts Heiliges, nichts Geheimes kennen. Deklamierend warf Don Gregorio die Kräuter, die er einzeln aus seiner Einkaufstasche zog, auf die Grabplatte und nannte sie bei ihren Namen.

»Pimpernelle«, sagte er, »Petersilie, Ochsenzunge, Schalotte, Kohlrübe, Sellerie, Pastinake ...«

Und immer weiterlesend, zeichnete er mit der Rute Kreise, Dreiecke und Quadrate auf die Platte. Dann legte er voller Ehrfurcht den bernsteinfarbenen Klumpen Geigenharz darauf.

»Gib mir eine Kerze«, sagte er zu Vito. Und mit der Flamme zündete er das Harz an, das brannte und zerrann und auf der gebrannten Erde einen ansehnlichen Fleck hinterließ, als hätte jemand hingepißt. Da hinein tauchte Don Gregorio den Daumen und näherte sich Vito, machte ihm Kreuzeszeichen auf Stirn, Lippe, Kinn, Herz, Nabel ... und jedes Mal sprach er dieses Wort:

»Labis, labis, labis, labis, labis ...«

Vito ließ ihn gewähren, er war unerschütterlich

und kalt wie eine Statue geworden. Endlich nahm Don Gregorio den Granatapfel aus der Tasche und reichte ihn Vito.

»Parlagreco«, sagte er, »jetzt kommt das Schwierigste: jetzt hängt alles von dir ab. Du mußt diesen Granatapfel aufessen, ohne daß auch nur ein einziger Kern zu Boden fällt.«

Vito nickte und schluckte, schluckte nichts, er ließ den Adamsapfel, der scharf war wie der Kamm am Brustbein eines Vogels, im Hals auf- und abgleiten. Er öffnete den Mund, soweit es ging, und steckte den Granatapfel hinein, er biß zu, kaute und schluckte. Ein Tropfen vom Saft lief ihm übers Kinn, doch bevor er ihm auf die Brust fallen konnte, schleckte er ihn schnell mit der Zunge auf.

»Gut, sehr gut!« Don Gregorio schrie fast, mit der Kerze in der Hand beobachtete er ihn aufmerksam. »Unglaublich!«

Vito zeigte ein schwaches, höfliches Lächeln, ein Lächeln, das ein Rülpser sofort in eine Grimasse verwandelte.

»Heben wir jetzt diesen Grabstein!« befahl Don Gregorio feierlich.

Dieses Mal brauchte Vito keine Spitzhacke, sondern hob die schwere Platte mit beiden Händen hoch.

Das erste, was ins Auge sprang, noch weißer jetzt im Mondlicht, das alles überflutete, war das Skelett des antiken Toten. Don Gregorio war geblendet, verblüfft.

Dann ließ er sich langsam ins Grab hinabgleiten und sprach feierlich, als spräche er mit dem Toten:

»Bist du der größte Tragiker, der dem unaussprechlichen Schmerz der Welt seine Stimme lieh? Bist du der göttliche Aischylos?«

In der auf die Frage folgenden Stille war das Gelächter des Vogels noch deutlicher zu hören. Darauf ertönte eine Stimme wie vom Himmel oder aus den Tiefen der Erde:

»Légo kat'andra, mè theón, sèbein emé ...«

Don Gregorio erstarrte zur Salzsäule, er schaute zu Vito auf, der reglos, mit der Kerze in der Hand am Rand des Grabes stand.

»Parlagreco«, sagte er mit zitternder Stimme, »hast du griechisch gesprochen?«

Vito, der sein Versprechen hielt, kein Wort zu sagen, schüttelte den Kopf.

»Aber du hast den griechischen Vers gehört?«

Vito schüttelte wieder den Kopf.

»Ach«, entfuhr es dem verzweifelten Don Gregorio, »das ist eine wahrhaft wunderliche Nacht, eine Nacht voll unergründlicher Geheimnisse ... Komm, Parlagreco, laß uns das Tonzeug ausgraben!«

Vito, der schon ungeduldig auf diesen Befehl gewartet hatte, sprang in den Graben und begann auf allen vieren mit den Nägeln in der Erde zu scharren, wie ein Hund, der nach Trüffeln sucht.

Er legte das erste Gefäß frei und reichte es Don Gregorio. Nànfara saß am Boden und klemmte es zwischen die Schenkel. Er keuchte. Auch Vito, der neben ihm hockte, atmete schwer.

Der Schatzgräber steckte seine Hand ins Gefäß,

schickte zuvor jedoch einen einäugigen flehenden Blick zum Himmel, zum Mond und murmelte leise seine Litaneien. Nichts. Auch dieses große Gefäß war leer, Luft, nur auf dem Boden eine verkohlte Kruste. Und beim nächsten Gefäß verhielt es sich ebenso.

Wie zwei Tölpel saßen die beiden Männer da. Don Gregorio ging dann, ohne Parlagreco anzuschauen, zum Maultier und kam mit einer Harke zurück. Damit begann er den Boden im Grab aufzuwühlen, er grub Tonscherben aus, Teller, kleine Öllampen und stellte sie eine nach der anderen am Rand des Grabes auf. Zum Schluß fiel er über die Knochen des Toten her, die sich unter der Berührung wie Zucker auflösten. Nur der Schädel mit dem makellosen Gebiß aus leuchtendem Elfenbein blieb ganz. Unter dem Kopf dieses Toten fand Don Gregorio die Maske einer grotesken Figur mit gelocktem Haar auf der Stirn, abstehenden Ohren, mit großen Augen und einem lachenden Mund, aus dem die Zunge heraushing.

»Und was bedeutet das?« fragte sich Don Gregorio. »Ist das Hohngelächter, werde ich an der Nase herumgeführt? Ob hier an Aischylos' Stelle Aristophanes begraben liegt? Ist es die Tragödie, die zur Farce geworden ist?« Und da er stinkwütend war, weil er kein Zeichen, keine Inschrift mit einem Hinweis auf Aischylos entdecken konnte – die Entdekkung von Aischylos Grab hätte seine These bestätigt und ihn auf der ganzen Welt berühmt gemacht –, nahm er die Tonmaske, die er als Schmähung empfand, und schleuderte sie gegen die Grabwand, daß sie zerschellte.

Untröstlich hatte sich Parlagreco entfernt und wieder seine Kleider angezogen. Der Mond sank, beinahe voll und spöttisch, wie die Maske, und Don Gregorio sah ein letztes Mal zu ihm auf. »Mond, *Athene Lucina*, o Königin, Herrscherin über die Natur der inneren Dinge ...« sagte er immer wieder für sich. Und dann zitierte er Hermagistes: »Detrimentum Lunae est detrimentum totius naturae ...«

»Aber der Mond ist zunehmend, er ist zunehmend, beim Teufel!« rief er aus.

Jetzt verbreitete sich von Osten her, aus der Gegend von Piazza, wo der große Berg rauchte, rosarotes Licht.

»Don Gregorio, gehen wir? Ich muß in ein paar Stunden wieder hierher zurück und arbeiten ...« sagte Parlagreco.

»Gehen wir, gehen wir«, antwortete Don Gregorio und ließ sich aus dem Grab helfen. »Zuerst müssen wir dieses Zeug einsammeln ... Diese Vasen nehme ich mit nach Hause, ich will sie studieren, will verstehen, begreifen warum ...«

»Was gibt es da noch zu kapieren?«

»Oh, da gibt es allerhand.«

Und damit es schneller ging, damit dieser Hexenmeister endlich in Bewegung kam, sammelte Parlagreco Vasen, Teller, Schalen und Lampen ein und steckte alles in einen Sack.

Sie kamen zu den Toren des Dorfes, als es die Bauern auf ihren Maultieren, Eseln und Stuten verließen. Wo sie einander begegneten, grüßten sie Parlagreco, und voller Respekt grüßten sie auch Don Gregorio, der auf dem Maultier saß und den Sack mit den Gefäßen fest in den Schoß drückte. Die drei sahen aus wie eine »Flucht aus Ägypten«.

Vito band das Maultier an einen Ring in der Mauer, lud das Zeug des Nànfara ab und ging mit ihm ins Haus, um ihm zu helfen.

»Setz dich hin«, sagte Don Gregorio. »Ich mache Kaffee.«

»Ich muß gehen. Meine Frau macht sich Sorgen ...«

»Zwei Minuten ...«

Und Don Gregorio nahm sein falsches Auge heraus und warf es in ein Glas, er begann mit der Kaffeemaschine zu hantieren. Sie tranken den Kaffee, rauchten, belauerten sich gegenseitig, um herauszufinden, was der andere im Schilde führte. Vito befürchtete, daß ihm Don Gregorio noch mehr Geld abverlangen könnte.

»Hast du Hunger, Parlagreco? Ich hab' seit gestern Mittag nichts angerührt.«

»Glauben Sie vielleicht, ich?«

»Ich habe frischen Schafskäse ...«

Und er stellte sofort Brot, Käse und eine Flasche Wein aus Favara auf den Tisch.

»Du denkst vielleicht«, begann Don Gregorio kauend, »daß es meine Schuld war ... Ich habe ein ruhiges Gewissen, ich habe ganz nach den Gesetzen der Riten gehandelt ... Du kannst es nicht wissen, aber als du fortgegangen bist, habe ich die ganze Zeit gelesen, habe in Büchern gestöbert ... Doch es ist etwas dazwischengekommen, was weder du noch ich noch die Bücher vorausgesehen haben ... Das ist es, was ich begreifen will ... Sag: hast du Träume gehabt, Zeichen, hast du etwas Seltsames gesehen, bevor du das Grab gefunden hast?«

»Ich weiß nicht ... Träume hatte ich keine. Und Zeichen, unbedeutende Dinge ... Gestern ist ein Hirte mit seinen Schafen über Sofiana gezogen, ein Junge, der stumm ist ... Dann ein Reiherzug auf dem Weg nach Süden ... Und Tanu, der Hirtenjunge, hat mir als Geschenk einen Hasen zurückgelassen, den er mit der Schleuder getötet hatte.«

»Ach, zum Teufel«, brüllte Don Gregorio und schlug mit der Faust auf den Tisch. »Und davon erzählst du mir erst jetzt?«

»Euer Gnaden, Sie haben mich nichts gefragt ...«

»Und hätte ich fragen müssen? Parlagreco, das war kein wirklicher Hirte, kein menschlicher Junge, das war ein Untoter, ein Geist ... und der Hase, was hast du mit dem Hasen gemacht?«

»Ich habe ihn dort auf der Mauer liegenlassen ... Ich mag keine Hasen. Und auch meine Frau und meine Kinder mögen das Fleisch vom Wild nicht gern ...«

»Was hast du getan! Essen hättest du ihn müssen, essen, zur Not auch roh hinunterschlucken!«

Daß ihm jetzt die Schuld am Scheitern des Unternehmens gegeben wurde, das kränkte Vito.

Um sich wieder Mut zu machen, nahm er die Weinflasche und schüttete wütend das Glas voll. In einem Atemzug trank er es aus. Doch beim Trinken verschluckte er auch etwas Festes, Glattes.

»Don Gregorio«, fragte er und stellte das Glas auf das Tischchen, »was war im Wein?«

»Was war es?« und Don Gregorio hielt die Flasche ins Licht, schaute dann ins leere Glas.

»Was hast du getan!« brüllte er, »mein Auge! Du hast mein Auge verschluckt!«

»Oh«, entfuhr es Parlagreco, und verunsichert spuckte er auf den Boden. Plötzlich lief er rot an im Gesicht. »So ein blinder Esel! ... Wer legt denn ein Auge in ein Wasserglas?«

»Und wohin hätte ich es tun sollen, wie? Soll ich es mir in den Arsch stecken? Es ist eine Frage der Hygiene ... Ja, aber ihr Bauern versteht das nicht ...«

»Ich geh jetzt.«

Mit einem Satz war Don Gregorio an der Zimmertür. »Von hier rührst du dich nicht fort, bevor du mein Auge ausgeschissen hast!« befahl er. »Und ich gehe jetzt Bittersalz kaufen für dich«, und während er das sagte, ging er hinaus, schloß hinter sich die Tür ab und drehte den Schlüssel um, sooft es ging.

Personen

Die Chesterfields

> Tutti i miei libri in effetti ne fanno uno. Un libro sulla Sicilia che tocca i punti dolenti del passato e del presente e che viene ad articolarsi come la storia di una continua sconfitta della ragione.
>
> *Leonardo Sciascia*

Über die Via Redentore kam ein kleiner, dunkler Mann von dreiunddreißig Jahren, das Haar fiel ihm glatt in die hohe Stirn. Er ging nachdenklich, durchforschte die Straße mit wachen, schwarzen Augen, die bald aufmerksam blitzten, bald lebhaft leuchteten oder sich verfinsterten, je nachdem, welches Schauspiel das Leben in diesen ersten Morgenstunden bot.

Und sie kamen von oben über den Corso Umberto, von unten über den Corso Vittorio Emanuele, aus der Santa Maria degli Angeli heraus, der Santo Spirito, der Grazie, aus allen Straßen und Gäßchen kamen Tagelöhner, Maurer und Schwefelgrubenarbeiter, alle trafen sich auf der Piazza Garibaldi.

An der Stelle, wo der Corso Umberto breiter wird, bei der Chiesa del Collegio, konnte der Mann nicht umhin, vor dem Schaufenster einer Buchhandlung stehenzubleiben. Schöne Bändchen mit Gedichten und Prosa lagen nebeneinander aufgereiht und bildeten im bunten Durcheinander der farbigen Umschläge einen weißen Fleck, ein leuchtendes, ruhiges Viereck. Es waren Bücher von Pasolini, Marin, La Cava, Uccello ... Und daneben lag, auch weiß,

»Nuovi Argomenti«, eine in Rom gedruckte Literaturzeitschrift, auf deren Titelseite die Inhaltsangabe stand; im unteren Teil konnte man den Namen des Mannes vor dem Schaufenster lesen und dahinter den Titel, *Cronache scolastiche:* sein Tagebuch eines Jahres als Volksschullehrer. Bald würde ein weiteres Tagebuch, das *Diario elettorale*, danebenliegen, er hatte das Manuskript ein paar Tage zuvor abgeschlossen und trug jetzt die maschinegeschriebenen Blätter bei sich in der Tasche. Das war ein Wahltagebuch von den Wahlen, die im kaum vergangenen Juni stattgefunden hatten, aus denen wieder einmal die Democrazia Cristiana triumphierend hervorgegangen war.

Der Mann kehrte dem Schaufenster den Rücken zu und zündete sich eine Chesterfield an, eine dieser Zigaretten, die er rauchte, seit die amerikanischen Truppen in Sizilien gelandet waren. Wie Montale, der seit dem Afrikakrieg Giubek rauchte. Er rauchte viel und immer diese starken, dicken amerikanischen Zigaretten. Nikotinschichten hatten sich bereits zwischen ihn und die Welt rundherum geschoben, wie ein Schutzwall aus Tuffstein und Mörtel, wie die Zementstützen an Mauern, die für jeden, der auf der Insel geboren ist, eine ständige Bedrohung darstellen, denn sie können jeden Augenblick einstürzen, sich in wildem Durcheinander und blindem Wüten auflösen. Eine Nikotinmasse hielt die Bücher zusammen, Kuben aus hellen und festen Büchern, eine Rustika, von der aus man ohne Gefahr diesen heftigen Sturm, die sizilianische Wirklichkeit, beobachten, studieren und begreifen konnte. Der tägliche

Einsatz von Leben und Vernunft. Wie im Bauch der Erde, im Herzen der Schwefelgrube. Aus der man nie mehr entkommt. Oder wenn man daraus auftaucht, sieht man diese Welt mit den staunenden Augen eines Kindes – den Mond »groß und gelassen, wie in einem kühlen, leuchtenden Ozean der Stille« droben am Himmel –, oder man sieht sie nackt, ohne Illusionen. Ja, der Mann wußte nur zu gut, daß die Ähnlichkeit in den Schwefeldämpfen, die sie beide seit ihrer Geburt eingeatmet hatten, lag; aber im Schicksal, das darüber entschied, ob einer sich außerhalb oder im Innern der Schwefelgrube befand, lag der Unterschied zwischen ihm und dem großen Dichter aus Girgenti, auf dessen Spitzfindigkeiten, auf dessen Gespenster oder *Personen* er ständig stieß.

Bruder Agrippino blieb im Sprechzimmer vor einem Bild stehen, einer Votivtafel, Schwefelarbeiter waren darauf abgebildet, zwei Knappen und ein Junge, die beim Einsturz eines Stollens von den Felsen beinahe verschüttet worden wären, über ihnen schwebte der heilige Michael in einem goldenen Lichtschein und darunter, brennend im heiligen Fegefeuer, die armen Seelen. Diese Szene entführte seine Gedanken in sein Dorf, Mineo, der Name kam vielleicht von einer Miniera, Grube; er dachte an seine Mutter Ignazia, die sich noch in den Flammen verzehrte; er dachte an sich selber, der unter den Steinen der Jesuitenbrüder beinahe begraben worden wäre, doch das goldene Schwert des wahren Glaubens hatte ihn nunmehr gerettet.

Er raffte sich auf, merkte, daß er einen Koffer

trug, und erinnerte sich an den Autobus. Er rannte aus dem Kloster, lief durch den Borgo Balàte, verirrte sich in einem Labyrinth von Gassen und Straßen und schaffte es nicht, den Omnibusbahnhof zu finden. Schließlich rannte er, von Angst getrieben, die ganze Via Testasecca entlang, rannte durch die Via Palmieri und erreichte den Corso Umberto, wo er den Mann, der sich gerade vom Schaufenster des Buchhändlers entfernte und wieder seinen Weg fortsetzte, beinahe niedergerannt hätte.

»Der Autobus, der Autobus nach Mazzarino! ...« schrie ihm Bruder Agrippino flehend zu.

»Auf der Piazza Marconi«, antwortete der Mann. »Sie haben Zeit, der Bus fährt erst um halb acht.«

»Und wo, wo ist diese Piazza Marconi?«

»Kommen Sie mit, auch ich muß zum Autobus.«

Bruder Agrippino, den diese Worte beruhigt hatten, ging neben dem Mann her, er klammerte sich an ihn wie an einen Führer, an einen Beschützer.

»Fahren Sie auch nach Mazzarino?« fragte er ihn.

»Nein, ich fahre nach Regalpetra in der Provinz Girgenti.«

»Schade! Ich bin fremd hier, ich komme aus Rom, aber geboren bin ich in Mineo«, sagte Bruder Agrippino.

»Das Dorf von Capuana«, sagte der Mann.

»Ach Capuana. Der war kein guter Christ ...«

Der Mann lächelte amüsiert.

»Warum?« fragte er, er wollte den anderen zum Erzählen ermuntern.

»Hm! Erstens hat er unzüchtige Dinge geschrieben. Dann lebte er *more uxorio* mit seiner Magd. Und drittens hat er Geisterbeschwörungen vorgenommen, und die Geisterlehre ist von der Kirche verboten, er hat die armen Seelen im Fegefeuer bedrängt.«

»Und die armen Seelen, sind die nicht froh, wenn sie manchmal eine Reise hierher auf die Erde machen können?«

»Natürlich nicht! Denn die Zeit, die sie dabei verlieren, müssen sie später wieder nachholen und müssen weiterbrennen und sich verzehren ...«

»Aber sie könnten die Reise als Unterbrechung nützen, als Abkühlung.«

»Das nennen Sie Abkühlung, in diese Hölle zurückkehren, in dieses Gehenna, dieses Tal der Sünden und Verdammnis? Sterben muß man, sofort sterben, auch freiwillig, in der Gnade Gottes muß man sich davonmachen, fortgehen ... Aber ich kann darüber nicht sprechen, ich kann nicht sprechen ...« sagte Bruder Agrippino, dann fügte er etwas leiser hinzu:

»Die Jesuiten, die Jesuiten verfolgen mich!« und starrte mit seinen besessenen Augen in die Augen des Mannes. Der hatte bis dahin amüsiert gelächelt, wurde jetzt aber ernst und traurig, da er begriff, daß er der geheimnisvollen, endemischen Krankheit seiner Heimat gegenüberstand. Immer wieder mußte er, ein Freund der Vernunft, des klaren und geordneten Denkens, er, der Freude an der Ironie und am Genuß der Intelligenz fand, Menschen begegnen, die mit ihrer Originalität, mit ihrer komischen Verschrobenheit seine Neugier weckten, die Witz versprachen, leichtes, frohes Spiel, dann aber plötzlich – als zögen sie sich nackt aus – die kranke Haut des Wahnsinns bloßlegten. In solchen Augenblicken kehrte sich alles rundherum in Bitterkeit und Sorge.

So kamen sie auf die große Piazza Garibaldi, wo sich zwei Kirchen, Santa Maria La Nova und San Sebastiano, gegenüberstanden, als wetteiferten sie miteinander, welche monumentaler und prunkvoller sei. Und dazwischen lag wie ein grünes, theatralisches Auge ein großer Brunnen, und aus dem angestauten Wasser ragten verschlammte Steine und Bronzestatuen, ein Seepferd, das von einem Tritonen festgehalten wurde, zähnefletschend lagen phantastische Tiere auf dem Rücken, den Bauch zum Himmel gestreckt wie Schaben, Kröten oder Riesenbasilisken.

Der Platz wimmelte von Menschen, sie standen oder liefen paarweise oder in Gruppen herum. Sie unterhielten sich, plauderten, gingen in Cafés, Konditoreien und Tabakläden hinein und wieder hinaus und sammelten sich vor dem Lieferwagen des Bäkkers. Es war wie an einem Sonntagvormittag nach dem Hochamt, bloß trugen heute alle ihre geflickten und ausgebleichten Arbeitskleider, denn sie fanden sich hier wie jeden Morgen ein, unter dem Vorwand, ihren Kaffee zu trinken, Zigaretten zu rauchen, Brot und Kichererbsenküchlein zu essen, doch in Wirklichkeit wollten sie einander noch einmal treffen, sehen und sprechen, bevor sie auf die Felder gingen, in die Schwefelgrube stiegen, auf die Baustellen zogen. Bald würden sie sich auf den Weg machen und den Platz leer zurücklassen, bis die Lehrer kamen, die Beamten, die Landvermesser, Buchhalter, Rechtsanwälte und Richter. Und dann wurde auf dem Platz wieder geplaudert, es wimmelte wieder, es bewegte sich.

»Trinken Sie einen Kaffee?« fragte der Mann Bruder Agrippino.

»Kaffee? Ich schlucke Gift und Galle! Aaaah, aah ...« machte er und brachte sein Gesicht ganz nahe an das Gesicht des Mannes, riß den Mund auf und streckte über den schwarzen Barthaaren eine dicke, weiße, trockene und rissige Zunge heraus. »Sehen Sie? Ich bin vergiftet.«

Der Mann riß vor der unerwarteten Geste unwillkürlich den Kopf zurück, auch um dem schweren Atem zu entkommen, der heiß und bitter war und nach Reserpin roch und ihn trotzdem überflutete. Er zündete sich sofort noch eine Chesterfield an und atmete den Rauch tief ein.

»Gehen wir«, sagte er, »ich begleite Sie zum Autobus«, und er hüllte sich in ein dichtes Schweigen, verfiel in hoffnungslose Trostlosigkeit, in eine Melancholie, gegen die es kein Mittel gibt.

Malophòros

»Vivu sugnu,
mi viditi?
parru!«

Ignazio Buttitta,
L'urtima carta

»Vicé, Vicé, Vicé ist da!« Von der Gartentür aus hilft mir Samìr mit Zeichen, die Steigung bis zu dem kleinen Platz unter dem Haus hochzufahren. Das Haus ist in den Felsen eingeklemmt, der senkrecht in den Himmel ragt und steil zum Meer abfällt. Das Auto lärmt und bockt, berührt beinahe die Mauer, streift Geranien und Kapernsträucher, die vom Erdwall herabhängen, und hält auf dem freien Platz an.

»Vicé, Vicé!« Angelina und Ignazio rufen, grüßen. Ich gehe eine Wendeltreppe hoch und gelange durch eine Öffnung auf die Terrasse. Während ich die beiden umarme, sehe ich Samìr neben ihnen, er raucht und lächelt. Ignazio ist weiß, weiß sein Wollpullover, weiß die arabische Mütze auf dem Kopf, weiß die Haare, die sich wie Taubenflügel an den Schläfen öffnen, weißlich, bernsteinfarben das Gesicht, wie Hefe, in dem sich das Blau der Augen und das Rot der Wangen abheben. Hier in Aspra, in seinem Haus, ist Ignazio wie Antaios, der aus der Berührung mit der Erde seine Kraft wiedergewinnt. Er war wirklich nach kürzester Zeit wie neugeboren, seit ich ihn im Krankenhaus besucht hatte, wo er herzkrank, gelb und abgemagert gelegen hat. Angelina ist immer noch dunkel und erdig, aber nun ist ihr Gesicht entspannt, als wären die Säfte, welche die Launen der aktiven, energischen Frau bestimmt hatten, jetzt geronnen, als wären sie zu Honig geworden. Sie hat sich herausgeputzt und riecht nach Orangenblütenwasser. Vielleicht hat sie sich ausgesöhnt mit diesem Mann, der sich jetzt im Alter damit abgefunden hat, ein ruhigeres Leben zu führen, der sein Leben lang ein rastloser Mensch gewesen war, ohne Unterschlupf, immer auswärts, immer unterwegs an verschiedenen Orten der Welt, von Marsala nach Peloro bis Pachino. Das Meer vor uns, das Meer hinter der Straße, hinter der mit Pinien und Oleaster bewachsenen Böschung, flimmert ständig vor den Augen, Boote schaukeln darauf oder fahren vorüber, ziehen die Schleppnetze hinter sich her, begleitet von Möwenschwärmen, die über dem Kielwasser schwirren und schreien. Und die ganze Golfküste, von Capo Zafferano bis Monte Pellegrino, liegt hinter einem bläulichen Dunstschleier.

»Hast du schon gegessen, hast du gegessen? Samìr, mach Kaffee«, sagt Angelina. Wir gehen ins Haus, in das große, lichtdurchflutete Wohnzimmer. Am Tisch bieten sie mir warme Ricotta, Hartkäse und Sesambrot an. Dann kommt Samìr mit dem türkischen Kaffee aus der Küche, er setzt sich zu uns und zündet sich sofort eine Marlboro an. Ignazio schält mit den Händen eine große Zitrone und ißt sie, ohne eine Miene zu verziehen.

»Ich kann dir nicht zuschauen!« sagt Angelina und schüttelt sich.

»Die halten mich am Leben, am Leben!« ruft Ignazio. Samìr lächelt, in Rauch gehüllt.

»Und die Alìven? Zitròn und Alìven, Zitròn und Alìven. Und Ziegenkäse, Schafkäse ›o puavr‹.« Der Tunesier drückt sich in dieser Sprache aus, einem Gemisch aus Sizilianisch und Französisch. Er sagt, er müsse jetzt zum Hafen, den Fisch holen, denn die Boote kämen schon zurück.

»Du sprichst jetzt besser, Samìr«, hänsle ich ihn.

»Jaaa ... Hier bei 'Gnassio kann ich nichts lernen, es wird nur sizilianisch gesprochen.«

Er erzählt, daß er in Monastìr gearbeitet hat, in einem dieser Hotels am Meer, daß er hergekommen sei, um Italienisch zu lernen, daß er später nach Spanien wolle und vielleicht auch nach Deutschland. Denn, mit den Sprachen würde er in Tunesien eine bessere Arbeit finden.

»Mach das Bett für Vicé«, sagt Angelina zu ihm und hebt den Deckel einer Truhe hoch und zieht Leintücher und Decken heraus.

»Du schläfst oben, im oberen Häuschen«, sagt sie, »da drüben im Zimmer schläft Pietro.«

»Pietro?«

»Er ist gestern abend gekommen, aber morgen fährt er wieder weg. Immer das gleiche, immer das gleiche. Kaum angekommen, ist er auch schon wieder weg«, jammert Angelina.

Carmela, die Nichte, kommt mit ihren Töchtern Francesca und Fernanda. Carmela ist im Haus von Angelina und Ignazio wie eine Tochter aufgewachsen. Nachdem sie lange in Paris gelebt hat, wohnt sie jetzt in Mailand. Fernanda, das kleinere der Mädchen, hat riesige blaue Porzellanaugen, ist blond, schön und fröhlich wie die Putten von Serpotta, sie redet wie Samìr, halb Sizilianisch, halb Französisch. Carmela macht einen glücklichen Eindruck, hier in Aspra bei Onkel und Tante, am Ort ihrer Kindheit, und in ihren kohlschwarzen Augen, in ihrem hageren, freundlichen Gesicht mit den maghrebinischen Zügen zeigt sich die verhaltene Freude.

»Wer ist da, wer, wer?« kommt es donnernd aus einem der hinteren Räume, und ein Mannsbild taucht auf, es ist Pietro. Er packt Carmela an der Taille, hebt sie hoch und wirbelt sie durch die Luft. Das gleiche macht er mit Francesca und mit Fernanda.

»Wir haben uns seit Jahren nicht gesehen!« sagt er zu mir.

»Ja, aber ich höre dich im Radio, aus Warschau, aus Beirut.«

»Auch ich höre ihn«, sagt Angelina, »und es ist, als würde er mit mir reden ... Wann, mein Sohn, wirst du endlich irgendwo in Ruhe leben?«

»Ruhe!« sagt Pietro, »wo gibt es das, Ruhe? Hier, in Rom, in Mailand?«

»Hat man in Aspra nicht seine Ruhe?« protestiert Ignazio.

»Ach Papa, bei all den Toten, ermordet von der Mafia, den Drogen, den Raketen in Comiso ...«

»Das stimmt ...« sagt Ignazio. »Weißt du, ich schreibe gerade ein Gedicht über die Atombombe.«

»Später, Papa, später. Jetzt muß ich los, ich muß nach Bagheria.«

Ignazio zieht den Wollpullover aus und sitzt im Unterhemd da.

»Ich rasiere mich jetzt«, teilt er uns mit.

Doch er geht auf die Terrasse, stellt sich kerzengerade mit dem Gesicht zum Meer in die Sonne. Er öffnet die Arme wie Flügel, als rezitiere er seine Gedichte vor dem Publikum, wirft den Kopf zurück und atmet tief ein. Dann schleudert er die Beine in die Luft, beugt den Oberkörper vor und zurück.

»Jeden Morgen, jeden Morgen«, sagt Angelina. »Eines Tages bleibt er dort gekrümmt liegen, dann muß ich ihn wie einen Säugling wegtragen.«

Die Mädchen lachen.

»Ich gehe zum Hafen«, sagt Samìr.

»Und das Bett von Vicé?« fragt Angelina und schaut auf die Laken und Decken, die auf dem Stuhl liegen.

»Später, später«, meint Samìr und geht.

»Er muß in Aspra eine Frau haben. Er findet immer neue Ausreden, um ins Dorf zu gehen. Aber es geht ihm nicht gut, armer Junge. Er raucht und raucht. Kaffee und Zigaretten, Kaffee und Zigaretten. Du siehst ja, wie dürr er ist!«

Auch Carmela, die sehr dünn war, rauchte sehr viel, und in diesem Moment raucht sie und muß lachen.

»Auch du mußt aufhören, mein Kind, du mußt ein wenig zunehmen. Die Mailänder Luft tut dir nicht gut. Ihr müßt eine Zeitlang hierbleiben, du und die Mädchen.«

Dann kommt der Briefträger, kommt der Junge mit den Gasflaschen, der Bäckerjunge.

Ignazio geht über die Terrasse, er führt eine Ziege an der Leine, später trägt er einen Hahn im Arm. Es ist ein großer, wilder Hahn, der nach jedem hackt, einmal hat er einen Jungen, der in den Garten geschlichen war, um Orangen zu klauen, in die Hinterbacke gehackt, daß er blutete.

Die Mädchen von Carmela langweilen sich, sie wollen raus.

»Gehen wir in den Garten«, sagt Carmela.

Es war ein steiler, terrassenförmig angelegter Garten mit Orangen- und Olivenbäumen, eine schmale Treppe aus Tuffstein teilte ihn in zwei Hälften, sie führte bis an den höchsten Punkt des Hügels. Auf der Hochebene darüber breitete sich die phönizische Stadt Solunto aus.

Wir steigen die Treppe hinauf. Es war Ende Dezember, und der Tag war so klar, die Sonne so warm wie im April. An den Bäumen hingen Früchte und Blüten, Orangen und Orangenblüten, und darüber summten Insekten. In den Gruben rund um die Baumstämme standen die gelben Glöckchen vom kleinen Sauerampfer. Die Mädchen laufen zwischen den Bäumen herum, pflücken die Blumen und kauen die Stengel. Carmela und ich setzen uns hin, betrachten aus dieser luftigen Höhe das Meer, die Felsenküste, die kleinen Buchten, in die sich die Dörfer Santa Flavia, Sant'Elia, Porticella, Aspra schmiegten ... Carmela zündet sich eine Zigarette an, ihr Blick verliert sich.

»Ist das schön ...«

»Ach hör auf!« platzt sie heraus, »hier ist alles ein einziges Grauen, alles von Kadavern übersät ... Nein, nein, man darf nicht herkommen, man darf nicht mehr in diese Gegend zurückkommen.«

Zärtlich spricht sie dann von den beiden Alten, von Angelina und Ignazio, die so jung sind, so voller Leben und die Achtzig schon überschritten haben. Wie sie das wohl schaffen, fragt sie sich. Ob sie es seien, die Alten, die sich von den anderen zurückgezogen haben, um ihr eigenes Leben zu führen, das wir nicht begreifen, oder ob es an uns liegt, ob wir uns von ihnen abgewandt haben, ob wir gefallen seien ... Und sie erzählt weiter von Paris, von ihren alten Freunden, die auch jung geblieben sind, voller Leben, von Henri und Maurice und von Manuel, der auch ein so junger alter Mann geworden wäre, wenn ihn das Flugzeugunglück nicht aus dem Leben gerissen hätte; so wäre auch Capa geworden, auch Gerda ...

»Vielleicht ist es bloß eine Frage der Vitalität, die notgedrungen Egoismus ist ...«

»Vielleicht. Doch man kommt im Leben an einen Punkt, wo man sich entscheiden muß, ob man sich von den anderen löst oder ob man mit ihnen abstürzt.«

Beim Essen gab es den Fisch, den Samìr mitgebracht hatte. Pietro sprach mit dem Tunesier arabisch, er bat ihn um Brot und Wein; man konnte das Gespräch an Samìrs Gesten verfolgen. Dann begann Pietro zu erzählen, er erzählte vom Leben, das in Beirut trotz aller Grausamkeiten, aller täglichen Massaker triumphierte, davon, daß viel geliebt wurde in Beirut und daß viele Kinder geboren wurden. Darauf erklärte Ignazio, daß das Leben stark sei, ewig, daß der Mensch ewig sei, ja ewig, daß er sogar die Atombombe überleben würde.

»Wollt ihr mein Gedicht über die Atombombe hören?«

Doch in diesem Augenblick traten Flora und Aurora ein, die beiden Töchter Angelinas und Ignazios, die in Palermo leben, und Nara, Floras Tochter. Und es kam noch ein Dichter, ein Freund Ignazios, der Gedichte vortrug und mit einer schönen Tenorstimme sang.

Carmela schaute mich an und lächelte, doch es war ein trauriges Lächeln. Angelina bot allen Pignolata, Buccellati und Cassata an. Samìr ging und kam aus der Küche mit einem türkischen Kaffee.

Dann kam der Augenblick, wo Pietro abreisen mußte; Angelina saß in einer Ecke, reglos, stumm, und ihr Gesicht war noch dunkler als gewöhnlich. Auch Carmela und die Mädchen gingen fort.

»Siehst du«, sagte sie, »hier bei ihnen war meine Kindheit, mein Leben als Mädchen wie ein Fest, ein langes Fest. Aber die Feste dauern nicht an, einmal hören sie auf, entschwinden wie die Träume ...«

»Ist das Leben ein Traum?«

»Ach, vielleicht ist die Geschichte ein Traum, diese unsere heutige Geschichte. Ein Alptraum.«

Ignazio erzählte dann aus dem Leben von Rosa, der bekannten Sängerin, ein gnadenloses Leben, immer am Rand der Gesellschaft; Rosa, die ihren Mann niedersticht, Rosa, die als Küsterin in einer Kirche arbeitet, das Geld aus der Almosenkasse stiehlt und abhaut nach Florenz, zur Beerdigung ihres Vaters, der sich erhängt hat; er erzählte von Rosas Kraft, von Rosas Vitalität.

Später kommen noch mehr Leute, um Ignazio zu

begrüßen, um ihm Glück für das neue Jahr zu wünschen. Und er nimmt ein Buch nach dem anderen vom Stapel auf dem Tisch, der wie auf einem Ladentisch aufgebaut ist, und schreibt für jeden eine Widmung in Versen hinein.

Nachdem alle gegangen sind und ich mit Angelina, Ignazio und Samìr allein zurückbleibe, merke ich, daß es spät geworden ist. Ich sage, daß ich schlafen gehe, daß ich am nächsten Tag früh aufstehen muß.

»Bleibst du nicht bei uns? Wohin fährst du?« fragt mich Ignazio.

»Nach Selinunte.«

»Nach Selinunte? ... Ich komme mit.«

»Aber Ignazio«, jammert Angelina, »es ist Neujahr. Willst du am Neujahrstag herumfahren?«

»Komm doch mit«, sagt Ignazio zu ihr.

»Aber Aurora, Flora, Nara sind hier ...«

»Die kommen auch mit.«

Wir gingen zwischen den Tempeln des östlichen Hügels, zwischen den riesigen Steinhaufen des Zeustempels, den Sockeln, Säulenschäften, Kapitellen und Balken herum, die im reglosen Chaos der Urerschütterung dalagen, und den beiden anderen Tempeln, die mit ihren vergoldeten, vor dem Blau des Himmels leuchtenden Säulen aufragten.

Ignazio neben mir blieb nicht einen Augenblick stehen, schaute bald hierhin, bald dorthin.

Beim Bahnübergang in der Nähe des Bahnhofs hielten wir vor den Schranken an. Diese abgelegenen, einsamen kleinen Bahnhöfe an antiken, heiligen

Orten, wie der von Segesta, von *Carthage-Hannibal*, von Pompeji oder Olympia, haben im Zeitalter der Autobahnen, Autos und Busse etwas Rührendes, haben selbst etwas Antikes, Heiliges. Sie versetzen einen zurück in die Zeit der klugen und eifrigen Reisenden, mit dem Baedeker in der Hand, der Globetrotter mit viel zu schweren Rucksäcken. Ich frage mich, was diese Reisenden einer nun lange zurückliegenden Zeit inmitten dieser Ruinen, zwischen den Tempeln der Akropolis, im Angesicht dieses Meeres empfunden haben. Und welche Gefühle mag wohl Abt Fazello gehabt haben, als er, auf dem Rücken seines Maultiers oder seines Pferdes, als erster Selinunte entdeckte, das Gras und Brombeergestrüpp, Schlangen und Vögel in Besitz genommen hatten und das durch die Malaria in eine Einöde verwandelt, seit Jahrhunderten im Vergessen versunken war. Welche ungeheuren Gefühle, welche Befremdung, welche Panik angesichts des gewaltigen Chaos, des Wirrwarrs aus den riesigen Ruinen dieses Zeustempels, in dessen Mitte eine einzige Säule aus dem Boden ragte, als wolle sie die Zeit und die Erdfurien herausfordern, den Hirten war ihr Schatten Zuflucht und Sonnenuhr, für die arabischen Karawanen auf ihrer Durchreise zu den westlichen Häfen Wegweiser am Horizont (Rahl' al' Asnam, Götzenhof, nannten sie diesen Ort); welche Ergriffenheit im Anblick der Steinbrüche in Cusa, wo man noch sehen konnte, wie die Tuffsteinblöcke herausgehauen wurden; es schien, als rollten unter den Olivenbäumen die herausgehauenen Steinblöcke hervor und als ließen die Selinunter sie in diesem Augenblick im Stich, um vor den angreifenden Karthagern Hannibals zu fliehen.

Gibt es heute überhaupt noch solch ferne, unberührte, nicht entweihte Orte, die uns von der Gegenwart ablenken und in die Vergangenheit entführen? Ich habe diese Verzückung in Tìndari erlebt, als ich von der Balustrade der Terrasse aus über den schwindelerregenden Abgrund blickte, an dessen Fuß sich der Strand mit den Meerwasserseen erstreckt, und auf der Straße, die zum Theater und zum Gymnasium führt, wo vor niedrigen, aus den Sandsteinblöcken der Ruinen errichteten Hütten, schwarzgekleidet, mit weißen Damastkopftüchern die alten Frauen saßen und wie die Parzen spannen. Ich habe sie in Segesta erlebt, auf den Stufen des Tempels sitzend, vor der Schlucht, aus der das Gurgeln der Wasser des Kàggera heraufstieg; in der tragischen Stille von Mykene, unterbrochen vom Gebimmel der Glocken unsichtbarer Herden; im winzigen, abgelegenen Utica, zwischen bescheidenen Mosaiken und nach Zimt riechendem Basilikum und hier in Selinunte, als ich das erste Mal – eben mit der Bahn – hergekommen war, vor vielen, vielen Jahren.

Man hörte ein Pfeifen, und dann fuhr langsam ein kleiner Zug vorbei, eine Gruppe Jugendlicher saß darin und winkte aus den Fenstern. Woher kamen sie, wohin fuhren sie an diesem Silvestertag?

Gutmütig und freundlich, nicht wie in Tyrins, wo Cecchi auf einen unerbittlichen Zerberus getroffen war, öffnete uns der Pförtner das Gittertor. Wir parken die Autos vor dem Haus des Konservators, einem alten Wachtturm am Rand des Hügels der Akropolis, vor dem ockergelben, hellgrünen Mittelmeer. Ignazio springt aus dem Wagen und streift umher. Er betrachtet, beschnüffelt, berührt alles, reißt aus der Erde Bergmelisse und zerreibt sie zwischen den Handflächen. Angelina hingegen macht sich auf die Suche nach Blumen, sie bricht Triebe von Geranien und Rosen und bewahrt sie in ihrer großen Tasche auf. Flora und die anderen Frauen haben sich bereits zwischen den Ruinen, den Tempelsäulen verloren, die das rötliche Licht der soeben im Meer versinkenden Sonne aufnehmen und zurückstrahlen.

Freudestrahlend kommt der Konservator des kleinen Museums, Professor Tusa, auf uns zu und lädt uns in sein Haus ein. Die große Außentreppe ist an den Seiten mit Sarkophagen und Grabstelen geschmückt, die verwitterte Inschriften in griechischer und punischer Schrift tragen. Das Haus sieht aus wie ein altes Gehöft, in dem Gitterfächer über der Tür kleben Vogelnester und in den Bogen sind die Wespennester vertrocknet. Die Säle im Innern sind weitläufig, fast schmucklos, an den Wänden vergilbte Gruppenfotos von Grabungen, sie zeigen Museumsleiter, Archäologen und Historiker, die alle hier vorbeigekommen waren, in dieser Gegend, in diesem Haus. Darunter Cavallari, Salinas, Gàbrici und Kerényj. Wir werden von Tusas Ehefrau und seiner Tochter begrüßt.

»Ihr müßt euch bescheiden, ihr müßt euch bescheiden«, sagen sie, »wir haben nicht viel.«

Das Büro des Museumsleiters besteht aus einem Zimmer mit den Fenstern zum Meer hin. Es könnte die Kommandobrücke dieses Schiffes sein, hat doch der niedrige, langgezogene Hügel, auf dem Selinunte liegt, die Form eines Schiffes. Das Meer ist jetzt purpurfarben, phönizisch; dunkel erscheinen die Umrisse der Schiffe am Horizont, vielleicht ist die Fähre darunter, die von Trapani nach Tunis fährt, vielleicht sind es Fischkutter aus Mazzara del Vallo, vielleicht Tanker, vollbeladen mit Öl. Oder Kriegsschiffe. Rechts und links vom Hügel kann man die beiden Mündungen des Selinon erkennen, den von Empedokles zweigeteilten Fluß, an dem es einst zwei heute verschüttete Häfen gab.

Auf Tusas Schreibtisch liegt ein Stapel seines soeben erschienenen Buches, *La scultura in pietra di Selinunte*, auf dem Umschlag der Lockenkopf des Herakles, Herakles im Kampf mit der Amazone aus der Metope, die den Tempel der Hera schmückte. Ich war dabei, als dieses Buch gemacht wurde: Eines Morgens fuhr ich mit dem Verleger Sellerio von Mailand nach Cinisello Balsamo in die Druckerei. In der riesigen Werkhalle glitten die großen quadratischen Blätter, die mit Farbdrucken von leuchtenden farbigen Fotografien bedruckt waren, schnell aus der Maschine, ich erkannte zerfressene, von Flechten überwachsene Steine, den Himmel, das Meer, die Agaven und die Mastixsträucher von Selinunte; ich erkannte auf den Schwarzweißfotografien Torsi, geköpfte Statuen, wunderschöne Frauenköpfe und die berühmten Metopen, sie zeigen die Quadriga mit Demeter und Kore und die delphische Triade, Europa auf dem Stier, Perseus und die Meduse und Herakles mit den Kerkopen …

Es war ein Novembermorgen. Hinter der Werkhalle konnte man durch die verstaubten Scheiben ein kleines Feld sehen, einen brachliegenden Acker, umstellt von weiteren Gebäuden, anderen Werkhallen mit Schloten, vom Rauch verhüllt; über verfaulten Maisstoppeln lastete ein gräulicher Nebel, legte sich ein weißlicher Film aus Rauhreif. Und da, das Gesicht ans Fensterglas gepreßt, mit den Augen über die Landschaft irrend, überfiel mich die Sehnsucht nach Selinunte, und ich beschloß, über die Weihnachtsfeiertage hinzufahren. Ich dachte an die Zeit, eine längst vergangene archaische Zeit, als mich durch Homer, die Tragiker, Herodot, Diodorus und Thukydides die Leidenschaft für die Antike gepackt hatte; ich dachte an die Zeit meiner Reisen auf der Suche nach archäologischen Funden, als Sizilien eine surreale oder metaphysische Insel war, mit nichts als verschütteten Städten, Nekropolen, Marmorbrüchen, Hypogäen mit Sarkophagen aus leuchtendem Marmor, schwarzen, glänzenden Mischkrügen, in die Figuren von Göttern und Helden eingeritzt waren; mit Tempeln, Theatern und Marktplätzen der toten Städte an einsamen, unberührten entlegenen Orten. Ich dachte daran, als ich das erste Mal nach Selinunte gekommen war. Es war März. Nachdem ich den ganzen Tag zwischen den Ruinen verbracht hatte, auf Steinen herumgeklettert, auf umgestürzten Säulen und auf Mauern, in Gräben gestiegen, den Selino entlang und auf den Dünen am Strand gelaufen war, kam ich am Abend müde und ausgehungert in das Gasthaus von Marinella, einem Fischerdorf unten am östlichen Hügel, am Fuß der Tempel. Die

Schänke lag auf der anderen Seite der Straße und war aus verteerten Brettern, Blech- und Pappestücken gebaut und stand auf Pfählen, gegen die das Meer schlug. Die Wirtsleute, ein Ehepaar, waren gerade dabei, den Preis für die großen silbrigen Sardinen auszuhandeln, die ein Fischer auf einem Algenbett in einem Korb anbot.

»Willst du Sardinen?« fragte die Frau mich.

Dann machten sie vor dem Haus auf der Straße ein großes Feuer aus Weinranken, und als die Glut bereit war, legten sie den Rost mit den Sardinen darauf. Der Mann drehte und wendete die Fische, rieb sie mit einem kleinen Oreganostrauß ein, den er zuvor in eine Soße aus Öl, Zitrone und Knoblauch getaucht hatte. Ich war der einzige Gast und aß mit ihnen am Tisch. Und ich trank viel von dem vollmundigen, schweren Wein aus Castelvetrano. Danach schlief ich, mit dem Kopf auf dem Tisch ein. Der Mann und die Frau mußten mich aufheben und ins Zimmer tragen, mußten mich auf das Bett legen, das im Gasthaus auf der gegenüberliegenden Seite stand.

Nach dem Silvesteressen (wir hatten Linsen, Ricotta und Käse gegessen, die ein Hirte aus Segesta gebracht hatte, und Wein aus Mozia getrunken) stiegen wir am Morgen die Treppe mit den Sarkophagen und Grabstelen hinab und setzten uns auf dem Sokkel eines Tempels in die Sonne. Tusa erzählte mir von der Entdeckung eines Geologenteams, welche die drei Steinbrüche betraf, aus denen die Selinunter den Tuffstein geholt hatten: In jedem dieser drei Brüche war die Zusammensetzung und die Konsistenz des

Steines verschieden, und man hatte im Laufe der Zeit dafür immer neue, anspruchsvollere Verwendungen gefunden. Die Entfernung der Steinbrüche von der Stadt schien exakt bemessen, als handelte es sich um eine esoterische arithmetische Reihe (5, 10, 20 Kilometer): der Stein aus der Cava del Landàro für die Häuser, der aus der Cava di Cusa für die Tempel und der aus der Cava di Misilbesi bei Menfi für die Skulpturen und Metopen. Letzterer ist der härteste Tuffstein, er ist honigfarben und wird auch Kalksandstein genannt.

Tusa erzählte von diesen Pionieren, diesen Kolonisatoren von Megara, die in dieser von Einheimischen besiedelten und von Sikanern, Elymern und Puniern beherrschten, vom mächtigen Karthago jenseits des Meeres her bedrohten Gegend, in knapp zweieinhalb Jahrhunderten die herrlichste, großartigste Stadt des Abendlandes erbaut hatten.

Man müßte herausfinden, welche politische Idee, welche Utopie, welcher Glaube, welches in der Bedeutung für die in Amerika gelandeten Pilgerväter der Bibel ähnliche Prinzip, ihren Überlebensinstinkt zutage gefördert hat, der Vitalität dieser Emigranten einen Sinn, die Kraft, diese großartige Stadt zu errichten, verliehen hat, nachdem sie ihre Heimat in Argolis schon vor sehr langer Zeit verlassen, Megara Iblea, das Tal des Ànapo, die Steine von Pantalica im östlichen Teil der Insel aufgegeben und sich hier, an der Grenze des Abendlandes niedergelassen hatten. Während Tusa erzählte, war Ignazio auf ein umgestürztes Kapitell geklettert, auf dem er über anderen Steinen balancierte, und fuchtelte jetzt mit den Armen in der Luft herum, sprang, machte seine Morgengymnastik. Und auf diesen Steinen zwischen den Säulen glich er, mit der arabischen Mütze und seinem weiten cremefarbenen Trenchcoat, einem vor Schmerz verrückt gewordenen Priamos auf den Ruinen von Troja oder einem alten, beharrlich eine gleichgültige Gottheit beschwörenden Priester.

»'Gnazio, 'Gnazio«, rief ihm Angelina vom Balkon aus zu, »paß auf, daß du nicht hinunterfällst!«

Hintereinander betraten wir dann in einem feierlichen Zug den großen Mittelgang der Akropolis, mit den Tempeln auf der einen Seite, den Altären, Plätzen, Wohnhäusern und Werkstätten auf der anderen. Tusa sprach und zeigte mit der Spitze seines Stockes bald hierhin, bald dorthin. Ignazio trippelte vor ihm her und fragte ihn aus, bat ihn für alles um eine Erklärung. Am Fuße der Mauern, zwischen den Steinplatten der Straße, ragten Akanthusbüschel hervor und rollten sich mit ihren breiten, gelappten Blättern zu eleganten Voluten. Auf der anderen Seite, auf dem Erdwall, hinter den aufrechten Pfosten der Haus- und Werkstattüren, breitete sich ein dichter Teppich von Mastixsträuchern aus. Der Himmel war so klar und hell, daß man das ganze Tal des Belice und den Monte Cronio sehen konnte, wo einst die Thermen von Selinunte standen. Als wir am Ende angekommen waren, an der nach Hermokrates benannten Befestigungsanlage mit dem schönen runden Turm, den Wassergräben und den unterirdischen Laufgräben, begannen wir mit dem Abstieg zum Selinon. Allmählich wurden an der Böschung die Steine, die von der Akropolis herabgerollt waren, spärlicher und der Boden sandig. Der Sand war honigfarben, von der Farbe des Tuffsteins. Es war, als hätten sich die Tempel der Akropolis, die Altäre, der ganze Wald aus Tuffsteinskulpturen im Laufe der Zeit, in einem langsamen Prozeß der Zusammenballung, mit der Kraft der Winde, des Wassers und der Sonne gebildet; als wachse und vernichte sich dieser Tuffsteinwald in einem andauernden, ewigen Kreislauf. Je näher wir dem Fluß kamen, desto schmaler wurde der Weg, er führte durch das dichte Gestrüpp aus Gras und Sträuchern, aus jungen Eichen und Holzbirnbäumen. Die Frauen waren zurückgeblieben, wir hörten ihr Geplauder, ihre Ausrufe der Verwunderung. Sie waren gefesselt von den Blumen, die sie am Weg, zwischen Eppich und Wermut entdeckten: wilde Orchideen, Iris, Affodill. Nara kam mit einem Orchideenzweig hinter uns hergelaufen und überreichte ihn ihrem Großvater Ignazio.

Jetzt konnte man ganz nahe die Mündung des Selinon und den von Dünen gewellten Strand erkennen. Zwischen dem Strand und den Mastixsträuchern standen Hütten aus Holz und Zweigen, davor Menschen und nackte Kinder, die auf dem Strandstreifen herumrannten.

»Es sind Fremde«, sagte Tusa, »sie überwintern hier.«

Wir gingen auf dem Steg über den Fluß und kamen zum Hügel der unterirdischen Gottheiten: Demeter Malophòros, die den Apfel trägt, Persephone, Hekate Triformis, Zeus Meilichios, der Gütige: Station für die Trauerzüge, die zur nahegelegenen

Nekropolis unterwegs waren, und ein Ort heimlicher Kulte, heiliger Mysterien.

Der gesamte, von Mauern begrenzte, heilige Bezirk erstreckte sich über den Abhang des Hügels, begann am höchsten Punkt und fiel zum schmalen, von Agaven gesäumten Weg ab. Wir betraten das Areal und gelangten zuerst an eine runde Brunnenöffnung, dem Eleusinischen Brunnen ähnlich, der auch Sockel der Hekate genannt wird. Über die Stufen hinab und durch die Propyläen, über das Feld des *Temenos* näherten wir uns allmählich dem allerheiligsten Raum, dem *Megaron* der Malophòros. Davor aber stand der große Altar, auf dem Schweine, Widder und Ziegen geopfert wurden, rundherum weitere kleine Altäre, flammend rotgefleckter Sandstein, so als habe sich das Opferfeuer für immer darauf eingeprägt. Dann stießen wir auf einen in Tuffstein gegrabenen Kanal, der sich durch den ganzen Bezirk zog, darin rann das Wasser von einer nahen Quelle. Wir betraten den Tempel. In die Platten der Schwelle waren zwei tiefe, halbrunde Rillen geritzt, darin ließen sich die beiden Flügel einer schweren Tür bewegen. Die Tür, die das Geheimnis der Riten verschloß: unergründliche Mysterienriten. Es schien, als schritten wir durch den ersten, zweiten, dritten Tempelraum zur Initiation oder zur Profanation. Vor der in der hinteren Wand ausgesparten Nische blieben wir stehen. Da drinnen war sie, die wehklagende und schwarzbemantelte Mutter, die Ährenträgerin, die großzügige Nährmutter.

»Bis heute verstellt eine Mauer der Unergründlichkeit, einer undurchdringlichen Dunkelheit diesen Ort. Auf keine unserer Fragen haben wir eine Antwort gefunden. War das ein Kultort aus der vorgriechischen, vorkolonialen Zeit? Handelte es sich um einen heimischen Kult, einen minoischen, phönizischen? Handelte es sich hier um einen Wasserkult oder um eine Verehrung der Götter der Unterwelt?« fragte Tusa. »Hier hat man zwölftausend Tonstatuetten, kleine Altäre und Vasen gefunden: alles Zeichen, die unterschiedliche, ja widersprüchliche Antworten geben ...«

Wir saßen beim Tempel der Malophòros auf einem erst seit kurzem entdeckten Tempelareal mit intakten Stelen, die aufrecht aus dem Boden ragten und weißgetüncht in der Sonne leuchteten. Im Innern dieses Tempels, dessen Gottheit noch unbekannt ist, wurden kleine Statuetten gefunden, die auf einem Thron sitzende Mütter beim Stillen ihrer Säuglinge darstellen.

Tusa erzählte in seiner klaren, lehrhaften Art weiter und malte mit dem Stock Zeichen in die Erde. Neben ihm Ignazio, der trug den Orchideenzweig in der Hand, mit seinen starren und aufmerksamen blauen Augen. Daneben Angelina, die Hände im Schoß, den Kopf zur Seite geneigt, die Augen halb geschlossen, dunkel und erdig. Und wir alle standen im Kreis und horchten still in der reglosen Stille dieses Ortes. Uns gegenüber erhob sich der Hügel der Akropolis mit seinem wirren Wald aus Steinen und Säulen. Und am Abhang, gegen Norden hin, lagen die scharf abgegrenzten Quadrate und Rechtecke der Weinberge, Gärten und Wiesen, wo die Schafe weideten.

Allmählich hörte ich Tusas Worte nicht mehr, ich betrachtete Angelina und Ignazio, diese jungen Alten von über achtzig Jahren, ich betrachtete Flora und die junge Nara ... Diese Personen waren wirklich, hier neben mir, auf diesem Hügel von Malophòros, an diesem strahlenden Neujahrsmorgen, und auch sie schwanden allmählich, wurden von einem Wirbel ergriffen, sie fielen mit mir in den Brunnen der Hekate, den unterirdischen Göttern entgegen, in das Geheimnis und in die unendliche Dunkelheit der Zeit.

Das Haus des Ikarus

Er sah wirklich wie ein Vogel aus. Eine rosige Möwe, ein weißer Reiher, einer jener Vögel die von Susa, Lampedusa oder Malta auf die Isola delle Correnti geflogen kommen, auf den Capo Passero, die eintauchen in den Pantano Cuba, und dann den Cava d'Ispica, den Tellàro hinauffliegen und weiter durch die Schluchten des Ànapo, des Ciàne, wo sie sich vorübergehend zwischen Schilf und Ginster, zwischen den Mastixsträuchern an den Seen von Pàlici und Pergùsa niederlassen. Doch all das hat leider der Dichter bereits besungen, ein hiesiger Dichter, einer der alles geplündert hat: Flüsse (»... il cui nome greco/ è un verso a ridirlo, dolce«), Seen, Tümpel, Gräser und Gestrüpp, heimische Vögel und Zugvögel, Amseln, Elstern, Reiher und Kraniche. Und nun, verflixt, nun bleibt leider nichts mehr, weder Vogel noch Insekt noch Wassertropfen, nichts Unberührtes, nichts, was man sich aneignen könnte. Für diese Dinge gibt es in der Tat keinen Kaufvertrag, keinen Notarsvertrag (nicht einmal für jenen berühmten Jacopo, der hier in Lentini gelebt hat): Gesetz ist einzig das Wort. Es genügt, es als erster zu sagen, zu hauchen, wie Gott bei der Schöpfung, und schon gehört dir das Ding, ohne Registrierung und ohne Steuer, du bist in seinen Besitz gelangt, bist sein Eigentümer oder Erbpächter. Und ich, was mach ich jetzt mit diesem Freund, von dem ich erzählen will, der Uccello, Vogel, hieß und aus dieser Gegend stammte, aus diesem griechischen Teil im südöstlichen Sizilien, dem Dorf Palazzolo Acreide, in den Monti Iblei?

Uccello hieß er und sah wie ein Vogel aus. Er war klein und mager, hatte einen kleinen Kopf, darüber ein Büschel dünner, weißer Haare, die Augen rund und lebhaft, die Wangen eingefallen, die Nase scharf geschnitten, die Lippen waren dünn und das Kinn spitz. Die Stimme schließlich war fein und melodisch. Antonino Uccello war Kanarienvogel, Stieglitz und Bachstelze. Er war Dichter, kein preisgekrönter, doch hatte er einige Bändchen mit kostbaren und feinfühligen Versen veröffentlicht. Er war Lehrer, und als Lehrer wurde er zur Brieftaube, zog '47 nach Cantù in die Brianza. Die damalige Brianza war vielleicht noch so, wie Gadda sie beschrieben hat, gesund und ironisch, im Coppedè-Stil; es war noch nicht dieser Ort voller Dioxin und Massaker, voller Luxus und Überfluß, voll scharfer, zum Zerfleischen abgerichteter Doggen, voller Atombunker wie heute: was beweint und schreit ihr pompöser, geißelnder Dichter?

Antonino war arm, und er hatte seine Armut mit dem Mädchen Anna geteilt, der Frau, der Turteltaube, die seit '44 stumm und liebevoll an seiner Seite war, auf jeden Triller, jeden Flügelschlag, jeden unsteten Flug ihres Lebensgefährten achtete. Und an Unruhe mangelte es dem Lehrer Uccello in der Volksschule von Cantù wahrlich nicht. Was ihn umtrieb war weder Heimweh noch Sehnsucht, die hinter sich gelassene Höllen in Paradiese verwandeln, zum Mythos erheben; sondern eine Unruhe, die ihm eine Idee, eine Vorstellung eingab, die sich ihm schon in der unmittelbaren Nachkriegszeit, der Zeit der Landbesetzung in Sizilien, eingeprägt hatte.

»Als wir uns auf die Latifundien, auf die brachliegenden Felder begaben, hatten häufig dort die Bauern ihr Werkzeug für den täglichen Gebrauch weggeworfen: man fand oft Holzlöffel und hölzerne Halsringe für Rinder oder Schafe im Abfall; dieses Wegwerfen sollte die ganze elende Vergangenheit auslöschen. Es bedeutete für sie die Ablehnung einer Welt, die für sie nichts als Unterdrückung gewesen war, ihr altes Unglück«, erzählt Uccello. Seine Zwangsvorstellung bestand darin, daß diese Gegenstände, das Werkzeug der Bauern, nicht zerstört werden, nicht verlorengehen durften. Doch war er weit weg in der Brianza. Was konnte er tun? Er bebte, er sehnte die Weihnachtsferien und die Sommerferien herbei, um hinunter in sein Dorf zu eilen, auf seine Felder. Mit ungeahnter Leidenschaft und Ungestüm machte sich Uccello, dieser zerbrechliche Vogel, daran, zu bergen und zu sammeln. »Bei den ersten Nachforschungen mit meiner Frau begleitete uns oft mein Schwiegervater, er war Verwalter, auf einem Esel oder einem Maultier. Wir zogen dann zu den Bauernhöfen. Der Schwiegervater war überall bekannt. Die Bauern kannten einander, sie trafen sich bei der Arbeit, bei verschiedenen Gelegenheiten: auf den Feldwegen, auf Märkten und bei der Mühle. Und der Ankauf der Gegenstände, auf die wir stießen, belastete nicht einmal unsere Haushaltskasse. Mein Schwiegervater bekam die Dinge oft für wenig Geld, manchmal betrieb er eine Art Tauschhandel: er tauschte, zum Beispiel, ein nicht mehr gebrauchtes Halsband gegen eine Handvoll Linsen ein oder auch gegen eine Arbeitsleistung ... Die Anwesenheit meines Schwiegervaters nahm den Gesprächen jede Befangenheit, sie zogen sich über Stunden hin, so daß wir zu jedem Gegenstand noch Anekdoten, Einzelheiten über seine Bedeutung und seine Geschichte mitgeliefert bekamen.

Dann scheitert die Agrarreform, die Landflucht beginnt, die Massenauswanderung der Bauern nach Norditalien und Mitteleuropa; und an der Küste der Mythen, auf jenem Küstenstreifen zwischen Augusta und Syrakus, an jenem Meer, wo Professor La Ciura die Sirene Ligäa des Lampedusa getroffen hat, tauchen die Schlote der Raffinerien auf. Und Vittorini (selbst ein störrischer Dilettant in Sachen Mythen, offensichtlich ein verkappter Liebhaber von Sirenengesängen) fuhr in jenen Tagen hin zu den Monti Iblei, Erei und zur Madonie, lange lombardisch-sizilianische Reisen, lernte die Energie und den Fleiß der Menschen kennen, sah schöne Städte und begegnete glücklichen und schönen Menschen, fröhlichen Mädchen und Kindern, die alten, erstarrten Welten entflohen waren, unermüdlichen Lastwagenfahrern auf der Reise nach den Luftschlössern ihrer Hoffnungen, er traf Bauernritter auf dem Weg zur Verschwörung gegen die Ungerechtigkeiten der Geschichte.

Doch was darauf folgte waren bloß Erdbeben, Überschwemmung, Sturmflut, welche eine Welt für immer zerstörte und einen trostlosen Strand hinterließ, wo die zurückrollende Brandung den Händlern, Spekulanten, gefühllosen Sammlern bunt durcheinander die verschütteten Überreste einer nun erloschenen Kultur darbot. Niemand war in der Lage, die Zerstörung und das, was sie nach sich ziehen mußte, besser wahrzunehmen, als mein Freund Uccello. Und aus der sanften Nachtigall wurde ein grausamer Raubvogel, wurde Adler, Sperber und Falke.

»Jetzt hatte ich keine Bedenken mehr, ein Werkzeug zu ›verschleppen‹, denn die Dinge hatten mittlerweile ihre *Vitalität*, die noch in den Jahren zwischen '43 und '47 erhalten geblieben war, eingebüßt: damals wurden sie zwar abgelehnt und verbrannt, aber es waren noch lebendige, streitbare Dinge, waren Sinnbild einer Schlacht, eines Kampfes, eines Bewußtwerdens. Jetzt aber konnten diese Gegenstände nichts mehr bewegen, jetzt waren sie im Stich gelassen ... Ich spürte, ich fühlte, daß ich etwas rettete, einen Teil unserer Reliquien, unseres Lebens; einen Teil des Erbguts unserer Kultur ... Bei jedem unserer Besuche, nach Weihnachten und im Herbst, füllte sich allmählich das Haus in Cantù mehr und mehr mit Gegenständen, von denen wir jede Einzelheit kannten ... Diese Dinge waren ein Teil der Geschichte unseres eigenen Lebens: meiner und der meiner Frau. Und jetzt erschien mir unser Aufenthalt in der Lombardei wie eine Fahnenflucht, jetzt da es mir möglich war, zurückzukehren.«

So verkauft er das auf Raten gekaufte INA-Haus in Cantù und kehrt 1960 mit der Frau, den beiden Kindern und mit dem »Zeug« nach Palazzolo zurück. Hier findet er eine schöne Villa aus dem neunzehnten Jahrhundert, eine Villa ganz aus honigweißem Sandstein, den man in Sizilien *Pietra di Siracusa* nennt. Früher war es das Wohnhaus eines Verwalters gewesen: ebenerdig gelangte man in die *casa ri massaria*, die Wirtschaftsräume, und im ersten Stock befand sich die *casa ri stari*, das Wohnhaus. Uccello kauft dieses Gebäude für wenig Geld, es ist ein vorteilhaftes Geschäft, denn, »in diesem alten Haus hatte man den Besitzer umgebracht, und nach dem Mord wollte niemand mehr darin wohnen. Es war ein Geisterhaus. Allerlei Märchen und Legenden kamen auf. Nachts bemerkten die Nachbarn seltsame Geräusche, hörten wie Möbel verrückt wurden, sahen das Licht an- und ausgehen ... Der neue Besitzer konnte es kaum glauben, daß er das Haus wieder los wurde«.

In diesem mehrstöckigen Haus, das dem Nordwind vom Mongibello, dem *Muncipiddaru*, ausgesetzt ist, wo Fensteröffnungen und Balkone mit Pappe und Brettern abgedeckt waren, bringt Uccello die Gegenstände unter, die er im Laufe der Zeit gesammelt hatte, den Kernbestand für sein künftiges Museum. Unterdessen streift er mit seiner Frau weiter kreuz und quer durch Sizilien, er läßt kein Dorf, keinen Weiler, kein einziges einsames Gehöft aus. Dabei sammelt er nicht nur Gegenstände, Dinge, sondern auch Lieder, Erzählungen, Legenden, im Volk Überliefertes. Wütend, mutig und beharrlich kämpft er gegen die Spekulanten und die neuen Kleinbürger, die in ihren gerade gebauten, mit Möbeln im »Stil« von Cantù und industriell gefertigten Gegenständen vollgestopften Betonhäusern auch noch das Stück eines sizilianischen Karrens, die Paladin-Marionette, den Tontopf, die Glasmalerei haben wollten, alles was sie noch am Tag zuvor zerstört oder dem Trödler gegeben hatten. Er kämpfte gegen das Vergraben und Vergessen.

Zu dieser Zeit lernte ich ihn in Capo d'Orlando kennen, als er mit seiner Frau von den abgelegenen kleinen Dörfern auf den Monti Nébrodi kam, aus Floresta, Longi, Alcàra; es war ein verschneiter Winter. Ich begleitete ihn nach San Fratello, wo wir die Erben eines Pharmazeuten und Ethnologen besuchten, der ein Mitarbeiter Pitrés und der erste Lehrer Cocchiaras war. Die Tochter des Ethnologen Rubino führte uns in die Bibliothek ihres Vaters, zeigte uns Bücher, Hefte und Manuskripte. Mit seinen mageren, krallenartigen Fingern berührte Uccello die Papiere, blätterte darin; er betrachtete sie mit seinen unruhigen Augen und überflog blitzschnell den Text. Als wir uns verabschiedeten, bat er das ältere Fräulein um ein paar Hefte, er würde sie ihr per Post zurückschicken. »Es wird nicht mehr lange dauern, bis diese Bibliothek in einem Antiquariat in Palermo landet«, sagte er zu mir. Diese Hefte sind nie wieder aufgetaucht. Jedes Mal, wenn ich zufällig dem Fräulein begegnete, sagte sie: »Ich habe keine Nachricht von Professor Uccello.« Und ich hob die Arme, was soviel hieß, wie: »Das steht nicht in meiner Macht.«

In der Zwischenzeit veröffentlichte Uccello seine Aufsätze: *Risorgimento e società nei canti popolari siciliani, L'opra dei pupi nel Siracusano, Canti del Val di Noto, Carcere e mafia nei canti popolari siciliani, La civiltà del legno in Sicilia* ... Er war unermüdlich.

Und je mehr er »tat«, sein seltsames *Museum-Wohnhaus* in Palazzolo ordnete, die Sammlung erweiterte, je mehr Bücher veröffentlichte er und je mehr versteifte sich die akademische Welt der sizilianischen Universitäten, tat so, als würde sie nichts von diesem »Außenstehenden«, diesem »Freischärler« wissen. Auch von den politischen Kreisen der Hauptstadt wurde er ignoriert, für die Regionalassessoren existierte dieses äußerst wichtige Faktum, das ethnologische Museum von Palazzolo, nicht. Denn es war nicht das übliche leblose, staubige und heruntergekommene Museum, wie das Museo Pitré von Palermo, es war nicht kühl und wissenschaftlich, die Gegenstände waren nicht hinter Glas, nicht von kleinen Spots beleuchtet, nichts wurde von Sprechern aus Münzautomaten erklärt, wie im Musée de l'Homme von Paris, es war ein lebendiges Haus, ein Museum, das ständig in Bewegung war, wo im Parterre weiterhin die Arbeiten einer Bauernfamilie verrichtet wurden: das Brot, die Ricotta, der Käse, die Wurst aus Schweinefleisch, der Webstuhl, die Olivenpresse, die Konservierung der Lebensmittel für den Winter; und im ersten Stock, in der Wohnung des Verwalters, löste an Feiertagen eine Ausstellung die nächste ab: *Hirtenfiguren aus Ton, Tonpfeifen, Wächserne Krippenfiguren, Eine Bauernkrippe aus Holz, Liebe und Ehe im Leben der Bevölkerung Siziliens* ... Und all das machte Uccello allein, auf eigene Kosten ohne eine Lira Zuschuß von der öffentlichen Hand, er machte es nur mit Hilfe der Frau und der Kinder, und jedes Mal verwandelte er sich in einen Führer für die zahllosen Besucher, die Schüler, die in Bussen aus allen Teilen der Insel hierherkamen, und er erklärte, erläuterte alles liebevoll, präzise und stolz. Und für Freunde stand das Haus immer offen, man wurde in die Familie aufgenommen, verpflegt und beherbergt.

Das letzte Mal besuchte ich ihn vor einigen Sommern in Palazzolo. Ich hatte ihn gebeten, mich zur Nekropolis von Pantalica zu begleiten. So fuhren wir an einem Nachmittag im August los, fuhren zum Hochplateau hinauf, in das von Steinbrüchen, den tiefen Schluchten, durch welche die Wildbäche rauschen, zerschnittene Tafelland der Monti Iblei, das von den Trockenmauern um die Thymian- und Dillfelder gegliedert und von Johannisbrotbäumen beschattet wird. Hier standen die Bienenstöcke, wo der berühmte Honig von Hybla entsteht, den die Dichter von Theokrit bis Vergil besungen haben. Wir bewegten uns also im schönsten Arkadien. So gelangten wir in das Dorf Sortino. Antonino sagte, er müsse eine kurze Pause einlegen, müsse bei einem Freund vorbeischauen, einem der letzten Imker der Gegend. Wir betraten das einstöckige Haus des Imkers Blancato. Er ließ uns in der großen Küche Platz nehmen. Da saß mit reglosem Lächeln auf einem niedrigen Stuhl die Mutter, eine bucklige, in lange Röcke und schwarze Tücher gehüllte Frau undefinierbaren Alters, mit verlorenem Blick und runzligem Gesicht. Zwei weitere Frauen, die Ehefrau und die Tochter Blancatos, gingen ein und aus.

Uccello und Blancato sprachen dann über Honig, über die *Arnie di ferula*, die Bienenstöcke aus Stekkenkraut, über Honigschleudern, darüber, wie der weiße Honig im Mai gewonnen wird, der Orangenblütenhonig; sie sprachen über den dunklen Augusthonig, den Thymianhonig; über Wachs, Körbe und Töpfe. Später bat Blancato seine Frau, sie möchte uns doch ein Gläschen *spiritu 'i fasciddaru* anbieten. Die Frau kam mit einem Tablett, mit Flasche und Gläsern. Sie schenkte eine zähe, dunkle Flüssigkeit ein. Es war ein Honigschnaps, ein Likör, der, kaum hatte man ihn getrunken, ein Gefühl von Stärkung und Wohlbefinden hinterließ. Sie sagten, daß man diesen Likör nicht kaufen könnte, sie stellten ihn nur für den Eigenbedarf her. Als wir Blancatos Haus verließen, stand die Sonne schon tief am Himmel: Es war zu spät, um noch bis Pantalica zu kommen.

So fuhren wir auf der Straße über Melilli zurück in Richtung Küste. Und dort, wo diese Straße in die Staatsstraße, die Küstenstraße, einbiegt, sah ich auf einem dreieckigen Plätzchen, das gelb war vom verdorrten Gras, ein seltsames Tabernakel. Ich bat Uccello anzuhalten und ging näher an dieses Plätzchen heran. Auf einem Zementsockel befand sich ein eiserner Käfig, ohne Glas. In diesem Paralleliped stand die Statue eines jungen Heiligen, ein »modernes« Standbild, das der traditionellen Ikonographie nicht entsprach. Es war die über und über mit Staub und Asche bedeckte, einfarbige, graue Figur eines heiligen Sebastian aus Zement, aus Schenkeln und Rippen ragten rostige Eisenstäbchen, daran hatte man rote Bänder geknüpft, die das Blut darstellen sollten; zu Füßen des Heiligen Plastikblumen und erloschene kleine Lampen. Ganz unten, jenseits der Straße, konnte man durch einen Rauch- und Dunstschleier die Silos und die Schornsteine der Raffinerien von Melilli und Priolo sehen. Links lag Syrakus, die Stadt mit dem teerigen Meer, mit der vom Aussatz befallenen, baufälligen Insel Ortygia an der Mündung des Ciàne, wo die Schirme der Papyrusstauden sich neigten und welkten; und rechts Augusta, wo junge Mütter mißgebildete Kinder gebaren, unglückselige Kreaturen.

Uccello starb dann in einem Winter. Ein Kehlkopfkrebs (wo sonst hätte er verwundet werden können?) hatte ihn besiegt. In den letzten Tagen hatte er das Museum geschlossen, er war müde, mutlos und von der Gleichgültigkeit der Behörden gekränkt. Er hatte mich gebeten, in Mailand in der Biblioteca Braidense etwas für ihn zu suchen. Ich fand es und schickte es ihm. Im Oktober schrieb er mir: »Carissimo, ich habe alles erhalten, und es ist in Ordnung. Ich bitte Dich, alles zu unternehmen, was in Deiner Macht steht …« Er bat mich, wie alle Freunde, daß ich mich in der Presse mit Artikeln und Appellen für das künftige Geschick seines Museums einsetzte.

Bevor er uns verließ, erzählte er uns noch seine Geschichte. Sie erschien nach seinem Tod unter dem Titel: »Das Haus des Ikarus«, herausgegeben von Salvatore S. Nigro. Nigro schreibt: »Uccello hatte mich bevollmächtigt, für seine Memoiren einen Titel zu suchen, er sandte mir eine Karte, bat mich, ich möchte doch das Symbol des Museumshauses im Buch unterbringen: einen Vogelmenschen mit geöffneten Flügeln. Ohne es zu wollen, hat er mir den Titel nahegelegt: *Das Haus des Ikarus*. Wie die Figur aus dem Mythos, wollte auch Uccello die Utopie des Fluges mit Wachsflügeln verwirklichen; er hatte sich in den Kopf gesetzt, im Haus von Palazzolo (im Haus der Winde und Gespenster ...) den erstaunten Blick eines Bewohners des Berglands von Hybla unverändert zu bewahren ...«

Und nun, da Du für immer fortgezogen bist, lieber Uccello, komme ich Deiner Bitte nach, alles, was in meiner Macht steht, zu tun ...

Und in meiner Macht steht, in Zuneigung und Trauer, in den geschlossenen Räumen unseres gefühlskalten Lebens, Deiner zu gedenken: sanft und grausam warst Du, wie die Sänger und Plünderer der Erinnerung, der Reliquien einer zugrundegegangenen, mühevollen und schmerzlichen, aber der wirklichen, menschlichen Welt, für die Du keine Sehnsucht empfandest, aber den Wunsch, die Hoffnung, sie zu erlösen.

Der magische Baron

I

So geschah es, daß die Männer von den Bergen abwärts an die Küste zogen, wo bereits Burgen errichtet waren: Wagenkolonnen ratterten lärmend durch die Orangenbaumreihen, hüllten sie in Rauch, rüttelten an kühn über Klippen ragenden, ungenutzten Türmen (Mauern barsten, Konsolen fielen ab, und schreiend suchte sich die Möwe einen neuen Unterschlupf). Hier bauten sie Häuser voller Irrgänge zwischen geheimen Gassen, auf das Geländer in den Ecken der Terrassen nagelten sie abgeschlagene Mohrenköpfe, die abends den säuerlichen Atem der Zitronenmelisse verbreiteten; in die Lichtschächte mauerten sie ihre Taler.

Nur zwei von ihnen kamen aus Alcàra, und der eine war hüftlahm: die übrigen hatten sie bei Castel Turio unter der Erde zurückgelassen (habt Erbarmen, Christen!); am Tag der stets gehegten, bitteren Rache hatte man ihnen auf der Piazza Adelaisa Regina mit den Schafscheren die Gurgel durchgeschnitten (man schrieb das Jahr achtzehnhundertsechzig).

Später konnte in Erfahrung gebracht werden, daß es die Tagelöhner aus Gallego, Aragona und Branciforti gewesen seien – sie gaben es allerdings nicht zu.

Die meisten von ihnen waren blöd, einige wurden verbittert oder verrückt beim Anblick des Frühlings, der Orangenblüten (ach, das Gelächter der Männer von Gioiosa, beim Bäumestutzen, so frei, so spöttisch und so beleidigend!).

Und sie wuchsen mit uns, Tag für Tag, und es kostete große Mühe, sie uns vom Leib zu halten, sperrig waren sie, anmaßend, lästig. So dachten wir in einem Anfall akuter Jugendlichkeit an eine endgültige Lösung, dachten daran, den Klub der Adligen in die Luft zu jagen.

Von Don Stapìno wurde erzählt, er sei der Sohn eines Seitensprungs der Marchesa Fi. Don Stapìno war unterwegs zu den Dörfern, nach Capo d'Orlando, Olivieri, Montalbano, immer mit dem Kasten waagerecht vor seinem Bauch (der war eingefallen), und verkaufte Nadeln, Schnüre, Schuhbänder und Perlmutterknöpfe; er vermietete das Fernrohr, das ihm von der Schulter hing – soundsoviel für jeden Blick. In den Julitagen, wenn Lipari und Salina über dem Wasser näherkommen und zur Küste zurückkehren (Bimsstein und Medusen öffnen den Inseln den Weg), ging er unter dem Leuchtturm vom Kap über den Strand (seine Alpakajacke strahlte in der Sonne) und legte an das von einer Träne getrübte Auge das schwarze Rohr, das nichts als Nacht enthielt, während er ins Ohr sprach: Wenn du willst, siehst du im Westen die levantinischen Piratenschiffe, die Brigantine der Staufer, den Tanz der Delphine; im Osten, im Schwarz der Felder, leere Wasserzisternen, Kalksäulen tragen die Pergola, und endlich die Kapernblüten und die getrockneten Trauben des Malvasier.

Zu Hause (er lebte in den Verliesen, im Schloß, wo nachts im Efeu die nie gesehene Eule durch die Löcher im Schnabel ihre Schreie ausstieß) las er den Leuten das Schicksal. Auf dem Wasser im Becken ließ er die Gesichter der Toten erscheinen, ließ das Bettgestell im Takt verrücken und die Katze mit der Stimme eines Mädchens türkisch reden.

Mit der Zeit hing mein Herz nur noch an Don Stapìno. Die Tagelöhner und ihre Gebieter beschäftigten schon meinen Kopf, wo für Liebe und Haß kein Platz ist.

Don Stapìno starb (Hefte wurden gefunden, und die Männer der Müllabfuhr warfen sie zum brennenden Seegras der Matratze) und lebte wieder.

Er war von Capo d'Orlando, doch kam er immer in mein Dorf. Anfangs in einem von der Zeit gezeichneten Landauer, später mit dem Motorrad. Er rannte, war ständig in Eile, das Gesicht verschlossen, versunken in eine Freude, die nur ihm gehörte und unverständlich war. Ich begegnete ihm oft, dann blieb ich stehen und schaute ihm nach, bis er verschwand.

Eines Tages stand ich im Laden des Buchdruckers mit den sieben Fingern (drei hat er in der Rotationsmaschine verloren), als der Baron eintrat: Und selbst jetzt, da er vor der Theke stand, einen Schritt von mir entfernt, entzog er sich mir. Er redete und redete von Gedichten, die ihm der Buchdrucker drucken sollte. Und in der Stille fuhr er fort zu reden; der Atem, der von seinen Lippen kam, war angefüllt mit verstümmelten Wörtern, Silben, Tönen, mit den Blasen seines nicht einzudämmenden, inneren Monologs. Der Baron ging, und ich war verzaubert, antwortete dem Buchdrucker nicht, der mich um das Geld für die gebundenen Bücher bat und jetzt zwölf Finger hatte, und der dreizehnte öffnete sich schon, schief, auf dem Rücken seiner dritten Hand. Dies war gegen Ende des Jahres 1953: Stalin war tot, die Rosenbergs waren ermordet worden, Unwetter hatten Kalabrien überschwemmt, in Sizilien weinte die Madonna am Sterbebett eines Arbeiters, und bei den Wahlen hätte beinahe das Polizeigesetz von Minister Scelba Anwendung gefunden. Ich begriff, daß der andersartige Adel des Barons seine Poesie war, die in ihm doppelt magisch erschien: prächtig, träumerisch, bezaubernd, ein kostbares Märchen, ein nie gehörter Gesang.

II

In dem prächtigen Haus der zwei alten und reichen Brüder Don Ninì und Don Pepè, dort an der Ecke, wo die Via della Pescheria in die Hauptstraße mündet, hatte mein Großvater einen Lebensmittelladen. Darin standen der Ladentisch und der große Käfig mit der Kasse, dem Schubfach für die Bücher und einem weiteren mit Unterteilungen für das Papiergeld und den Holznäpfen für die Münzen. An den Wänden standen die Regale und, am Boden aufgereiht, die Jutesäcke mit ordentlich umgeschlagenen Rändern, aus denen die glänzenden Griffe der Schaufeln ragten. Die Säcke enthielten die verschiedensten Arten von Korn und Mais, Weizenmehl, Kleie, Kleienmehl, Saubohnen, Linsen, die berühmten Linsen von Villalba, Bohnen, Kichererbsen, Erbsen, Platterbsen, Haselnüsse und Mandeln, mit und ohne Schale – letztere werden Trita genannt –, Johannisbrot, Kastanien, getrocknete Feigen, Leinsamen, Sesam. In den Regalen lagen die Nudeln der Nudelfabrik Pusateri & Badalì aus Termini Imerese, in ihren Schachteln aus Packpapier säuberlich getrennt und auf den Regalen nach ihren Formen geschichtet, von den großen, dicken Maccaroni, den feinsten Suppennudeln, die man Engelhaar nennt, bis hin zum Kuskus, auch nach der Qualität, erste oder zweite, sortiert; da standen Dosen mit Tomatensoße, Zucker: Würfelzucker, Streuzucker, Puderzucker; Dosen und Fäßchen mit Sardinen, gesalzenen Sardellen und Makrelen; die Seifen: Waschseife, Bittermandelseife und Glyzerinseife. Und hinten der große Ölkrug, am Schnabel hing die Schöpfkelle aus Zink und auf dem Brett standen das Kafis, Liter, Halbliter und der Trichter. Fast in der Mitte des Raumes die Brückenwaage, auch Bìlico, Kippe, genannt.

An der anderen Ecke der Via della Pescheria war der weißgekachelte Laden mit Becken und fließendem Wasser, wo Stockfisch und Klippfisch verkauft wurden, er gehörte Don Paliddu, einem ein wenig fanatischen, das heißt, eitlen Palermitaner, der stets ein schneeweißes Hemd mit Stehkragen und Fliege trug, an dessen Weste eine Goldkette spielte und dem die weiße Schürze von der Taille bis zu den Schuhen reichte. Dann gab es einen Schneider aus Barcellona, Don Lillo, einen Freund Don Paliddus; dann den Gemüsehändler Raineri, den Schuster Lo Presti, den Fleischer Cipriano (mit einem gezielten Stich streckte er Stier, Ochse oder Kalb beim Schlachten zu Boden, dann, während er das Messer am Schenkel säuberte, lachte er, denn alte Weiber und Kinder drängten sich unter der Wunde, aus der das Blut rann; sie hielten die Gläser bereit, hofften, ihre Blutarmut zu heilen); und dort, wo der Bürgersteig breiter wurde und beinahe schon einen kleinen Platz bildete, standen Stühle, Tischchen aus Eisen und Marmor – die Bar von Schepis, eines Konditors aus Messina, dessen Spezialitäten Martorana und Pignolata, Kuchen aus Marzipan und Mürbeteig und Honig waren. Auf der anderen Straßenseite, genau gegenüber dem Laden meines Großvaters, stand das

Hotel Savoia, wo stets Don Andrea, der Portier, schlummernd oder mit den Passanten plaudernd vor der Tür saß oder nach dem Mittagsschläfchen im Pyjama auf dem Balkon stand, seinen Kaffee trank und Don Ninì und Don Pepé alles berichtete, was im Dorf vorging. Bevor er Portier wurde, hatte Don Andrea in herrschaftlichen Häusern als Koch gearbeitet, deshalb wurde er oft zu einem Verlobungs- oder Hochzeitsmahl gerufen. Er hatte zwei hochgewachsene, kräftige Söhne, Giacomino und Serafino, die später nach Frankreich auswanderten, und eine dunkelhaarige und sehr schöne Tochter, Filippina. Der Schriftsteller Mario Soldati hat ihr einmal ein Gedicht gewidmet, doch das hat sie, glaube ich, nie erfahren. Das Gedicht lautet so: »Contro il muro sbrecciato,/ una giovane donna:/ non ricordo il nome./ Vedo il sorriso,/ lo sguardo,/ l'ovale del bruno viso ...« Soldati war zufällig in dieses Dorf, in mein Dorf, gekommen, zusammen mit Cesare Zavattini, für eine Umfrage zum Thema: *Chi legge? Viaggio lungo il Tirreno.* (Wer liest? Ein Reise entlang der tyrrhenischen Küste.) Filippina wurde befragt und erzählte einen Fotoroman, den sie mit allen Fortsetzungen im *»Grand Hotel«* gelesen hatte. Soldati notierte natürlich alles, dann publizierte er ein Buch, darin steht dieses Gedicht.

Don Andrea, der Portier, sprang von seinem Stuhl auf, sobald der Wagen vor dem Hotel anhielt. Er näherte sich der hinteren Wagentür, zog seine Mütze, verneigte sich und grüßte, mit den Armen wedelnd. Doch die Autofenster wurden nie heruntergelassen, nicht einmal mitten im August, und

Don Andrea erklärte, es sei wegen des Gestanks des Klippfischs und Stockfischs von Don Paliddu, der die ganze Straße verpestete. Der Wagen (ein schwarzer und imposanter »Lancia Lamda«) gehörte den Baronen Piccolo di Calanovella. Der Fahrer, Don Peppino, ein großer, schnurrbärtiger Mann, betrat den Laden meines Großvaters, der in seinem grauen Kittel schon beim Erscheinen des Wagens wußte, was er herzurichten hatte: fünfzig Kilo Nudeln, zweite Wahl. »Hm, hmm ...« machte er und stapelte die Schachteln auf die Waage, schüttelte den Kopf. Und Don Peppino grinste in seinen Bart hinein. Er konnte es nicht begreifen, mein Großvater, warum reiche Barone wie die Piccolo di Calanovella Nudeln minderer Qualität kauften. Und eines Tages lüftete ihm Don Peppino das Geheimnis: »Die sind für die Hunde.« Mein Großvater begann zu fluchen, er nahm eine Packung und schleuderte sie gegen den Ölkrug. »Ich bin nicht beleidigt, aber das ist ein Hohn«, schrie er, »ein Hohn auf das Elend, auf die Gottesgabe!«

In der Villa Vina, dem Landsitz auf dem Capo d'Orlando, hielten diese Piccolo eine Hundemeute, reinrassige und Mischlinge, sie hatten ihnen auch einen Friedhof angelegt mit Umfriedungsmauer, Pinien, Zypressen und sauber aufgereihten Grabplatten mit lauter arabischen eingravierten Namen: Alì, Faruk, Muhammed, Mustafà, Omar, Mamoud ...

Im Sommer, wenn die Schule aus war – während der »grandes vacances«, wie der französische Pfarrer einmal, beim Verabschieden, die Sommerferien nannte, er war Algerier –, im Sommer wurde ich gezwungen, in den Laden meines Großvaters zu gehen und mich um die Rechnungen und die Korrespondenz zu kümmern. Und so sah ich, wenn ich in der Tür stand, diese Piccolo öfter in ihrem Wagen, der große war ganz blaß, nur die Wangen gerötet wie zwei Äpfelchen, ein kleines durchscheinendes, fast wächsernes Gesicht, und der andere war jünger, ein magerer Typ mit einem langen Gesicht, zwei runden, etwas hervorstehenden Augen und zerzaustem Haar, das ihm wie ein Pony in die Stirn fiel. Manchmal saß auch die Schwester im Wagen, von der Don Andrea sagte, daß sie sehr schön sei, immer hinter großen Strohhüten oder Schleiern verborgen.

Dann mußte ich nach Barcellona zur Schule und wollte im Sommer vom großväterlichen Laden nichts mehr hören, jetzt war ich Student, verbrachte die Vormittage am Strand und spazierte nachmittags auf dem Platz auf und ab. Diese Piccolo hatte ich vergessen. Außerdem wollte ich damals nichts von Aristokraten oder Reichen hören, denn in Barcellona verkehrte ich, im *Circolo dei liberi Pensatori*, dem Freidenkerklub, mit dem Anarchisten Nino Pino Ballotta, er war Professor für Veterinärmedizin und Dichter. 1948 hatte Nino Pino einen Streik der Landarbeiter angeführt, aus Wut hatten sie auf der Piazza San Sebastiano das ganze Mobiliar vom *Circolo dei Civili*, dem Klub der Großgrundbesitzer, verbrannt. Es gab ein Gefecht mit den Karabinieri. Nino Pino wurde verfolgt und kletterte auf das Dach seines Hauses, von da aus führte er sein Gefecht mit dem Oberleutnant. Er feuerte Dachziegel, der Oberleutnant Pistolenschüsse. Er landete im Gefängnis, doch nach den Wahlen wurde er Abgeordneter und kam in den Genuß der Immunität.

Jahre später stand eines Tages im Laden der Brüder Zuccarello, Papierhandlung, Buchladen und Buchbinderei in einem – die Brüder waren auch Inhaber der Druckerei »Progresso« –, der Baron Piccolo vor mir. Gefolgt von seinem Fahrer, Don Peppino, hatte er den Laden betreten. »Hier«, sagte Piccolo, »das sind Gedichte«, und händigte mit einem halb belustigten, halb verlegenen Lächeln dem Schriftsetzer die maschinegeschriebenen Seiten aus. Sie diskutierten über das Papier, über Drucktypen, über den Umschlag und über die Auflage. Dann heftete sich der Blick Piccolos auf meine Bücher (alte Bücher, die ich da und dort auf Bücherständen gefunden hatte), er las die Titel: *Almanacco perpetuo* von Rutilio Benincasa, *Guida del monte Pellegrino, Patti e la storia del suo vescovado*. Er lachte, schaute mich an, merkte, daß ich etwas verärgert war, und entschuldigte sich. »Ich sehe, daß ich nicht der einzige bin, der diese Bücher liebt«, sagte er. »Almanache, Reiseführer, Heimatgeschichte, ach, sie stecken voll überraschender Poesie. Hören Sie diesen Anfang«, fügte er hinzu und öffnete die *Guida del monte Pellegrino* auf der ersten Seite; mit seiner klaren Stimme begann er zu lesen: »Wenn Du, lieber Leser, Dich auf der großen Ebene befindest, die man heute allgemein Piazza del Campo nennt, und die seit ältesten Zeiten Falde genannt wurde, dann lasse Deinen Blick schweifen, so weit Du zu schauen vermagst, geradeaus bis zum großen Gefängnis und nach links, bis zum Meer ...« (Später fand ich denselben Anfang, denselben Ton in der *Guida per salire al monte*, ein Gedicht aus dem Band *Plumelia* von Lucio Piccolo: »Così prendi il cammino del monte: quando non/ sia giornata che tiri tramontana ai naviganti,/ ma dall'opposta banda dove i monti si oscurano in gola/ e sono venendo il tempo le pasque di granato e d'argento ...«) Verzaubert stand ich da, als mir Lucio Piccolo immer noch lächelnd die Hand reichte: »Ich besitze eine ganze Bibliothek mit diesen alten Büchern«, sagte er, »kommen Sie, kommen Sie mich auf dem Capo d'Orlando besuchen. Beim Kilometer 109 zweigt eine kleine Straße ab, die direkt zum Haus führt.« Und er verschwand, Don Peppino hinter ihm her.

Das Bändchen wurde gedruckt und für die Teilnahme am Premio San Pellegrino an Montale geschickt. Die *Canti barocchi* erschienen bei Mondadori mit dem Vorwort von Montale, darin stand: »Dem Bändchen mit dem Titel *9 liriche*, das mit abgenutzten, kaum lesbaren Lettern nur einseitig bedruckt wurde, ging keine Widmung voraus, aber ein Begleitschreiben. Es kommt aus Capo d'Orlando (Messina), die Typen stammen aus den Werkstätten der Firma ›Progresso‹.« Diese »abgenutzten, kaum lesbaren Lettern« waren für Don Ciccio Zuccarello eine solche Beleidigung, daß er schrie: »Ich verklage ihn, diesen *P*ontale, ich verklage ihn!«

Das Haus der Piccolo erreichte man auf einem steilen, kurvenreichen, von Pflanzen, von Iris und Hortensien gesäumten Weg, der auf einem freien Platz endete; über einer kurzen Stiegenrampe war die Eingangstür. Hatte man die Schwelle überschritten, befand man sich gleich in dem Saal, den ich jahrelang als einzigen kannte. Es war ein großer Saal mit nackten, nicht verputzten Wänden und einem Fußboden aus gebrannten Ziegeln. Rechts neben dem Fenster standen drei mit Samt verbrämte Brokatsessel, die Armlehnen waren abgenutzt, davor ein Tischchen. An der Wand ein sizilianisches Münzkabinett aus Ebenholz und Elfenbein; weiter hinten ein großer, viereckiger Tisch mit verschnörkelten Beinen, darauf standen bauchige, blaugoldene Mingvasen, grünweiße, rosatürkisfarbene Porzellanvasen aus Cochinchina, Drachen, Hähne und Hühner von Jacobpetit. Gegenüber, links, eine große Glasvitrine mit wertvollen spanisch-sizilianischen Keramiken aus Deruta und Faenza. In den Ecken standen Säulen mit den Büsten der Vorfahren. Über den Türen, die zu den restlichen Räumen des Hauses führten, Medaillons aus Màlvica, von Frucht- und Blumengirlanden – Della-Robbia-Imitationen – umrahmte Tonbasreliefs. Und an allen Wänden Ölporträts der Vorfahren und gestickte oder von Nonnen aus Haaren angefertigte Bilder. Jahrelang war ein Sessel dem Dichter gegenüber mein Platz, er saß mit dem Rükken zum stets geschlossenen Fenster, auch im Sommer (ein schwaches Licht fiel durch die Ritzen der Fensterläden in den Saal). Hier wurde zwei oder drei Mal in der Woche »Konversation« geführt, es war ein langer Monolog jenes Mannes, der »tous les livres«, alle Bücher, gelesen hatte, wie Montale schrieb, der ein Ausbund an Gelehrsamkeit, Erinnerungsvermögen, Scharfsinnigkeit und Ironie war. Dieser Monolog wurde nur dann unterbrochen, wenn Puck, ein kleiner Brüsseler Griffon, seine häßliche halbkahle und knurrende Hündin, in den Raum stürmte. »Komm, komm her zu deinem Herrchen, kleines Äffchen, was willst du denn, hm, was willst du?« Er hätschelte sie und ließ sie auf seinen Schoß springen. Oder wenn Rosa, das Hausmädchen, ein Tablett mit Kaffee oder Gramolate brachte. Manchmal erschien auch der Bruder, Baron Casimiro, frisch rasiert und elegant, als wolle er auf ein Fest gehen. Doch dem war nicht so, wie er mir einmal streng vertraulich erzählte, er schlief tagsüber und wachte in der Nacht; und am späten Nachmittag, wenn er aufstand, machte er seine Toilette, weil dann sein großes Abenteuer begann, sein nächtliches Warten auf Erscheinungen, auf die Materialisation der Geister. Der Baron befaßte sich mit Parapsychologie, er forschte in den Traktaten und las Zeitschriften wie »Luci e ombre«, Lichter und Schatten. Er erläuterte mir eine seiner Theorien über die Materialisation, nicht nur von Menschen, auch von Hunden und Katzen. Er sagte, diese Wesen entwickelten, durch die Anstrengung, die sie die Materialisation koste, einen Riesendurst, deshalb lasse er in allen Ecken des Hauses und unter den Tischen Schüsseln mit Wasser aufstellen.

Ab und zu kam Besuch in die Villa Vina (Vena auf italienisch, Vene oder Ader, Wasserader, poetische Ader?) Besuch vom »Kontinent«: Piovene, Quasimodo, die Cederna und viele andere, Literaten und Journalisten.

Die Begegnung zwischen Piccolo und Sciascia

ging an einem Sonntag vor sich, als nach Jahrhunderten zum ersten Mal die Messe in italienischer Sprache zelebriert wurde. Sciascia kam aus Caltanissetta in mein Dorf, und von da fuhren wir zusammen zu Piccolo. Beim Abschied in der Tür sagte Piccolo feierlich zum Schriftsteller, indem er mit der Hand über die Hügel wies: »Sciascia, Sie sollten über unser Land schreiben, über diese mittelalterlichen Dörfer.«

Ich hatte beschlossen, Sizilien zu verlassen und nach Mailand zu ziehen. »Fahren Sie nicht, gehen Sie nicht fort«, sagte Piccolo. »In Mailand riskieren Sie, zwischen all den anderen unterzugehen. Die Ferne, die Isolation verleihen einem mehr Charme, sie wekken Interesse und Neugier.« Ich konnte ihm nicht sagen, daß ich nicht reich war, daß ich mir das Leben selbst verdienen mußte. Ich konnte ihm vor allem nicht sagen, daß ich glaubte, in Sizilien sei alles aus, sei alles hoffnungslos, daß ich das Gefühl hatte, in Mailand, im Norden, sei vieles in Bewegung geraten, daß dort eine neue Geschichte begann.

Ich fuhr im Januar weg. Im Sommer, als ich wieder in Sizilien war, besuchte ich abermals Piccolo. »Was sagt man über mich in Mailand, was sagt man?« fragte er sofort. Nichts, man sagte nichts. Piccolo war, nachdem man bei seinem Debut auf ihn aufmerksam geworden war und er in den Strudel des *Gattopardo* gerissen wurde, bald vergessen: die Kulturindustrie schaffte weitere Mythen, neue Entdekkungen für einen noch rascheren Konsum.

Ein Jahr später sah ich ihn zum letzten Mal. Ich schrieb damals in mein Tagebuch: Ich betrete das

Haus der Piccolo auf dem Capo d'Orlando in dem Augenblick, als die Landung der *Apollo 8* auf der Erde im Fernsehen übertragen wird. Der Bruder des Dichters ruft mich und bittet mich, vor dem Fernseher Platz zu nehmen. Der Dichter kommt nicht. Es ist Abend. Die großen Räume der Villa werden von spärlichen, schwachen Lampen in den Ecken erhellt, und das milchige Licht des Bildschirms liegt auf unseren Gesichtern. Draußen peitschen Wind und Regen über die Felder. Das Rauschen der Wellen dringt durch die Fensterläden in das Haus. Das Rauschen des Meeres am Capo d'Orlando, das wenige Tage zuvor die Küste verwüstet hatte. Ganz in der Nähe reißt die Fiumara von Zappulla Felsbrocken mit, treibt sie gegen die Pfeiler der Eisenbahnbrücke, die schon Risse haben. Die Züge, die voll mit Auswanderern vom Kontinent kommen, halten an und überqueren dann sehr langsam die Brücke. Die Stimme des Fernsehsprechers wird von Minute zu Minute lauter, besorgter, erregter. Piccolo sitzt leise und reglos im Sessel, in einem anderen, halb verdunkelten Raum. Er hat die Astronauten nicht gesehen, die endlich an Bord der *Yorktown* angekommen sind, er hat die Stimme von Frank Borman nicht gehört, als er die Welt begrüßte. Ich gehe zu ihm. »Zur ›*Teoria delle ombre*‹, der Schattentheorie, meiner nächsten Gedichtsammlung, bin ich durch die Forschungsarbeiten zur Perspektive angeregt worden, die ich in meiner Jugend gemacht habe ...«

An einem Morgen im Mai war ich auf einer Versammlung im Betrieb, in dem ich arbeitete. Es ging lebhaft und laut zu, die Gemüter waren erregt: der

Arbeitsvertrag sollte erneuert werden. Die Gewerkschaftsleute zankten sich mit den Vertretern der Basiskomitees. Da wurde ich aus der Sitzung geholt, ich sollte in Sizilien anrufen. So erfuhr ich vom Tod des Lucio Piccolo, der in der Nacht gestorben war. Es schmerzte mich, schmerzte mich auch in Hinblick auf eine Welt, eine Zeit, eine Kultur, eine Bildung, die mit ihm verschwanden. Mir kamen seine Verse in den Sinn, vor allem diese: ». . . spento il rigore dei versetti a poco a poco/ il buio è più denso/ sembra riposo ma è febbre:/ l'ombra pende al segreto/ battere di un immenso/ Cuore/ di/ fuoco«. Doch die Verse, die feurigen Verse von Piccolo wurden, als ich wieder in die Versammlung zurückgekehrt war, verscheucht, übertönt von den Stimmen, vom Schreien, von jener Sprache, die mir unbegreiflich ist.

III

Immer wieder hörte ich ihn von einer *Naso Illustrata* für Carlo Incudine erzählen, in der Conone Navacita, der Heilige aus dem Mittelalter, eine bedeutende Rolle spielte. Damals reichten mir diese drei Namen, Naso, Incudine, Conone, auf drei Ebenen verteilt im schwebenden goldenen Licht des mediterranen Nachmittags, um mich ganz in die verzückte Betrachtung eines rätselhaften, surrealen Bildes versinken zu lassen. Lucio Piccolo erzählte mir von diesem Buch und von den Großen, die durch diese Regionen gezogen waren und ihre poetischen und königlichen Spuren hinterlassen hatten. Wie Ruggero, der Normanne, der nach siegreicher Schlacht gegen die Sarazenen sein Gelöbnis einlöst und seine Standarte dem Kloster von Fragalà stiftet. Oder Friedrich der Staufer, der im Schloß der Lancia in Brolo Bianca liebt und Manfredi zeugt (»biondo era e bello e di gentile aspetto«). Und Piccolo fragte: »Merken Sie nicht, merken Sie es nicht, daß in diesem Land noch immer der *Vento di Soave* weht?« Er machte sich dann über diesen Heiligen lustig mit dem geometrischen Namen Cono, Conone, Kegel, der große Kegel, der die Eigenart hatte, stets in Ekstase zu schweben (der metaphysischste Heilige, den man sich vorstellen kann), oder über einen anderen Heiligen aus dem siebzehnten Jahrhundert, Bruder Perlongo, den man aufgrund seiner ein Leben lang unter Beweis gestellten Abneigung gegen

Frauen seliggesprochen hatte; dieser hatte sich schon als Kind geweigert, seine Mutter zu küssen, um nur ja keine Sünde zu begehen. Und Piccolo lächelte, er lächelte verschmitzt und versteckte die Lippen hinter einer für ihn typischen Handbewegung: er führte den Daumen unter die Nase und strich sich über den Schnurrbart.

Jahrelang blieb mir dieses unauffindbare Buch ein Rätsel, wie auch ein dubioses *Libro del Cinquecento*, dem hiesige Zauberer und Zauberinnen ihre Wahrsagungen und Prophezeiungen entnahmen. Bis ich eines Tages, dank des Wirtschaftsaufschwungs und der Technologie, einen anastatischen Nachdruck in der Hand hielt. Darin las ich also, daß Naso eine Stadt war, gegründet von griechischen Einwanderern aus Naxos, die damals den Namen Naxida trug, der zu Naso wurde, also nichts mit dem Organ zu tun hat, das sich stumpf oder lang und spitz wie bei Cyrano de Bergerac mitten im Gesicht befindet. Ich las auch, daß die Stadt dann vom Mittelalter bis zum achtzehnten Jahrhundert von Grafen beherrscht wurde. Der letzte der Grafen, der schlimmste Tyrann, ein gewisser Sandoval wurde aus Liebe zur Gerechtigkeit von einem Baron Piccolo gestürzt. So steht es bei Incudine: »Und so erschien eines Tages ein junger Mann: Er war nach spanischer Art in einen hellblauen Mantel gehüllt, trug eine enge schwarze Kniehose mit prunkvollen Silberfransen, Kothurne mit Goldschnallen an den Füßen, er war kaum vierundzwanzig. Er genoß den Reichtum riesiger Ländereien, konnte er doch mit einem Blick den schönsten Teil, mit wenigen Unterbrechungen, des Ackerlandes von Naso, vom Timeto beinahe bis zum Fitalia überschauen und sagen: das gehört mir! Adelig von Geburt und wegen des Umgangs mit den Waffen und der Kenntnis der Gesetze, der allegorisch mit heraldischer Bizarrerie im Familienwappen dargestellt war, von reinem Adel auch die Familientradition. Es war Gaetano Piccolo.« Ein Vorfahre des Lucio Piccolo di Calanovella. Und zwischen Timeto und Fitalia, im schönsten Teil des Ackerlandes von Naso an der tyrrhenischen Küste Siziliens lag die Region Capo d'Orlando mit dem gleichnamigen Dorf, beides befand sich im Besitz der Piccolo. Auf einer mit Zitronenbäumen dichtbepflanzten Ebene, einem düsteren, mit goldenen Früchten bestickten grünen Teppich, von hohen, schlanken Palmen überschattet, deren Blätter wie Springbrunnen auseinanderfallen, unterteilt von Zypressenreihen, zum Brechen des Windes. Dazwischen, unsichtbar, die niedrigen Bauernhäuser aus Sandstein und Kalk. Eine Ebene zwischen den Hügeln, auf denen sich silbriggraue Olivenbäume drängen, und dem Meer. Gegenüber, auf der Horizontlinie schwimmend, die äolischen Inseln. An manchen Tagen, wenn der Wind die Dunstschleier zerstreut, werden die kleinen weißen Häuser von Lipari und Salina und der Leuchtturm von Vulcano sichtbar.

Das Dorf schmiegt sich unter den Felsvorsprung, dem Kap, einem perfekten Kegel steil über dem Meer, eine Sandsteinablagerung, auf der sich ein Gestrüpp aus Kaktusfeige, Mastixstrauch, Akanthus, Wolfsmilch, wilder Petersilie und Kapernstaude ausbreitet. Oben auf dem Kap stehen die Ruinen eines

Schlosses und eine Wallfahrtskirche der Fischermadonna, die vollgestopft ist mit Ankern und Rudern, mit Votivbildern, die den Stürmen ausgesetzten Boote, Kähne und Segelschiffe zeigen. Das Kap hat seinen Namen von Roland, dem »Rasendsten« unter den Rittern Karls des Großen. Wenn man das Kap umfahren hat, ist man in der Bucht von San Gregorio, dem Dorf, in dem nachts die Piraten an Land gingen. »*Terrore a la riva: la furia dei ratti trae fra gli strilli la gonna come bandiera/ e il corsaro dagli occhi di nera porcellana,/ da la barba serpentina:/ la scimitarra stride con l'arma paesana …*«

Hier wohnte Zia Genoveffa, die alte Hexe, die mit einem Messer mit weißem Griff die Wasserhosen durchschnitt, den bösen Blick mit dem Rauch von brennenden Lorbeerzweigen, Erika und Rosmarin bannte. Hier stand einst die antike Stadt von Agatirno, eine jener Küstenstädte, die mit ihren allesamt mit A beginnenden Namen (Abacena, Alunzio, Apollonia, Amestrata, Alesa …) an den Anfang erinnern, an den Ursprung der Zivilisation. Hier aber sind Mythos und Geschichte, Natur und Kultur, Poesie und Wirklichkeit, Symbol und Metapher, Leben und Tod noch ineinander verschlungen und verworren: hier wurden die Menschen in Tonkrügen bestattet, zusammengekauert wie Föten, als wären sie im Mutterleib.

Auf einem Hügel, der die Ebene von Capo d'Orlando überragt, zwischen den beiden entgegengesetzten Polen am Horizont, Tindari und Cefalù, stand die Villa der Barone Piccolo di Calanovella. Sie waren im Jahr 1930 auf ihre Ländereien zurückgekehrt. Der Vater war mit einer Tänzerin nach San Remo durchgebrannt und lebte dort. In ihrem Stolz gekränkt, hatte sich damals seine Gemahlin, eine Fürstin Tasca Filangeri di Cutò, Schwester der Mutter Giuseppe Tomasi di Lampedusas, aus Palermo und von der mondänen, damals durch die Florios beherrschten Welt verabschiedet, auch von den Sommern im Schloß von Santa Margherita Belice, dem Donnafugata aus *Il Gattopardo*, und hatte sich mit ihren drei Kindern, Casimiro, Lucio und Giovanna, in ein freiwilliges Exil zurückgezogen und sich selbst und den Kindern ein strenges, klösterliches Leben aufgezwungen.

Als die Mutter gestorben war, führten die Geschwister ihr einsames Leben bis zu ihrem Tod fort, als bestünde ein geheimes Bündnis, als gehorchten sie einem Schwur. Sie lebten in dieser weißen Villa zwischen Palmen, Pinien, Glyzinien und Bougainvilleen, die vollgestopft war mit Möbeln, Gobelins, mit antikem Porzellan, fern von der Welt, losgelöst von jeder Sorge des praktischen Lebens (drei Verwalter kümmerten sich um die Bestellung der Felder, der Fahrer, der Koch und die Dienstmädchen um das Haus). Ihre einzige Gesellschaft war ein Freund oder Verwandter, der gelegentlich aus der Hauptstadt zu Besuch kam. Am häufigsten kam Tomasi di Lampedusa, er wohnte öfters und über eine längere Zeit hier, konzipierte und schrieb hier den größten Teil seines Romans (der Name Salina, den er Don Fabrizio gibt, stammt zweifellos von der Insel, die er jeden Morgen, blau und durchsichtig am Horizont erscheinen sah, wenn er auf die Gartenterrasse voll von exotischen Pflanzen und in Becken schwimmender Seerosen trat).

An diesem angenehmen Zufluchtsort pflegten die Geschwister ihre heimlichen Leidenschaften. Casimiro, der älteste, den Okkultismus, die Fotografie und die Malerei. Die Baronessa Giovanna die Blumenzucht. Sie experimentierte mit ungewöhnlichen Veredlungen und Besamungen. Sie züchtete Hortensien, Iris und Orchideen. Doch ihr ganzer Stolz war, daß es ihr gelungen war, hier auf diesem Boden eine seltene, empfindliche tropische Pflanze, eine Blume, die Puja, aufzuziehen. Diese trug eine porzellanenblaue Blüte, eine Mallarmésche Blüte. Die Leidenschaft des Jüngsten, Lucio, war die Literatur, die Poesie. Bereits als Knabe hatte er geschrieben, geschrieben und zerrissen. Bis er schließlich in einem Zustand der Glut, der Verzückung die *Canti barocchi* niederschrieb und beschloß, sich der Welt zu zeigen: Er war zweiundfünfzig Jahre alt. Er ließ ein schmales Heftchen mit dem Titel *9 liriche*, »9 Gedichte«, drucken.

Diese Gedichte sind einzigartige, reinste Poesie, etwas in Italien noch nie Dagewesenes, hier fließen alle poetischen Erfahrungen des alten und des neuen Europa zusammen, eine Poesie, welche die sanfte und panhafte, geheimnisvolle, konkrete doch wechselhafte Natur der Landschaft von Capo d'Orlando enthält; in der die barocken Kirchen, die Oratorien, die alten Klöster und die »anime adeguate a questi luoghi« sind, die Seelen aus dem Palermo seiner Kindheit und Jugend; durchlebte Jahreszeiten, längst Vergangenes, die in liebevoller Evokation, in chen Prozessionen, in fiebernder Angst, im qualvollen Fluß der Erinnerung wiederkehren.

Viele Jahre lang besuchte ich ihn, bis ich beschloß, Sizilien zu verlassen. Doch nie vergaß ich, wenn ich auf die Insel zurückkam, den Dichter zu besuchen. Und bei einem dieser Besuche stiegen wir gemeinsam von der Villa hinunter ins Dorf nach Capo d'Orlando. Von da zur Bucht von San Gregorio. Es war ein kristallklarer Apriltag. Im Dorf begegneten wir Zia Genoveffa, der Hexe mit den Wasserhosen und dem Rauch der Duftzweige. »Bacio le mani, Barone«, grüßte die Alte. Piccolo ließ mich zurück und ging der Alten entgegen. Als sie sich gegenüberstanden, redeten sie miteinander.

Die Sonne neigte sich zu den äolischen Inseln, das Meer war ruhig.

»I giorni della luce fragile, i giorni/ che restarono presi ad uno scrollo/ fresco di rami ... / oh non li richiamare, non li muovere,/ anche il soffio più timido è violenza/ che li frastorna ...«

»Er braucht Luftveränderung«, verordnete Doktor Liotta, der Familienarzt. »Gebirgsluft, auf in den Wald, in den Bosco della Miraglia!« Die Verordnung betraf mich, ich war gerade von einer Lungenentzündung genesen, die mich geschwächt hatte, ich war klein und dünn und hatte einen Brustkorb wie ein Spatz. Darum nannten mich denn auch meine Brüder Zigaga: Spatz, Zeisig. Und ich muß dem alten, väterlichen Arzt, der uns behandelt hat, alle acht Kinder (Malaria, Masern, Röteln, Mumps, Wunden und Knochenbrüche), dankbar sein, denn er verschaffte mir die Gelegenheit zu einer »Luftveränderung« im Bosco della Miraglia.

Es war im Sommer '38.

»Ich habe mit dem Straßenwärter von Ciccardo gesprochen. Er vermietet uns den ersten Stock«, sagte mein Vater, der damals mit seinem funkelnagelneuen Lastwagen das Holz aus dem Wald holte und zum Kraftwerk in unserem Dorf fuhr. Es war ein FIAT 621, einer mit der langen Schnauze, den man mit der Hand ankurbeln mußte. Er hatte das Nummernschild ME 4318. Nicht, daß ich mich daran erinnerte, aber vor mir liegen zwei kleine Fotografien von meinem Vater im Bosco della Miraglia. Sie wurden vom Dorffotografen gemacht, von Herrn Vicari.

Nach so vielen Jahren staune ich zum ersten Mal darüber, daß mein Vater den Fotografen Vicari auf seinem Lastwagen mit in den Wald geschleppt hatte.

Da mein Vater ein scheuer, strenger Mann war, der sich nur um konkrete und notwendige Dinge kümmerte, nehme ich an, daß er sich zu dieser kleinen Eitelkeit, zu diesem Luxus, der die Fotos damals waren, wohl nur aus Stolz verleiten ließ, da er es geschafft hatte, sich einen neuen Lastwagen zu kaufen, und vielleicht auch aus dem Bewußtsein heraus, an einem besonderen Ort zu arbeiten, im Wald, der anders war, »exotisch«, vielleicht auch schön.

Ich versuche jetzt, mit Hilfe eines Vergrößerungsglases diese zwei Fotos zu *lesen* und zu beschreiben. Doch möchte ich weder eine semiologische noch eine ästhetische Lesart der Fotos liefern, noch eine in der Art Roland Barthes'. Meine Sichtweise will bloß eine philologische, eine objektive sein, etwa wie man archäologische Fundstücke betrachtet, Fragmente von alten Inschriften, ich möchte die Fotografien als Ausgangspunkt nehmen und mit Hilfe der Erinnerung eine bestimmte Realität, eine bestimmte Geschichte rekonstruieren. Und diese Geschichte möchte ich erzählen. Ich weiß, daß ich dabei zwei völlig verschiedene, unvereinbare Sprachen, die fotografische und die literarische, nebeneinanderstelle, miteinander verflechte. Barthes sagt, daß die Fotografie »Kontingenz« sei, »Beglaubigung«, »Flachheit«, er sagt auch, daß sie »verrückte Wahrheit« sei, »Halluzination«. Und ich weiß, daß die Erinnerung willkürlich ist, unglaubwürdig, gemessen an der Realität. Daß sie wie der Traum ist: Das, was wir vom Traum zu erinnern und zu erzählen vermögen, ist nie der Traum, den wir geträumt haben. Doch was soll's: Ich nehme das Risiko auf mich und schreite auf dem Weg durch die Symplegaden zwischen Halluzination und Traum und versuche es trotzdem mit diesem Abenteuer. Das heißt, ich versuche, mein Abenteuer im Wald zu erzählen. Also dann.

Erstes Bild Der Lastwagen steht frontal auf der unasphaltierten Straße, man erkennt die vier Lichter und einen weißen Diagonalstreifen auf der Kühlerverkleidung. Er steht unter den langen Ästen der Eichen, die sich oben wie zu einer Galerie vereinigen. Das Licht fällt, wie auf einem Bild von Monet, in Flecken auf den Lastwagen und auf die Straße. Im Vordergrund sieht man meinen Vater auf der Straße, er stützt sich mit einem Arm am Kotflügel ab, den anderen hat er angewinkelt, die Faust in die Taille gestemmt. Er trägt eine dunkle Hose und ein weißes Hemd. Auf dem Kasten über der Kabine sind auf der Ladung aus langen, dicken Baumstämmen weitere vier Personen erkennbar: links zwei Burschen, die Arbeiter meines Vaters, und rechts zwei Holzfäller.

Die Burschen sitzen rittlings auf den Baumstämmen; die Holzfäller hingegen stehen und halten das Gleichgewicht, indem sie sich mit den Händen an den Ästen der Eichen festhalten. Die Burschen haben nackte Arme, tragen helle Unterhemden, die Holzfäller hingegen die Tracht von San Fratello: Hose, Rock und Weste aus Samt. Sie sind jung und haben eine Menge Haare, die wirr und lockig von ihren Stirnen hochragen.

Zweites Bild Eine runde, mit Gestrüpp bewachsene, von dichtem Wald umschlossene Lichtung.

Der Lastwagen quer im Bild, man sieht ihn von der Seite, in einer Reihe mit den perfekten Kegeln zweier Kohlehaufen. Auf der Spitze jedes Kegels, die Fäuste in die Taille gestemmt, wie Telamonen oder anthropomorphe Fialen, die beiden Burschen; neben und auf dem Lastwagen weitere fünf Personen: links ein Holzfäller in Hemdsärmeln und Samtweste, daneben ein älterer Herr, groß und stattlich, er hat einen Bart, trägt einen grauen Mantel und eine Mütze auf dem Kopf, mit einem Arm lehnt er an der Tür des Lastwagens, mit dem anderen stützt er sich auf einen Stock. Ich kann diesen Stock nicht gut *lesen*, aber ich weiß, daß Ringe und Kreuze darauf eingekerbt sind, womit Zahl oder Gewicht der Stämme einer Holzladung angegeben werden. Denn der alte, stattliche Mann ist der Pächter oder Verwalter der Firma, die das Holz verkauft. Der Mann im Schneidersitz auf der Motorhaube, der sich mit dem Rücken an die Windschutzscheibe lehnt, ist mein Vater: er schmunzelt, vielleicht über sich selbst, diese theatralische Haltung, diese für ihn ungewohnte Pose. Rechts neben ihm zwei weitere Holzfäller mit samtenen Hosen und Westen. Der Fotograf Vicari fehlt. Dieses Mal hat er geknipst, zweifellos hat er auch dieses Szenarium ausgesucht, den Lastwagen und die Figuren disponiert. Man sieht sie alle von vorn, wie übrigens auch im ersten Bild, und sie schauen ins Objektiv. Sie schauen mich aus einer Entfernung von fünfzig Jahren an.

Das sind die beiden Bilder. Jetzt versuche ich, ihre geringe Oberfläche von 8 mal 13 cm zu vergrößern, auszudehnen, die Szenen zu beleben, Lastwagen und

Figuren zu bewegen, sie aus ihrer gedruckten Steifheit zu lösen und ihrer schwarzweißen Zweifarbigkeit ein paar weitere Farben hinzuzufügen. Ich versuche, von anderen Szenen zu reden, von anderen Personen und Sprachen, die ich im Wald gesehen und gehört habe. Ich werde sie erzählen.

Wir, ich, meine Mutter und zwei meiner Schwestern, wohnten also im Straßenwärterhäuschen von Ciccardo im ersten Stock über der Waldhüterfamilie. Die Familie stammte aus San Piero Patti, Vater, Mutter und zwei Töchter. Sie hatten königliche Namen, die beiden Töchter: Eleonora und Amalia. Und Eleonora, die ältere, ein siebzehn- oder achtzehnjähriges Fräulein glich einer Königin: großgewachsen, schön, blond, ausgeglichen und würdevoll, ihr goldenes Haar trug sie als Knoten im Nacken. Eleonora arbeitete im Haus, sie ging nur bis zur Lichtung vor dem Wärterhaus und nachmittags, wenn Hirten, Köhler und Holzfäller auf ihren Pferden vorbeiritten, hinunter nach San Fratello, stellte sie sich im Erdgeschoß ans Fenster. Man sah es Eleonora an, daß sie noch nicht lange in dieser Zurückgezogenheit und Zurückhaltung lebte, wo ein Mädchen darauf wartet, daß einer kommt, um sich vorzustellen und um ihre Hand anzuhalten. Vielleicht einer der Kavaliere aus San Fratello, die, in Samt gekleidet, neben der Pferdetränke beim Wärterhaus anhielten, das Tier trinken ließen und grüßten, indem sie die Mütze abnahmen, oder sie hielten vor der Tür zum Wärterhaus und schenkten Eleonoras Mutter, die auf den Stufen saß, einen Korb mit Azaroläpfeln, Kaktusfeigen oder Baumerdbeeren. *Natürlich* waren diese Früchte Zeichen einer Sprache, die sie miteinander verband: die Reiter, die Mutter und Eleonora, Zeichen, Träger des Signifikats wie des Signifikanten, wie die Linguisten sagen, wegen ihrer Schönheit und Zärtlichkeit sicher bedeutungsvoller als die Zeichen, die Worte in diesem Text, den ich gerade schreibe.

Eleonora, am Fenster, senkte die Augen und schwieg, doch muß sie sich wohl mit einem jener Reiter, mit dem, der ihr am besten gefiel, in einer ihrer anderen Sprachen verständigt haben, in einer Geheimsprache aus kleinen Gesten, flüchtigen Blikken, aus unmerklichem Lächeln.

Amalia, die jüngere, ein zwölf- oder dreizehnjähriges Mädchen, hingegen war kohlschwarz, mager, mit wirrem Kraushaar und harten, sehnigen Füßen. Sie war es, die sämtliche schweren Arbeiten im Freien erledigte: sie holte Wasser an der Quelle, sammelte Reisig, schnitt das Holz für Küche und Ofen und versorgte ein Schweinepaar und drei junge Ziegen.

Ich habe auf Anhieb Amalia zu meiner Gefährtin erwählt. Oder vielleicht war sie es, die mich erwählt hat. Wild und eigenbrötlerisch, übte sie einen subtilen Reiz auf mich aus, und sie hatte einen gebieterischen, exklusiven Besitzanspruch. Wir wurden unzertrennlich.

Hinter den Schweinen und den weidenden Ziegen her *offenbarte* sie mir den Wald, den undurchdringlichsten, geheimsten aller Wälder. Sie offenbarte mir die Namen eines jeden Dinges, der Bäume, Sträucher, Gräser, Blumen, der Vierfüßer, Reptilien, der

Vögel, Insekten ... Und kaum hatte sie etwas beim Namen genannt, schien es zu existieren. Sie benannte die Dinge in einer erfundenen Sprache, einer einzigartigen, persönlichen Sprache, die sie mich nun allmählich lehrte, und ich war der erste, mit dem sie sich in dieser Sprache verständigte. Doch Amalia kannte noch andere Sprachen: die klangvolle, zusammengezogene Sprache der Stabreime, mit der sie zu den Tieren sprach; sie kannte die Sprache von San Piero, die bei ihr zu Hause gesprochen wurde; sie kannte die Sprache von San Fratello und das Sizilianische, darin unterhielt sie sich mit den Fremden. In ihrer erfundenen Sprache, die sie sich in den langen Stunden beim Hüten und in der Einsamkeit des Waldes zurechtgelegt hatte, nannte sie die Schweine *sossi, beli* die Ziegen, *scipe* die Schlangen, *aleppi* die Pferde, die Bäume *fràuni*, die Eicheln *golli*, die Vögel *cici, fèibe* die Füchse, *zimpi* die Hasen und Kaninchen, *lammi* die Kühe ... Dann gab es noch die Vornamen: Gràssia und Saìme waren die beiden Schweine, Bitta, Schetta und Rizza die drei Ziegen.

Bei Amalia hatte ich das Sizilianische und das bißchen Italienisch, das ich kannte, bald vergessen. Ich sprach nur noch ihre Sprache, ein Gemisch aus Schreien und Kehllauten, aus der Sprache für die Tiere und aus dem Idiom von San Piero (ich sagte also *cavallu* anstatt *cavaddu*, sprach die Variante von San Piero und Montalbano, die ich später in der historischen Grammatik des Deutschen Rohlfs angeführt fand) und von San Fratello, dem alten Gallischen oder dem Mittellateinischen, die von den Angehörigen dieser lombardischen Kolonie noch gesprochen wurde. Ich sprach mit allen in dieser Sprache, mit meiner Mutter und mit meinen Schwestern. Meine älteste Schwester, Teresa, die eine Lehrerausbildung absolvierte, raufte sich die Haare, wenn sie mich hörte. Sie sagte: »Komm her, du Wilder, wir sprechen ein wenig italienisch.« Und ich floh.

Die Verwandlung betraf nicht bloß meine Sprache, sondern auch meinen Körper, meine ganze Gestalt. Wie die Schlangen verlor ich allmählich meine Haut, ließ die alte, zarte und durchlässige der Küste zurück und legte mir eine neue zu, die rauher war und mich besser schützte, so daß ich kräftiger wurde, wachsen konnte, meine Lungen heilen und mein Spatzenbrustkorb sich weiten konnte. Auch diese zweite Verwandlung verdanke ich Amalia. Sie erlegte mir alle Arten von Prüfungen und Mühen auf. Sie ließ mich die Schuhe ausziehen und, wie sie selbst, barfuß herumlaufen. Über Gras, Gestrüpp, Brombeeren, Dornenbüsche, Stechpalmen und Zinnkraut. Und sie lachte, sie lachte, wenn ich schrie und jammerte.

Dann zwang sie mich zu laufen und laufen, zu rennen, hinaufzusteigen auf die Höhen im Osten, wo man den Ätna sehen, und auf die Höhen im Westen, wo man bis in das Valle del Furiano, bis zum Wald von Caronìa und die ganze Küste hinunter bis Santo Stefano, bis zum Felsen von Cefalù schauen konnte. Sie hieß mich Beeren essen, Gräser, Brombeeren, Blaubeeren, hieß mich an Blumen saugen und Wurzeln kauen. Und Milch trinken, Schafmilch oder Ziegenmilch, die sie mir vom schweren Euter des Tieres direkt in den Mund spritzte. Und sie hieß mich mit ihr auf eine Eiche klettern, auf eine Buche oder auf einen Ahornbaum, hieß mich dort, rittlings auf einem Ast, unbeweglich und stumm der Sprache des Waldes lauschen. Diese bestand aus Knistern, Rauschen, Rascheln, Schwirren, Zischen, Plumpsen, Piepsen, Scharren ... Irgendwann unterbrach Amalia mit einem jähen Schrei dieses leise Konzert, der Schrei ließ mich auffahren, ich stürzte beinahe vom Baum.

An manchen Tagen kam mein Vater mit dem Lastwagen vorbei. Er hielt beim Wärterhaus an und nahm mich mit zum Holzladeplatz. Auf der Lichtung, wo die beiden Strohschober standen, die kegelförmigen Behausungen der Holzfäller, die aus Baumstämmen und belaubten Ästen gebaut waren, mit Erde und Moos überzogen, sehe ich noch den stattlichen Alten mit dem Kittel und dem Stock vor mir, Don Délfio Plantémoli; eine Waage zum Wiegen der Baumstämme, rundherum große Holzstapel und drei Holzfäller, die gemeinsam mit den Burschen meines Vaters das Holz auf den Lastwagen luden. Aus dem Wald ringsum waren Axtschläge zu hören, das Nagen der Sägen, das Krachen der Baumstämme. In der Mittagspause kochten die Männer die Nudeln in einem Kessel, lösten die Soße im Wasser auf und aßen aus Zinntellern. Und sie tranken Wein, schweren, üblen Wein vom Ätna. Auch mir gab Don Délfio einmal ein Glas, ich nahm es voller Ernst und lehrte es in einem Zug, dann schleuderte ich mit sicherer Geste die letzten Tropfen mit dem Bodensatz fort, wie ich es bei den Erwachsenen gesehen hatte. Da lachten alle. Und mein Vater sagte darauf: »Das ist nicht mein Sohn. Diesen Jungen habe ich auf der Straße nach San Fratello gefunden, als er noch in den Windeln lag. Ich habe ihn mitgenommen, weil er mir leid getan hat. Ihr seht es ja, es ist klar, er spricht die Sprache der Zanglei. Seht Ihr nicht, daß er aussieht wie ein richtiger Zangleo?« (Zanglei wurden in dieser Gegend die Leute aus der Umgebung von San Fratello genannt.) Und ich, stumm und unerschütterlich, preßte die Lippen zusammen, um ihm nicht das Vergnügen zu machen, meinen Groll oder meine Wut zu zeigen.

Am Tag darauf ließ mich Amalia für meine Abwesenheit, den Verrat, büßen. Sie rannte im Wald vor mir her, sprach kein Wort mit mir, versteckte sich im Dickicht oder in Höhlen, um mich abzuhängen oder mir Angst einzujagen. Sie redete in ihrer Sprache aus Lauten und Schreien nur mit den Tieren. Dann, am Rand eines schwarzen Grabens, wo die Kohle gebrannt worden war, fragte sie die Ziegen, ob sie sich noch daran erinnerten, daß an dieser Stelle einmal der Teufel auf unterirdischen Wegen vom Ätna gekommen war; an einer anderen Stelle fragte sie die Tiere nach einem Wolf, nach einer Riesenschlange, nach einem Adler, der Tiere und Menschen mit seinen Riesenkrallen packt und in die Luft entführt; oder sie fragte nach einer Frau, die in einer Miete ermordet wurde, und nach ihrem Gespenst, das bei Einbruch der Dunkelheit weinte und schrie.

»Jea 'n gh'crar, na na!« (Das glaube ich nicht, nein, nein) sagte ich jedesmal trotzig auf sanfratellanisch.

Ende September reisten wir aus Ciccardo ab. Mir hat sich das Gesicht von Amalia für immer im Gedächtnis eingeprägt. Sie tat so, als würde sie Reisig bündeln und richtete den Blick starr auf die Fahrerkabine. Und als der Lastwagen anfuhr und der Motor tuckerte, ließ sie das Reisig fallen und floh, verschwand im Wald, barfuß, der schwarze ziegenartige Kopf und das rote Kleid.

Ereignisse

Die Steine von Pantalica

»Soli andavamo dentro la rovina.«

Giuseppe Ungaretti,
Ultimi cori per la terra promessa

Zu dieser Stunde befreit sich das Licht aus seiner schneidenden, raubtierhaften weißen Glut und leitet zu sanfteren, griffigeren Tönen – zu Gold, Orange und Violett – über. Dann tauchen die Steine auf; vor dem undurchdringlichen Hintergrund aus Pinien und Zypressen kommen sie in parallelen Reihen wie Wellen, graurosa und nach Moschus duftend, näher, während sich im Innern des mystischen Kreises der Orchestra hauchdünne Schatten kaum merklich verdichten. In der Mitte, wirklich und ideal zugleich, die Öffnung zu einem geheimnisvollen, unterirdischen Gang, eine finstere Gruft, ist eine Tür, zwei kurze Pilaster und ein leicht gebogener Architrav. Ein *echtes* Bühnenbild, wie es nur die sparsamste aller Bühnenbildnerinnen, die alles auf das Wesentliche reduziert, die Zeit, hatte behauen können. Im überfüllten Zuschauerraum herrscht plötzlich Stille. Es beginnt die Aufführung der Tragödie.

Im Steinportal – das zugleich Ausgang einer imaginierten Grabungsstätte und Eingang eines Tempels ist – taucht eine schmächtige, sehnige, in aschfarbene Schleier gehüllte Figur auf, ihre Stimme und ihre Gesten hemmt antike Unbeweglichkeit, seit undenklichen Zeiten währender Schlaf. Iphigenie erzählt eine Vorgeschichte, die Erklärung ist und zugleich dem dringenden Bedürfnis zu sprechen entspringt. Jene Iphigenie, die Artemis in Aulis durch die Hirschkuh ersetzt, als Agamemnon gerade dabei ist, sein Messer in die Kehle der Tochter zu stoßen, die Artemis erfaßt und auf himmlischen Wegen nach Tauris entführt; im Tempel, wo in verborgenen Nischen Menschenopfer dargebracht werden, wird sie zur Priesterin geweiht: Fremde, die das Schicksal hier, jenseits der Symplegaden, an Land spült, an dieses unwirtliche, vom Meer benetzte Land, werden getötet. Iphigenie reinigt zu Beginn des Ritus die Opfer mit heiligem Wasser. So muß sie auch jetzt zwei junge Griechen opfern lassen, die von Hirten in einer Grotte am Meer entdeckt, gefangengenommen und vor die Priesterin geführt worden sind: Orestes und Pylades, ihr Bruder und ihr Vetter. Doch weder die jungen Männer noch die Frau wissen, wem sie gegenüberstehen: Pylades war noch nicht geboren, und Orestes war ein Säugling, als Iphigenie, die selbst noch ein Mädchen war, zur Trughochzeit mit Achilles den königlichen Palast von Argos verließ. Doch warum hatten die beiden kühnen, abenteuerlustigen jungen Männer Griechenland, das Land der schönen Pferde, verlassen und sich hierher gewagt, in dieses ferne, öde Land, wo der Barbarenkönig Thoas herrschte? Weil der Muttermörder Orestes, um die Erinnyen zu besänftigen, die ihn ohne Unterlaß quälen, auf Befehl Apollos die Statue der Artemis aus dem Tempel von Tauris stehlen und in die Gegend von Athen bringen muß, zum Felsen von Carystus, für einen Tempel, den man der Göttin errichten wird. Und wie immer wollte ihm Pylades auch dieses Mal Gefährte sein. Vor der Opferhandlung fragt Iphigenie die jungen Männer, aus welcher Stadt Griechenlands sie kommen. Sie erfährt, daß sie aus Argos sind. Getrieben vom quälenden Verlangen, ihren Bruder Orestes wissen zu lassen, daß sie, die von allen Totgeglaubte, als Verbannte hier in Tauris lebt, handelt sie sich nun vom König das Leben desjenigen der beiden jungen Männer aus, der ihren Brief nach Argos bringt. Der Inhalt des Briefes und der Name des Adressaten, Orestes, den Iphigenie nennt, führen dazu, daß sich die Geschwister erkennen. Iphigenie, Orestes und Pylades ersinnen nun einen Plan, eine List, um den König Thoas und die Taurer zu hintergehen, die Statue der Artemis aus dem Tempel zu stehlen, sich einzuschiffen und, endlich gerettet, in Richtung Heimat zu fahren. Es wird ihnen gelingen, wenn auch nur dank der Hilfe Athenes, der kühnen *theós ek mechanés*. In der Aufführung, von der ich spreche, war die Maschine ein Kranwagen, der aus dem nun dunklen Grün des Hintergrunds klirrend den langen Arm mit einem Käfig an der Spitze vorstreckte, in dem die Schauspielerin stand, welche die Göttin verkörperte. Sie kam aus dem finsteren Abendhimmel über der Bühne schwebend, durchscheinend, blendend dem Zuschauerraum näher, eingeschlossen in einen Kreis aus weißem Licht. Eine enthüllte Theatermaschine, zur Schau gestellte moderne Technologie. Doch wenn er schon unbedingt zeitgemäß sein wollte, warum ließ der Regisseur dann die Göttin Athene nicht an einem silbrigen Hubschrauber vom Himmel schweben, warum ließ er sie nicht mit dem

Fallschirm aus einem Flugzeug fallen, warum kam sie nicht, wie der Baron von Münchhausen, auf einer Rakete reitend daher, auf einer der *Missiles*, die hier in der Nähe von Comiso installiert sind? Heißen sie nicht »missili di teatro«, Theaterraketen, Raketen des Theaters Europa?

Die Handlung der Tragödie, die ich zu erzählen versucht habe, ist die der *Iphigenie auf Tauris* des Euripides, der Tragödie, die im griechischen Theater von Syrakus aufgeführt wurde.

Eines Abends Ende Mai saß ich also auf den Stufen des Zuschauerraumes im antiken Theater, um mir die Premiere der Tragödie anzusehen. Ich war vom Instituto del Dramma Antico eingeladen worden, denn ich hatte gemeinsam mit dem Gräzisten Dario Del Corno die Tragödie übersetzt. Mit Del Corno hatte ich im Winter in Mailand an der Übersetzung gearbeitet. Diese Erfahrung war für mich, wie man so sagt, sehr anregend gewesen. Ich hatte das Gefühl zurückzukehren, zurück in meine Jugend, zum kleinen, in mir verschütteten Griechen aus dem Gymnasium, zurück in das Land, wo ich geboren bin, zur ursprünglichen Kultur, zum Ursprung der Kultur (man vergebe mir diesen Anflug von Pathos, diesen kurzen Flügelschlag auf den Winden der Gefühle). Später, als Erzähler, hielt ich diese *Iphigenie* immer für die »romanhafteste« der griechischen Tragödien, eine der weltlichsten, eine der modernsten. Die Idee mit dem Brief und der daraus folgenden Wiedererkennung erinnerte mich immer an einen Fortsetzungsroman, ein *Feuilleton*, einen Roman von Balzac. Doch war diese Tragödie für mich vor allem eine Tragödie der Emigration, des Exils: Verbannung Iphigeniens und der Frauen des Chores aus einer menschlichen, zivilen Welt in eine unmenschliche, barbarische. Eine Tragödie der Regression und der Verwirrung, des Verlustes der eigenen Sprache und der eigenen Kultur, Tragödie des Identitätsverlustes. Und Iphigenie und die Frauen des Chores stimmen nur Lieder von der Sehnsucht nach dem verlorenen Vaterland an, vom Schmerz über die Lage, in die sie geraten sind.

Ich möchte nicht von der Übersetzung sprechen (die zum Teil von mir stammt), wohl aber von der »Übersetzung« (der Übertragung von Zeit und Ort) einer griechischen Tragödie ins Heute, in eine Stadt wie Syrakus.

Ich kam 1950 das erste Mal nach Syrakus, damals war ich Schüler am Gymnasium eines Dorfes namens Barcellona in der Gegend von Messina; mit meinen Mitschülern wurde ich in die Stadt gefahren, denn wir sollten Aufführungen der Klassiker sehen. In jenem Jahr wurden *Die Bacchantinnen* von Euripides und *Die Perser* von Aischylos aufgeführt. Ich weiß noch, daß weder meine Aufmerksamkeit noch meine Betroffenheit den Tragödien galt, sondern der Stadt Syrakus: ich fand sie wunderschön. Nicht etwa wegen ihrer griechischen Altertümer, oder wenigstens nicht nur deshalb, sondern wegen ihrer mittelalterlichen und barocken Baudenkmäler, ihrer modernen Gebäude, wegen ihrer Lebendigkeit, ihrer Atmosphäre, ihres besonderen Charmes, wegen ihrer Kultur. Heute weiß ich, daß das damalige Sizilien das Sizilien von Vittorinis *Garofano Rosso* war, das irgendwie auch das Athen Savinios hätte sein können, die Stadt von Nivasio Dolcemare. Eine dieser alten, klassischen Städte, voll längst zurückliegender Vergangenheit, voller Geschichte, in der die Moderne – ein scheinbar ärmliches geschrumpftes Ding, in einer kleinbürgerlichen Dimension – trotzdem, wie gewisse Essenzen in winzigen Glasfläschchen oder gewisse Extrakte in kleinen Tonkrügen, die erhabene Grazie echter Kultur bewahrt hat.

Ich weiß noch, daß ich aus einem plötzlichen Verlangen, wie es Jugendliche öfters verspüren und in Vorsätzen ausdrücken, deren Verwirklichung im Bereich des Möglichen zu liegen scheint, mir selbst feierlich gelobte, als »Erwachsener« nach Syrakus zu ziehen und mein ganzes Leben in dieser Stadt zu verbringen.

Nach mehr als dreißig Jahren bin ich nach Syrakus zurückgekehrt, wieder als Zuschauer einer Tragödie. Während damals im griechischen Theater Iphigenie die schreckliche Geschichte ihrer Entbehrungen in Aulis erzählte –

Was ich dort litt – nie werd' ich es vergessen.
Wie oft streckt' flehend ich nach meines Vaters
Antlitz die Hand in Hast, sein Knie
umklammernd,
Und sprach derlei: »Welch gräßlichem Verlöbnis
Verlobst du mich? Das Brautlied singen schon
Die Mutter mir und die Argiverfrauen,
Vom Flötenschall ertönt das Haus – indes
Du hier mich umbringst – alle uns vernichtest.

Der Tod ist mein Gespons, nicht der Pelide,
Den du mir fälschlich nanntest als Gemahl,
Als du zu Wagen mich voll Hinterlist
Zu diesem blut'gen Brautlauf hergesteuert!«

oder der Chor sang

Gleich dir bejammr' ich mein Los,
Ein Vöglein flügel- federlos!
Nach Hellas Feiern, wie sehn' ich mich!
Der Kreißenden Schutz, o Artemis, dich
Ersehn' ich mir herzinniglich –
Kynthosbühl, dort ist ja deine Statt,
Wo Leto dich geboren hat
Unter der Palme zartem Blatt,
An des Lorbeers üppigem Reis,
Beim Olivenbaume silberweiß ...

schien in diesen erhabenen Augenblicken und auch danach das griechische Theater von Syrakus aus nichts anderem als Lärm zu bestehen: das Gehupe vorbeifahrender Autos und Lastwagen, das Pfeifen der Züge, das Knattern der Motorroller mit den abgenutzten Reifen, das Gekreische der Bremsen, das Kratzen der Gänge, ein scharfes Heulen der Alarmanlagen, das Krächzen der Lautsprecher aus einem nahegelegenen Rummelplatz ... Rund um das Theater herum, hinter der Bühne, hinter den Kulissen aus Pinien und Zypressen, war die Klanglandschaft von Syrakus grauenhaft, verunreinigt, roh und barbarisch, im Vergleich dazu war das Getöse des unwirtlichen Meeres, das gegen die Klippen von Tauris schlug, wie ein Notturno von Chopin.

Und wandte man sich dann direkt neben dem Theater der sichtbaren Landschaft hinter der Abgrenzung, jenseits der grünen Kulissen im Hintergrund der Bühne zu, war das Bild noch schlimmer: Straßen, Schnellstraßen, Hochspannungsmasten und Schlote schließen die Stadt ein, drängen sich dicht an das Theater. Und was sieht man, wenn man das Theater verläßt? Zerstörung und Elend: eine Landschaft aus Feuer und Eisen, aus giftigen Dämpfen und schwerem Rauch. Die Ölraffinerien und die chemischen Werke von Melilli und Priolo an den Pforten der Stadt haben Syrakus vergiftet und zerfressen. Das Schauspiel, das der alte Stadtkern, die Insel Ortygia, bietet, ist noch deprimierender. Die wunderschöne, mittelalterliche Stadt, die Renaissancestadt, die barocke Stadt, die Stadt des neunzehnten und die des beginnenden zwanzigsten Jahrhunderts, all das ist völlig heruntergekommen: eine verfaulte, verrottete Stadt. Das Syrakus, das ich dreißig Jahre zuvor gesehen hatte, die Stadt, in der ich leben wollte, gibt es nicht mehr. Ihre schönsten, einzigartigen Plätze sind verlorengegangen. Die *Latomie* sind bloß noch staubige, karge Steinbrüche. *L'Orecchio di Dioniso*, das Ohr des Dionysos, ist ein unbedeutender Durchgang, die *Fonte Aretusa* eine stinkende Lache, der *Fluß Ciàne* ein vergiftetes Rinnsal, an dem die berühmte Papyrusstaude langsam stirbt.

Ich habe Athen und Savinio-Nivasio Dolcemare schon erwähnt. Es gibt von diesem Autor eine kurze, sehr schöne Erzählung, mit dem Titel *Fame ad Atene*, Hunger in Athen. Nivasio Dolcemare ist untröstlich, weil er im »Osservatore Romano« gelesen hat, daß »in Athen im vergangenen Oktober achthundert Menschen an Hunger gestorben sind« (wegen des Krieges und der nazifaschistischen Besetzung). Da läßt der Autor sein Athen lebendig werden, gegen diese Beleidigung der Menschheit, diese Schmähung der Zivilisation ruft er die Stadt bei ihren Namen: Straßen, Plätze, Kaffeehäuser, Lokale; Personen, Dinge und vor allem die Namen der Speisen, der Süßigkeiten. Griechische Namen, er schreibt sie in ihrer eigenen Sprache. Roland Barthes erinnert uns daran, daß im Lateinischen *sapere* und *sapore*, Wissen und Geschmack, dieselbe Etymologie haben. So möchte auch ich, wenn ich es könnte, wie Nivasio Dolcemare mein verlorenes Syrakus durch seine Namen wieder heraufbeschwören: die Namen der Plätze, Straßen, Orte ... Aber vor allem durch die Namen der Speisen, der Süßigkeiten, vielleicht mit Hilfe des kostbaren Bändchens, *Del mangiar siracusano*, Vom syrakusischen Essen, von Antonino Uccello. Aber, Antonino, hat es heute noch einen Sinn, diese Namen aufzuschreiben? Hat das Werk Deines ganzen Lebens einen Sinn, die Tatsache, daß Du in Deinem Haus in Palazzolo Acreide die *Dinge* gesammelt und gerettet hast, die Gegenstände aus der Welt der Bauern, die damals im Sterben lag, die sich in Nichts aufgelöst hat? Und hat es einen Sinn, eine griechische Tragödie in das heutige Syrakus zu übertragen, *überzusetzen* oder in das Athen oder in das Epidaurus von heute?

Ach Iphigenie, ach Orestes, ach Pylades, ach Ihr Dienerinnen von Artemis' Priesterin, welche Enttäuschung, welcher Schmerz für Euch, die ihr Euch so sehr nach der fernen Heimat gesehnt habt! Ich wünsche Euch, während Ihr glücklich gen Griechenland segelt, daß Winde und Stürme Euch an einen anderen Strand treiben, daß Ihr niemals Argos sehen müßt, das während Eurer Abwesenheit in der Verbannung zerstört wurde, zugrunde gerichtet, wo nur noch ein barbarisches Land geblieben ist, barbarischer als Tauris, das Ihr verlassen habt. Daß Euch einzig das Wort bleibe, Euripides' Wort, um in der Erinnerung Eure Stadt makellos zu bewahren.

Am darauffolgenden Tag floh ich aus Syrakus, raste mit dem Wagen hoch in die Monti Iblei, auf dem gleichen Weg, den ich Jahre zuvor mit Uccello gefahren war. Ich kam nach Sortino und besuchte Blancato. Er erkannte mich wieder und empfing mich mit all seiner Liebenswürdigkeit. Ich sagte ihm, daß ich mir Pantalica anschauen wollte. Er begleitete mich zu einem alten Schäfer, einer von denen, der sein ganzes Leben mit den Schafen in den Tälern von Pantalica verbracht hatte, der jede Schlucht, jede Mulde, jede Höhle kannte. Paolo Carpentieri heißt der Schäfer; jetzt, wo er alt ist, verbringt er sein Leben mit Holzschnitzarbeiten, er fertigt Herzen an, Halsbänder für die Tiere, Schlüssel, Stöcke und Hirtenflöten, schmückt alles mit geometrischen Figuren, mit Blättern, Sonnen, Arabesken. Er arbeitet mit dem Holz des weißen und des schwarzen Maulbeerbaums und mit Weidenholz. Der Bildhauer Carpentieri verließ seinen Arbeitstisch, seine Hölzer, seine Hohlmeißel und stieg zu mir in den Wagen.

Wir kamen nach Pantalica, dem uralten Hybla,

kletterten über Ziegenpfade aufwärts, gingen in die Gräber der Nekropolis, in die Wohnhöhlen, in die Heiligtümer, welche in die steilen, über die Wasser des Ànapo aufragenden Felswände gehauen sind. Der Alte sprach unentwegt, er erzählte mir sein Leben, seine Kindheit und Jugend, die er an diesem Ort verbracht hatte. Er erzählte mir von Gräsern, von Tieren, von den Schlangen des Ànapo und von einer Riesenschlange, der *Biddina*, einem phantastischen Drachen, den wenige gesehen haben, der Menschen, Esel, Schafe und Ziegen behext und verschlingt.

Ich stand im Eingang, unter dem Bogen zu einer der Höhlen und betrachtete zwischen Licht und Schatten diesen überlebenden Alten, das schwarze und faltige Gesicht, die großen und erdigen Hände, und mir schien, als sei er gerade jetzt, nach Jahrtausenden, fremd, fern und metaphysisch, der dunklen Tiefe der Höhle entstiegen.

Ich fuhr weiter nach Comiso. Am frühen Nachmittag kam ich dort an, das Dorf erschien mir wie von der Sonne versengt, wie die leeren, goldenen Gehäuse der Zikaden, die ich als Kind auf dem Land an den Stämmen der Olivenbäume klebend fand. Leer die Gassen, Straßen und Plätze. Einzig auf dem Hauptplatz, der Fonte di Diana genannt wird, Dianaquelle, saßen im knappen Schatten eines Bretterverschlags mit Schaukästen, die mit Metallstäben im Pflaster befestigt sind, ein paar alte Männer. Die waren weder wach noch schliefen sie. Sie saßen da, mit den Mützen auf dem Kopf, reglos mit halbgeschlossenen Augen, ohne Sinn und ohne Zweck. Ich vermute, daß die Alten immer so dasitzen, Tag und Nacht: sie schlafen nicht, aus Furcht, nicht wieder zu erwachen, im Schlaf ihre ohnehin kurz bemessene Zeit zu verlieren, und sie lindern die Müdigkeit, die von der Schlaflosigkeit herrührt, mit diesen halbgeschlossenen Augen, mit diesem andauernden Halbschlaf oder Tagschlaf, mit diesem ewigen Halbwachsein: eine Methode, um das Leben zu verlängern, um den Tod hinauszuzögern.

Hinter dem Brunnen, wo eine Reihe altgolden und altrosa bemalter Häuser stand, war nur ein einziger Laden geöffnet, die Tabak-, Zeitungs- und Buchhandlung. Ich betrat diese kühle, angenehme Höhle, tauchte in dieses erquickende Schattenbad. Ich kaufte die Tageszeitungen und fragte den Ladeninhaber, der mich genauestens musterte, ob es ein Geschichtsbuch gäbe, irgendein Buch über Comiso. Stolz zeigte mir der Mann ein fast fünfhundert Seiten dickes Buch mit dem Titel *Comiso viva*, lebendiges Comiso. Ich blätterte darin, es ist eine Art Anthologie, eine Blütenlese aus Texten der berühmtesten Söhne der Stadt. Schriftsteller, Maler, Historiker, Politiker ... Die Einführung hat ein Schriftsteller geschrieben, ein Autor erlesener Prosa, der hier in Comiso lebt. Er schreibt:

»Leider ist das Universum ein zu großes und zu kaltes Vaterland für so kurzlebige Kreaturen wie wir, ein unermeßliches Theater, wo unsere Gesten kein Echo finden, noch unsere Worte eine Stimme haben. Dagegen gibt uns das Dorf unsere menschliche Dimension zurück, gibt unserer Person einen Sinn, eine Wurzel, rechtfertigt uns, garantiert uns, wenn es sonst nichts ist, wenigstens einen Grabstein.«

Ich kaufte das Buch und fuhr zu jenem kleinen Flughafen gleich hinter dem Ort, wo an der Installierung der *Cruise Missiles* gearbeitet wurde. Auch das Land war leer, die dichten Kronen der Johannisbrotbäume warfen runde Schatten auf die Erde.

Am Gittertor zum Flughafen eine Aufschrift: »Militärzone – Zutritt verboten«. Ich stieg aus dem Wagen und stand da in der Sonne, schaute auf die hohe Schutzmauer, das gepanzerte Eisengitter, die beiden Pfosten mit den zwei Zementkugeln. Ich hatte das Gefühl zu verdunsten, das Gehirn schien sich in seiner Knochenschale aufzulösen und aufzuheben, die Gedanken verflüchtigten sich, ertranken in einer reglosen Glut. Dann kamen kurz darauf riesige Lastwagen mit Schotter beladen, Lastwagen mit dem rotierenden Trog der Betonmischmaschine; die Hupen ertönten, das Gitter öffnete sich, und die Kolonne fuhr auf das Flughafengelände.

Garantiert das Dorf uns einen Grabstein oder einen Schatten, einen kaum wahrnehmbaren Fettfleck auf einer Wand, auf einem Stein, einem verkohlten Baumstamm? Von uns bleibt nicht einmal die leere, vergoldete Hülle der Zikaden, wenn sie im Augustlicht platzen. Keine Gefährtin wird bleiben, kein Sohn oder Freund; keine Erinnerung, kein Gedächtnis; kein Buch, kein Wort.

Palermo ist verdreckt, verseucht. In diesem sengend heißen Juli dünstet die Stadt den süßlichen Geruch von Blut und Jasmin, von Kreolin und Bratöl aus.

Darüber staut sich, wie eine riesige, kompakte Wolke, der Rauch der Abfälle, die oberhalb von Bellolampo verbrennen.

Ich komme gerade während des Festes der heiligen Rosalia nach Palermo. Dazu herrscht in jenen Tagen noch der Freudentaumel über die Fußballweltmeisterschaft. Alle Armenviertel der Stadt sind herausgeputzt, von Balkonen und Fenstern hängt die Trikolore und über die Straßen sind Seile mit bunten Papierfähnchen gespannt. Santa Rosalia und die italienische Fußballmannschaft besänftigen den Wahnsinn, das Fieber, den giftigen Schaum, die mörderische Wut. Diese Stadt ist ein Schlachthaus, die Straßen sind Fleischerläden mit Blutlachen, Blutbächen, über die Zeitungen und Leintücher gebreitet werden. Seit Anfang des Jahres ist die Zahl der Ermordeten – wie junge Ziegenböcke an Händen und Füßen gefesselt, erwürgt, enthauptet, entmannt, in schwarze Plastiksäcke gehüllt, in die Kofferräume von Autos eingeschlossen – auf mehr als siebzig angestiegen.

Am Feiertagnachmittag laufe ich die Via Ruggero Settimo entlang, die Straße des Reichtums, des Luxus. Sie ist voll mit Banken, Juwelieren, Bekleidungsgeschäften für Damen und Herren. Alles ist wahnsinnig teuer. In den Schaufenstern liegen auffallende, ordinäre Männerseidenhemden, jene Hemden, die Politiker, Rechtsanwälte, Ärzte, Architekten, hohe Beamte, Unternehmer und Mafiosi im Sommer auf ihren Festen in den Gärten oder auf den Terrassen ihrer Villen in Mondello oder Addaura geöffnet über der haarigen, mit schweren Goldketten behangenen Brust tragen, Hemden, die mehr kosten als ein Monatsgehalt der Kindermädchen, Köche, Kellner, der philippinischen oder arabischen Tellerwäscher, von denen es in Palermo nur so wimmelt. In den Querstraßen, die von der Via Ruggero Settimo abzweigen, befinden sich die Kanzleien der wichtigen Rechtsanwälte, der wichtigen Steuer- und Unternehmensberater, der wichtigen Ärzte, der in Mode gekommenen Architekten und Innenarchitekten, hier gibt es die Antiquitätenhändler und Kunstgalerien, die sich in den letzten Jahren maßlos bereichert haben. Auf diesen dreihundert Metern, auf einer Fläche von nicht mehr als tausend Quadratmetern, zirkuliert der unermeßliche Reichtum von Palermo, der Geldfluß aus dem Drogengeschäft, den Zuteilungen öffentlicher Gelder aus den Schiebereien. Weiter oben zeigt das Teatro Massimo die Grenze zwischen dem armen und dem reichen Palermo an. Hinter dem Platz beginnt die Via Maqueda, die Straßen und Viertel der armen Leute, der Märkte, der heruntergekommenen und baufälligen Häuser und antiken Paläste.

Ich gehe die Via Maqueda hoch, biege in die Via Sant'Agostino ein und komme auf die Piazza Monte di Pietà, dann gehe ich weiter über die Via Sant'Isidoro, Piazza del Capo, Via Sant'Agata alla Guilla, ich erreiche die große Piazza Sett'Angeli, die auf der einen Seite vom Collegio Massimo begrenzt ist, dem späteren Convitto nazionale, und auf der anderen von der Apsis des Doms, jener großen Moschee aus goldgelbem Sandstein, einer Filigranarbeit. Dieses Viertel, das Quartiere del Capo (heute, da hier kein

Markt ist, kein Menschenauflauf, nicht die ablenkenden Stimmen und Farben, zeigt sich das Viertel in seinem ganzen Grauen), es ist ein Trümmerviertel. Da, wo die alten, schadhaften, dem Verfall preisgegebenen Häuser eingestürzt sind, haben Bulldozer Kalk und Steine planiert, haben im Netz der kleinen Straßen Leerstellen, riesige weiße Flächen mit Erdaushub zurückgelassen. Hinter diesen Flächen zeichnen sich jetzt die großen, emaillierten Kuppeln der Kirchen ab, der Sandsteintürme, das Dach und die Vorderfront des Palazzo dei Normanni. Die Straßen mit den beschädigten, einsturzgefährdeten Häusern wurden evakuiert und mit einer Mauer abgesperrt. Hinter diesen frischen Tuffsteinmauern häufen sich die Abfälle des Marktes, der Anwohner, die Knochen der Fleischerläden, hier scharren Kinder, Hunde und Katzen, hier tanzen die Mäuse. Hier ist Palermo wie Beirut, zerstört von einem Krieg, der nunmehr seit vierzig Jahren andauert, es ist der Krieg der Mafia gegen die Armen, die Enterbten der Stadt. Der Krieg gegen Kultur, Zivilisation und Menschenwürde.

Nahe des Doms stehen an einer äußerst engen Gasse, der Via dell'Incoronazione, die Kirche und das Kloster der Santa Maria del Monte Uliveto mit einem über das Dach hinausragenden Turm, der an allen vier Seiten von einem Bogengang hinter einem bauchigen Gitter eingeschlossen ist. Dieser Bogengang wird Passeggiata delle Monache, Promenade der Nonnen, genannt. Doch auf diesem Turm, hinter dem wulstigen Gitter, zwischen den Arabesken des Doms, den Mähnen der riesigen Palmen, gegen diesen kobaltblauen Himmel, kann man sich keine schwarzen Gewänder und blendendweißen Stirnbinden vorstellen, sondern bunte Schleier, Pailletten und die mit Lidschatten geschminkten Gagataugen der Haremsfrauen.

Während ich das Quartiere del Capo durchquere, um hierher zu gelangen, zum Cassaro Vecchio, dringt aus den Türen der ebenerdigen Wohnungen und aus den Fenstern der Ton der Fernseher, es wird gerade das Fußballspiel aus Spanien übertragen. Die Hausmauern sind mit Plakaten von Sängern vollgeklebt: dem Olymp der klebrigen Schnulzen, in dem die Bewohner dieser heruntergekommenen, verfallenen, vor sich hingammelnden Viertel ihre Gefühlswelt wiederfinden, ihre Werte: Ehre, Rache, Liebe, Mutter, Frau, Schwester ... Von einem dieser Plakate lächelt gunstheischend mit zwinkernden Kuhaugen das schlaffe, aufgedunsene Gesicht eines dieser Sänger. Nur wenige Tage später wird man im Kofferraum eines in der Villa d'Orléans, nicht weit von hier geparkten Autos diesen Sänger finden: erwürgt, entmannt, die Genitalien in den Mund gestopft.

Ich durchquere den Garten vor dem Dom mit seinen Palmen und Buchsbaumhecken, klettere auf die Umfriedungsmauer mit den weißen Statuen entlang des Corso Vittorio Emanuele, dieser ist schon vollgestopft mit den auf die Prozession wartenden Menschen. Auf dem Bürgersteig und auf den Balkonen der gegenüberliegenden Paläste, die mit roten Tüchern behangen sind, drängen sich noch mehr Menschen. Kurz darauf hört man die Musikkapelle, und vom Ende des Corso sieht man aus der Porta Nuova, dem Sitz des Erzbischofs, den Karren mit der heiligen Rosalia heranrollen. Zuerst erscheinen, paarweise in ein Joch gespannt, die mit roten Schabrakken geschmückten Ochsen, dann der große Karren, ein riesiger Triumphwagen, ein Gerüst in Form einer Schiffsbrücke, einer barocken Treppe, die zum hohen Sockel mit der Statue der Patronin der Stadt, der *Santuzza*, führt. Das Gerüst ist goldfarben, reich mit Kurven, Voluten, Schnecken und auf beiden Seiten mit Skulpturen und nackten Mohren verziert. Auf den Stufen der Treppe haben sich mit Dreispitz und Federbusch, in bauschigen, ins Violette schlagenden Kleidern die Männer der Musikkapelle aufgestellt. Vor dem ersten der drei den Karren ziehenden Ochsenpaaren marschiert die Obrigkeit. Und unter den schmierigen, stumpfsinnigen und verschlagenen Gesichtern der schamlosen, lokalen Machthaber, das herausgeputzte Gesicht mit dem schmalen Schnurrbart, dem kleinen Pomadenkopf, wie ein Barbier beim Spaziergang am freien Montag, der Bürgermeister der Stadt. Und das strenge und gleichgültige Karabinierigesicht des Präfekten, General Dalla Chiesa, von dem die Zeitungen heute berichten, er sei soeben, nach seiner überraschenden Hochzeit mit einer jungen Mailänderin, nach Palermo zurückgekehrt. Ich möchte wissen, was dieser harte Soldat, dieser Piemonteser aus einem Guß empfinden mag, wenn er zusammen mit den hiesigen Politikern, Prälaten und Honoratioren vor diesem Triumphkarren einer kaum glaubwürdigen Heiligen durch das Spalier der Menge schreitet; wenn er sich aus Amtsgründen in diese zersetzte, zerbröckelte Parade aller barocken Schwulstigkeiten der Insel einreiht.

An diesem endlosen Nachmittag, an dem man sich keinen Abend, keine Nacht vorstellen kann, wird die Luft mit starken Gerüchen geschwängert, mit Giften. Man bekommt Lust zu laufen, sich hinaufzuflüchten in die Anhöhen von Bàida, San Martino delle Scale, Monreale, um dort, in der leichten, klaren und geruchlosen Luft etwas Abkühlung zu suchen. Falls sie nicht plötzlich vom Rauch der Schüsse verunreinigt wird.

Am Abend treffe ich in einem Restaurant Camilla Cederna. Sie freut sich, mich zu sehen, so als hätte sie in der Verlorenheit dieser Stadt einen Freund oder Verwandten getroffen, der sie beruhigen und führen kann. Sie ist hier, weil sie ein Buch schreiben will, eine Reise im heutigen Italien. »Meine schöne und intellektuelle Freundin«, »Meine schöne Kriegerin« nennt Savinio Cederna in seinem Buch *Stadt, ich lausche deinem Herzen*. Auf jenen letzten Seiten über die Bombardierung von Mailand vom Juli '43, wo er vom Tod spricht, der besudelt: »Der Tod besudelt. Er besudelt das, was sauber war. Er macht das trüb, was klar war. Er macht das schmutzig, was sauber war. Er macht das dunkel, was hell war. Er macht das dumm, was intelligent war. Er stürzt das ins Elend, was reich war.«

Hat Frau Cederna hier in Palermo an diese Sätze von Savinio gedacht? In dieser Stadt, die ein Schlachthof ist, wo das Blut der Ermordeten täglich die Straßen rötet, Schwärme von Fliegen und Wespen anlockt, wo die Jauche in den offenen Kloaken, der Unrat in den öffentlichen Gärten, die Misthaufen sind, Scharen von Mäusen anzieht, eintrocknet und sich schwarz färbt unter der Julisonne. Sie sagt, sie sei auf dem Weg nach Salemi, dem Dorf in der Gegend von Trapani, Domäne der stinkreichen und mächtigen Vettern Salvo, der Steuereintreiber der Gemeinde. Ich rezitiere ihr ein paar Verse über Salemi:

Unni viditti muntagni di issu,
chissa è Salemi, passatici arrassu:
sunnu nimici di lu Crucifissu,
amici di lu Satanassu.

In diesen Versen wird Salemi als unmenschlicher, verfluchter, von *grassatori* und *assassini*, Straßenräubern und Mördern, von Menschen, die am Rande der christlichen Zivilisation leben, bewohnter Ort beschrieben; diese Worte, in denen es von »S« nur so wimmelt, erinnern an Schlangennester in den Spalten öder, blendender Gipskalkanhöhen.

Cederna sagt auch, daß sie auf dem Rückweg in Palermo ein Interview mit dem Präfekten Dalla Chiesa und seiner jungen Gattin machen möchte.

Am Tag darauf verlasse ich Palermo. Im Flugzeug sehe ich von Punta Ràisi aus die im Dunst der Hitze ertrunkene Stadt allmählich verschwinden.

Eines Morgens, als sich nach einem reglosen Sommer das erste Gewitter über Palermo entleert, bin ich wieder in der Stadt. Der Himmel hatte sich schwarz gefärbt und ein plötzlicher Wind war aufgekommen.

Ich hatte gerade die Piazza Massimo überquert, wo auf dem Bürgersteig vor dem Theater die Blumenverkäufer ihre Ware in Sicherheit brachten; die Leute, die auf den Bus warteten, schauten verwirrt in den drohenden, schwarzen Himmel. Von den staubigen Gummibäumen auf dem Platz fielen trockene Blätter, und die Palmen beugten ihre alten, schlanken Stämme, schüttelten ihre langen Mähnen. Die ganze Via Maqueda hinauf war es ein einziges Flattern von Papier und Plastiktüten. Die Bauern und die Tunesier, die in diesen langen Schlauch von Läden oder auf die Märkte der anliegenden Straßen – der Via Bandiera, Via Divisi und Ballarò – zum Einkaufen kommen, rannten verstört davon; vor den Läden rollten die Verkäufer flink die ausgebleichten Markisen ein. Auf den Höhen von Altofonte, die man am Ende der Via Oreto sehen kann, zerteilten Blitze den Himmel. Ich kam langsam voran, eingeklemmt zwischen anderen Autos, Bussen, Motorrädern, halbtaub vom Lärm der Hupen und Signale.

Von den Mauern und Palisaden, die eingestürzte und baufällige antike Paläste umgeben, zerrte und riß der Wind die schwarzgeränderten Todesanzeigen für die letzten Opfer der Mafia ab: am Abend des dritten September wurden der Präfekt Dalla Chiesa, seine junge Frau und der Fahrer in der Via Carini von den Schüssen einer *Kalaschnikow* durchlöchert. Bis zu diesem heutigen siebenundzwanzigsten September ist die Zahl der Toten auf den Straßen von Palermo schon auf mehr als hundert angestiegen. Es beginnt zu regnen, der Regen fällt heftig, in dicken

Tropfen. Vom Asphalt und von den Mauern löst sich ein unerträglicher Gestank. Das Wasser rinnt in kleinen Bächen an den Rändern der Bürgersteige entlang, Papier und Unrat vor sich hertreibend, verstopft es die Gullys. Es reißt alles mit, wäscht, löst Verkrustungen, Flecken. Jetzt glänzen die Schaufenster und die Ladenschilder, wo Schuhe, Stoffe, Hochzeitskleider und Bonbonnieren verkauft werden ...

In der Via Oreto scheint man trotz Regen wie durch Rauchschwaden einer Bratküche zu laufen. In Kesseln voll schwarzem Öl braten *panelle*, Kroketten, *arancini*, Milz und Lunge; über der Holzglut rösten gefüllte Gedärme, Eingeweide und Knorpel auf langen Holzspießen; in riesigen Aluminiumtöpfen werden Haxen, Ohren, Schnauzen, Kartoffeln, Artischocken und Zwiebeln gekocht ... Das arme Palermo nährt sich von Kindheit an von diesem Gebratenen, Gerösteten, Gekochten. Von den ersten Morgenstunden an verzehren Taschendiebe, Dealer, Verzweifelte aller Gattungen, gerade den Kellern entronnen, stehend Brot mit *panelle*, Brot mit Milz, von Fett triefend; sie kauen an in Pfeffer und Salz getauchten Knorpeln; sie verdrücken mit gelblichem Fett bedecktes gekochtes Fleisch. So ernähren sich diese Knaben, die nie erwachsen werden, oft sind es Mörder; aber das ist ihre einzige Möglichkeit, um auf der Straße die Mutter wiederzufinden, die ihnen das Essen kocht, einen Burschen als Mutter, mit finsterem Blick, eine Mutter mit Schmerbauch und Schnurrbart.

Endlich erreiche ich die Autobahn und fahre

schnell in Richtung Caltanissetta; bei diesem heftigen und erfrischenden Regen, diesem Gewitter, welches das Ende des Sommers besiegelt. An der Abzweigung nach Capo d'Arso verlasse ich die Autobahn. Hier ändert der Fluß Imera seinen Namen und heißt Fiume Salso, ein infernalischer Fluß, schlammig und dickflüssig, ein Fluß aus Schwefel, Steinsalz, aus Kalisalzen fließt er in tiefsten, gewundenen Schlünden eingeschlossen, bevor er in Licata ins Mittelmeer mündet. Hier liegt das Zentrum der Insel, das Herz der Schwefelgruben, die sich bis in die Gegend von Girgenti erstrecken: das Herz der tausendjährigen Sklaverei, der Qualen und Schmerzen. Geschlossene, verlassene Schwefelgruben werden auf den nackten und gipshaltigen Hügeln, auf den Kalksteingipfeln sichtbar. Wie eine Welle überkommt mich die Erinnerung an die Seiten der Geschichtsschreiber, Ökonomen, Politiker, Erzähler, der Dichter, die über den Schwefel geschrieben haben. Und mehr als alles andere geht mir dieser Vierzeiler aus Dantes *Paradiso* nicht aus dem Kopf, die Vision eines entfernten, unterhalb des Betrachters liegenden Sizilien, schwefelig, vom Schirokko gepeitscht, schwarz und dampfend:

E la bella Trinacria, che caliga
tra Pachino e Peloro, sopra 'l golfo
che riceve da Euro maggior briga,
non per Tifeo ma per nascente solfo ...

Der Regen läßt nach, der Himmel beginnt sich aufzuhellen. Ich fahre ungeduldig in Richtung Riesi und Mazzarino auf einer leeren Straße, wo man ab und zu einem Lastwagen oder einem Auto begegnet. Auf beiden Seiten die Hügel, die nackten, gelben Felder, verlassen, als hätten sie nach dem großen Brand, der Erschöpfung einer viermonatigen Trokkenheit, gierig diesen kurzen, heftigen Regen eingesogen und seien wie neugeboren, satt und glänzend ins Leben zurückgekehrt.

Jetzt wird auf dieser Erde plötzlich wieder Gras sprießen, werden Blumen wachsen. Dieses Wasser ist wie das Wasser der »Forzatura«, das »Aufbrechen«, das im Sommer in den Zitronenhainen durchgeführt wird; dabei wird den Pflanzen so lange das Wasser entzogen, bis sich die Blätter aufrollen, bis sie fast vertrocknet zu Boden fallen. Jetzt wird der »leidende« Baum »wiedererweckt«: die Teiche werden geöffnet, das Wasser fließt in Rinnsalen, die Mulden rund um die Bäume füllen sich mit Wasser. Dann treiben die Knospen, öffnen sich die Blüten, wächst die grüne, saure, unnatürliche Frucht außerhalb ihrer Zeit. Die Zeder, zum Beispiel, die Mondzeder, wird bei Vollmond bewässert. Die Wirkung dieses Wassers ist wie eine »Vergewaltigung«, genauso wie bei einer bestimmten Sorte Marsala ein chemischer Prozeß die plötzliche Alterung hervorruft. Es handelt sich um eine Schockwirkung, wie der Insulinschock, mit dem die sogenannten Geisteskranken behandelt wurden; sie wurden bis zum Koma, an den Rand des Todes gebracht, und von da kehrten sie unter Angst- und Entsetzensschreien zurück.

Und existiert auf dieser Insel irgend etwas, das nicht *Aufbrechen, Vergewaltigen* ist? Führt hier nicht alles an den Rand des Lebens, des Wahnsinns? Alles, was nicht stürzt, nicht zerfällt, nicht stirbt, ist wie die Sommerzitrone, die Mondzeder, ist eine saure, unnatürliche Frucht, voller Saft und voller Duft; ist schmerzhafte Weisheit, verzweifelte Intelligenz.

»Und so reifte meine Seele, die noch herb war, heran«, sagt Mattia Pascal.

Comiso

Ich weiß nicht warum, jedesmal, wenn ich nach Sizilien zurückkehre, habe ich Lust, die Insel zu durchstreifen, möchte jedes Kap an der Küste umfahren, ins Innere vordringen, in Städten und Dörfern, in Weilern und abgelegenen Ortschaften rasten, ich möchte alte Bekannte wiedersehen und neue Menschen kennenlernen.

Lust, Sucht, die mich daran hindern, an einem Ort zu verweilen? Ich weiß es nicht. Doch ich glaube, daß es eine Art Abschied ist, ein Verlangen, die Insel zu sehen und zu berühren, ehe eines von uns beiden verschwindet.

So kam ich also dieses Jahr auf meiner Rundreise nach Comiso. Ich kam dort Anfang August an, als Pazifisten aus allen Ländern hier zusammenkamen, um den Flughafen für die *Cruise Missiles* zu blockieren.

Frühmorgens fuhr ich zum Haupttor des Flugfeldes, um die Blockade zu sehen. Es waren nicht mehr als dreihundert junge Leute da, sie hockten in zwei Reihen im Halbkreis auf dem Boden. Sie wollten verhindern, daß Lastwagen, Mischmaschinen und Arbeiter auf das Flugfeld gelangten.

Es war August, doch um sechs Uhr morgens war es kühl, und alle trugen Pullover, dicke Jacken und auf ihren Lockenköpfen bunte Mützen. Einige trugen weiße Overalls oder Kittelblusen, und auf Brust und Schultern hatten sie große, scharlachrote Kreuze gemalt. Die Mädchen trugen bestickte indische Jäckchen mit Spiegelchen oder die palästinensische *Kufia* über den Schultern.

An der Ziegelmauer, über die Stacheldraht und eine Reihe von Eukalyptusbäumen mit zerzausten Kronen ragten, hingen Transparente oder standen mit Kreide geschrieben die Losungen: »Frieden«, »Amsterdam gegen Militarismus«, »Nuklearwaffen – Hochsicherheits-Gefängnisse – Das ist der Krieg gegen die Proletarier«, »Wir wollen leben, wir wollen lieben, wir sagen nein zum Atomkrieg«.

Alle waren noch vom Schlaf benommen. Polizisten und Karabinieri hatten am wenigsten geschlafen; wer weiß zu welcher Nachtzeit sie in ihren Kasernen in Ragusa oder Catania den Befehl erhalten hatten, loszufahren. Auch sie waren jung, auf ihren khakifarbenen und blauen Uniformen leuchteten weiß die Schulterriemen und Koppeln, sie hatten sich vor dem Tor aufgestellt und waren bereit, jene anderen jungen Leute, die im Halbkreis auf dem Boden hockten, zu überwältigen. Die anderen aßen, reichten Flaschen, Tomaten, Feigen und Trauben herum.

Ich lief über den Platz aus gestampfter Erde und Stoppeln, schritt den ganzen Halbkreis aus und schaute mir die jungen Gesichter an, ich wollte sehen, wer von ihnen von der Insel war, ob ich jemanden erkannte. Aber ich erkannte niemanden; sie schienen alle aus einer Gegend zu kommen, von der ich nichts wußte. Und ich fühlte mich fremd, so als ob sich zwischen mir und ihnen eine Kluft aufgetan hätte, ein leerer, zeitloser Raum, als ob ich aus einer unendlichen Vergangenheit oder einer unermeßlichen Entfernung an diesen Ort gelangt wäre, oder als ob sie plötzlich aus dem Nichts gekommen wären. In diesem Augenblick hörte ich, wie wiederholt nach mir gerufen wurde. Und einige Leute aus meinem Dorf, das da an den Felsen der Nebroden liegt, Kinder und Enkel alter Freunde oder Genossen, kamen mir entgegengelaufen. Es waren Aldo, Antonella, Francesco, Rino, Grazia, Saro. Sie begrüßten mich herzlich, und ich fragte, ob sie etwas bräuchten, ob sie zu essen und einen Schlafplatz hätten. Sie lachten, wie sie über einen stets besorgten Vater gelacht hätten. Doch war das vielleicht bloß meine Art, ihnen zu sagen, daß sie die Leere ausfüllten, die mich von diesem Ort ferngehalten hatte, daß sie etwas zusammenfügten, was zerbrochen war.

Betonmischmaschinen und Lastwagen mit den Arbeitern kamen angefahren, die entschieden Einlaß verlangten.

»Hinlegen, auf den Boden, den Eingang blockieren!«

Einige von den jungen Leuten gingen auf eine Gruppe von Arbeitern zu. Die Arbeiter sagten, am Abend müßten sie ihren Kindern etwas zum Essen vorsetzen, welches Recht nahm sich da irgend jemand heraus, ihnen die Arbeit zu verbieten? Ruhig erklärten ihnen die jungen Leute, daß sie sich bloß bis zum nächsten Abend um das Leben ihrer Kinder sorgten, bis zum morgigen Tag, daß sie dabei aber an ihrem Tod mitarbeiten würden. »Was für ein Tod? Was denn für ein Tod?« antworteten die Arbeiter. »Wir graben bloß, bauen Wohnungen, kleine Häuser, eine Kirche auf dem Flugplatz.« »Aber begreift ihr das nicht, begreift ihr denn nicht?« sagten die jungen Leute.

Inzwischen hatten sich noch mehr Menschen eingefunden, Politiker, Pfarrer, ein Abt aus Rom, der von seinem Amt suspendiert worden war. Und es kamen weitere Autos, Jeeps und Lastwagen der Polizei, sie wurden unter den Eukalyptusbäumen, zwischen einem Weingarten und einem Maisfeld, in den Schatten gestellt. Auch der Polizeichef war eingetroffen, ein kräftiger Mann, er trug Jackett und Krawatte, eine Brille mit Metallgestell, sein Haar war weiß. Er sagte, er müsse auf das Gelände, müsse nach Rom telefonieren. Alle schrien »Nein, nein!« und schlossen die Reihen vor dem Tor noch enger. Die Soldaten sprangen von den Lastwagen und aus den Polizeiautos und stellten sich mit Helmen und Schilden am Rand des Platzes auf, sie hatten die Brotbeutel umgehängt und die Knüppel in der Hand und standen im Schatten der Bäume, der Eukalyptusbäume mit den schütteren, zerzausten Kronen und den fasrigen, da und dort entrindeten Stämmen und Ästen. Diese Bäume sind schlimm, sie sind giftig wie Schlangen, spüren das Wasser überall auf und saugen es auf, das Land, auf dem sie stehen, verdorrt und verwüstet, Gräser und Büsche verbrennen.

Die Politiker begannen mit dem Polizeichef zu verhandeln, die jungen Leute skandierten ihre Losungen: »Von Sizilien bis Skandinavien – nein zum Warschauer Pakt, nein zu den Raketen.«

Die Sonne stand hoch und sengend, sog aus den Feldern den Dampf, der langsam in den reinen Morgenhimmel stieg. Die jungen Leute zogen ihre Jakken aus, ihre Pullover und Hemden, sie verlangten nach Getränken, nach Wasser. Die Politiker sprachen noch einmal mit dem Polizeichef, versuchten ihn zu überzeugen, das Gelände nicht zu betreten. Aber es war der Polizeichef, der die Politiker überzeugte, und jetzt versuchten diese, die jungen Leute zu überreden, einen Durchgang freizumachen und den Polizeichef passieren zu lassen. Hinter der Umfriedungsmauer, zwischen dem Stacheldraht, erschienen die *Chewing-gum*-kauenden Gesichter der Amerikaner, sie lachten und nahmen alles mit einer Filmkamera auf.

Mit Hilfe der Soldaten gelang es dem Polizeichef in seinem hellgrauen Anzug schließlich, die Menschenkette zu durchbrechen, das Gelände zu betreten und auf dem Flughafenareal zu verschwinden. Man hörte Schreie und Pfiffe, einige standen auf und erhoben Einspruch bei den Politikern. Die Soldaten am Tor nahmen Haltung an, legten die Hände an die Hüften, und die weiter hinten am Rand des Geländes aufgestellten klappten das Plastikvisier hinunter und hoben den Schild vor die Brust. Allmählich beruhigte sich die Lage wieder. Bleiern wie die Hitze, die schon über der Ebene lastete, legte sich jetzt allmählich über alle Friede und Erschöpfung.

Die Zikaden begannen zu zirpen, und ganz in der Nähe, hinter dem Maisfeld vor einem alten Gutshaus, konnte man einige Bäume erkennen, kompakte, hoch aufragende Pinien und breite, wie Springbrunnen auseinanderfallende Palmenkronen; es war wie der Traum von einer Oase. Die jungen

Leute unter der Sonne zogen immer mehr Kleidungsstücke aus, sie verlangten nach Essen, Trinken und Zigaretten. Auch die Soldaten standen nicht mehr so stramm, sie lockerten ihre Gürtel und knöpften die Hemden auf.

Es passierte nichts mehr. Die Zeit schien stillzustehen. Bald verbreiteten Taschenradios und Recorder Musik, die Mädchen und die Burschen standen auf und wiegten sich im Rhythmus, tanzten. Tanzend rückten sie näher an die Soldaten heran, die lachten und sich wehrten. Die Amerikaner hinter der Mauer waren verschwunden. Vor dem Tor und auch weiter hinten versuchten die Mädchen Karabinieri und Polizisten in ein Gespräch zu verwickeln. Inzwischen wurde Essen gebracht, Getränke und Zigaretten, alles verschwand in Sekundenschnelle. Ich suchte die Leute aus meinem Dorf, fand sie am Boden sitzend und redend, sie hatten weder belegte Brote noch sonst etwas zu essen oder zu trinken. Da rannte ich zu meinem Wagen und fuhr schnell nach Comiso.

Als ich zurückkam und mit den Vorräten zu den jungen Leuten ging, sah ich den Polizeichef unter den Eukalyptusbäumen bei den Polizeiautos stehen, er war rot im Gesicht, brüllend erteilte er Befehle. Sofort setzten sich die Soldaten in den hintersten Reihen mit Helmen, Schutzschilden und Knüppeln in Bewegung. Sie griffen die jungen Leute von hinten an. Auch die, welche vor dem Tor aufgestellt waren, machten sich über sie her, ließen ihnen nicht einmal die Zeit aufzustehen. Sie droschen mit ihren Gummiknüppeln auf die Köpfe, die nackten Rücken, die

Arme der Mädchen und Jungen ein, die zwischen zwei Reihen von Soldaten eingekesselt waren. Man hörte sie schreien und klagen, und vom Boden wirbelte eine riesige Staubwolke auf. Nur wer ganz außen saß, schaffte es, aufzustehen und in das Maisfeld zu flüchten und sich darin zu verstecken. Inzwischen wurde Tränengas eingesetzt, am Himmel bildeten sich Wolken. Die Soldaten verfolgten und prügelten alle nieder, Junge und Alte, Abgeordnete, Ärzte und Krankenpfleger, Journalisten und Fotografen. Wie versteinert stand ich da und schaute zu. Ich sah eine schöne Frau, sie wurde zu Boden geworfen und verprügelt, einen blutjungen Soldaten, der sich hinkniete und weinte, einen Polizisten, der schießen wollte, während ihm ein anderer mit Fußtritten gegen das Handgelenk die Waffe aus der Hand schlug ... Ich sah, wie sie die Gefangenen an den Haaren zerrten, mit Fußtritten und Stößen auf die Polizeiwagen trieben.

Erstaunt hörte ich mich schreien: »Antonella, Rino, Saro ...« Doch in diesem Augenblick rannte eine Gruppe Soldaten auf mich zu, die hinter den Flüchtigen her war. Im Laufschritt erreichte ich meinen Wagen, und sofort danach kamen die Leute aus meinem Dorf, blutend, blaß, verwirrt. »Los, wir hauen ab«, sagten sie. Im Wagen erzählten sie: »Sie haben Grazia, sie haben Francesco.« Neben mir Antonella, zart und dünn, mit blutüberströmtem Hals; im Spiegel sah ich Saro, Aldo und Rino mit nacktem Oberkörper, darauf hatten die Knüppel geschwollene rote und violette Striemen hinterlassen. »Hast du Wasser?« fragten sie mich. Sie fanden die Plastiktüte mit einer Flasche und tranken gierig daraus. Antonella begann plötzlich zu schluchzen, sie weinte und konnte nicht mehr aufhören.

Im Dorf kauften wir Alkohol, Verbandmull und Jodtinktur. Rundherum auf dem Platz, vor einer Kulisse aus Prachtbauten, wurden Cafés, Konditoreien, Tabakläden, Papier-, Buch- und Zeitungshandlungen, Parteilokale, Klubs, Genossenschaften, Banken und Büros geöffnet ... Hinter diesen Kulissen ragten zu beiden Seiten des Platzes auf gleicher Höhe, symmetrisch oder räumlich perfekt entgegengesetzt, die hohen Kuppeln der beiden Barockkirchen, Santa Maria della Matrice und Dell'Annunziata, auf.

Im Café Diana, im Schatten der Arkaden von Donna Pippa, warteten wir wie gelähmt auf eine Nachricht von Grazia und Francesco.

Noch mehr junge Leute kamen auf den Platz, Römer, Venetier, Deutsche und Holländer, alle verwundet, gezeichnet von den Striemen der Knüppel. Sie setzten sich auf die Stufen des Brunnens, auf die Türschwellen der Häuser, in die Cafés, sie tranken und redeten aufgeregt miteinander. Aber die Bewohner von Comiso schienen verschwunden zu sein; bloß die Alten waren da, sie saßen weiter hinten auf dem Platz und folgten mit ihren Stühlen langsam dem spärlichen Schatten. Stunden später kamen Grazia und Francesco, sie sagten, man habe sie auf das Gelände gefahren, dann in die Kaserne, verhört, ihre Personalien aufgenommen und unter der Bedingung, daß sie aus Comiso verschwanden, wieder freigesetzt.

Ich verließ sie, riet ihnen, nach Hause zu gehen, denn, was Comiso betraf, war die Regierung in Rom ohnehin entschlossen, nicht lockerzulassen, sie wollte die mit den USA getroffenen Abkommen um jeden Preis einhalten. Ich flüchtete aus Comiso, fuhr auf der Straße Richtung Modica nach Ispica. In den engen Kurven an den Hängen der Monti Iblei hinter Comiso quietschten die Bremsen. In einer dieser Kurven hielt ich an, dort bildeten die Felsen eine Art Balkon, der von Johannisbrotbäumen beschattet war, von dort konnte man das ganze Dorf überschauen. Ich sah das Gewirr der Gassen, die Plätze, die alten, niedrigen Häuser, die unzähligen Kirchen, das Schloß, die neuen Häuser am Rande des Dorfes wie kleine Wolkenkratzer und im Hintergrund die Raketenabschußbasis. Vom Dorf stieg eine gelbliche Wolke in den Himmel, Smog aus den Plastiküberdachungen der Gewächshäuser und von den Abfällen, die irgendwo brannten.

Nach einem kurzen Aufenthalt in Modica (angezogen vom Klang einer Orgel, betrat ich über eine hohe Treppe eine Kirche. Drinnen war niemand, ich sah nicht einmal den Organisten auf dem Chor, und unter der Decke, über dem Hauptgesims, flogen von einem Fenster ohne Scheiben zum nächsten die Schwalben) erreichte ich kurz vor Sonnenuntergang Cava d'Ispica. Ich ging den Weg entlang, der ein gutes Stück am Rand einer steil ins tiefe und langgezogene Tal abfallenden Felswand verläuft; hier befinden sich jene tausende, von Menschen in die Felsen gehauene Grotten, Behausungen, Kirchen, Nekropolen aus der Vorzeit, aus der ältesten Geschichte der Sikuler, der Griechen, Römer und Byzantiner und auch aus späterer, noch nicht weit zurückliegender Zeit. Der Weg ist von blühenden Agaven, von Oliven, Feigenbäumen, von Pistazien und Johannisbrotbäumen gesäumt.

Ich erreichte die byzantinische Nekropole, sie lag wie der Königspalast von Argos auf einer alles überragenden Plattform, die Gräber waren rechteckig in den Kalkstein gehauen. Teils zum Spaß, teils auch, weil ich Ruhe und Kühlung suchte, legte ich mich in ein Grab. Auf dem Rücken liegend schaute ich in den Himmel, der wechselte seine Farbe vom Rot ins Violett und verfinsterte sich allmählich.

Eine Mondsichel kam zum Vorschein, und mir fielen, wer weiß warum – ich habe das Melodram nie geliebt –, die süßen Akkorde von Bellini ein und die Worte aus Normas Gebet: »Casta diva, che inargenti/ queste sacre, antiche piante ...« – »Keusche Göttin, streuest Silber über diese alten, heiligen Pflanzen ...«

Verteidigungsschrift des Basilio Archita

Ich weiß, was es heißt, zerfleischt zu werden, einmal habe ich die Zähne von drei Hunden, wild wie die Hyänen, im Oberschenkel und an den Rippen gespürt. Und die Krallen der Pfoten, die mir Badehose und Hemd zerrissen und das Fleisch zerfetzten. Einen packte ich am Hals und hielt ihn von meinem Gesicht fern, und auf die beiden anderen, die sich knurrend am Bein und an der Hüfte festgeklammert hatten, schlug ich mit dem Stock ein. Ich wollte aufgeben, mich auf den Boden werfen, ich hatte einen beißenden Geschmack im Mund. Es war im Sommer, vor uns Camarina. Ich lag mit einem Mädchen aus dem Feriendorf am Strand, ihren Namen weiß ich nicht mehr: ich wechselte ständig von einer Ausländerin zur nächsten. Diese Deutsche wollte in der Sonne des frühen Nachmittags die Ruinen besichtigen, und mit dem Buch in der Hand ließ sie keinen Stein, keine Säule, keine Mauer und kein Grab aus. Dann badeten wir an der Mündung des Ippari und beschmierten unsere Körper ganz mit dem kupferfarbenen Schlamm, wir sahen aus wie Tonfiguren oder Marsmenschen.

Als es dunkel wurde, stieg ich auf den Erdwall und ging zwischen den Sanddünen, wo die Gewächshäuser stehen (Berge aus Plastik, aus Abfällen, über die sich der Verwesungsgeruch der Düngemittel wie fettiger Staub ausgebreitet hatte). Ich beugte mich gerade zwischen dem Gestänge der Gewächshäuser hinab, als plötzlich die mageren Tiere auftauchen und mit den Zähnen fletschen. Sie hätten mich zerfleischt, wenn nicht so ein Dreckskerl, einer der Besitzer oder Aufseher gekommen wäre und sie zurückgerufen hätte. Zerfetzt wie Lazarus fuhr ich mit dem Mädchen auf meiner Suzuki ins Krankenhaus von Pozzallo. Denn ich bin von dort, aus Pozzallo, ich heiße Basilio Archita und bin zwanzig Jahre alt. Es wäre eine lange Geschichte, zu erzählen, wie ich auf diesem griechischen Schiff gelandet bin. Jedenfalls hat ein Maschinist dabei eine Rolle gespielt, den ich auf einer früheren Fahrt von Ortygia nach Piräus kennengelernt hatte. Denn, außer den einen Winter, wo ich es in Mailand versucht habe, habe ich immer als Matrose gearbeitet.

Es sah aus, als läge in Mailand das Geld auf der Straße, aber nach der Miete, dem Geld für Essen und Kleidung, und wenn man sich ein bißchen amüsierte, war es auch schon wieder weg. Dazu arbeitete man noch ohne Genehmigung und bloß wenige Tage im Monat, wegen des Regens, wenn der einmal einsetzt, hört er nicht mehr auf: wie soll man da die Gerüste an die Häuserfassaden montieren? Da blieb ich in meinem Zimmer in der Pension in der Via Lazzaretto, rauchte und hörte Tonband (im Eingang war eine Tafel, was darauf geschrieben stand, weiß ich auswendig, weil ich es so oft gelesen habe: »Dieses Haus wurde auf dem Gelände des alten Lazaretts erbaut«: was war das, ein Hospiz oder das Haus eines Mannes, der, wie ich in Camarina, von Hunden zerfleischt worden war?). Was tun, ohne Geld? Ich konnte nicht einmal ins »Notte blu«, und dabei ist die Diskomusik das Wichtigste für mich. Ich bin gut.

Einmal haben alle aufgehört zu tanzen, um mir zuzuschauen, und zum Schluß haben sie geklatscht. Deswegen. Ich habe gesehen, was in dieser Gegend lief, ich bin herumgekommen, war in New York und Singapur. Dann fuhr einer im Mercedes mit Telefon und TV bis unter meine Pension, um mich abzuholen. Ich erzähle das, weil mir später auf dem Schiff fast genau das gleiche passierte.

Mit dem dritten Offizier. Vom ersten Augenblick an, als ich das Schiff betreten hatte, nörgelte er an mir herum, an den langen Haaren, am Ohrring, an meinen Kettchen und Armbändern. Er zog daran, als wolle er sie mir wegreißen. Ich war ruhig, aber auf einmal bekam der so einen Blick, wie besessen, er wurde blaß im Gesicht, und auch seine Arme schienen immer kürzer zu werden. Diese Griechen haben, im Vergleich zum Oberkörper, meistens kurze Arme, Ärmchen wie Känguruhs. Er kommandierte mich herum, ließ mich nicht in Ruhe. Ich war sein persönlicher Diener. Auf diesen griechischen Schiffen gibt es keinen Arbeitsvertrag, keine Arbeitszeiten, und es ist nicht geregelt, wer wofür zuständig ist. Und der Koch, ein riesiger Mann mit kahlem Schädel, den selbst seine Landsleute nicht verstanden, wenn er griechisch redete, der warf mir, wenn ich zum Abendessen in die Kajüte des Offiziers ging, die Hammelbrocken auf den Teller und brüllte und drohte mir mit dem Messer. Daran hatten alle ihren Spaß, und mehr als alle anderen dieser Philippos, der schlimmste, der größte Hurensohn, ein unverbesserlicher Wichser, der immer Pornohefte las. Das ging bis Kreta so weiter, bis Zypern, bis zum Suezkanal und dem Roten Meer. Einmal am Nachmittag (ich hatte geduscht, die Haare gewaschen und mich wie immer im Schiffsheck zwischen Tauen und Rettungsbooten versteckt) habe ich mich in der Badehose auf einer Matte ausgestreckt, mit Walkman, Kassettenrecorder und den Kassetten von Vasco Rossi und den Duran Duran; »Cronaca Vera« und »Superman«, den Marlboros, zwei Orangen und einer kalten Cola: ich hatte alles. Die Sonne knallte herunter, aber mir machte das nichts, ich habe eine dicke Haut. Bloß die Augen, vielleicht, weil sie hell sind, waren wie beschlagen. Ich sah wie durch einen Schleier zwischen zwei Rettungsbooten eine Scheibe vom Meer und vom Himmel. Der war blau wie das Metallicblau der Alfettas. Über mir flogen die Vögel im Kreis, weit draußen im Wasser fuhren Tanker vorbei, Kriegsschiffe, und in der Nähe schnellten die Fische hoch, Flossen tauchten auf, vielleicht waren es Menschenhaie. Dieser Anblick erinnerte mich an die Bestien von Camarina, und ich spürte wieder, wie an jenem Tag, die Angst, den beißenden Geschmack im Mund. Ich prüfte und berührte die häßlichen Narben und Kratzer auf dem Oberschenkel und über den Rippen. Etliche Riffe kamen zum Vorschein, vielleicht fuhr das Schiff deshalb so langsam, als wäre es aufgelaufen, zwischen Korallen und Sandbänken gestrandet; und das Schiff sah aus, als ob es wachsen würde, immer höher und größer, wie eine Felseninsel mitten im unbeweglichen Meer, ausgehöhlt, mit Treppen, geheimen Passagen und Gängen, und die Kabinen wurden wie Zellen, ohne Türen, ohne Bullaugen, nur mit Luftlöchern und Luftschächten, drinnen saßen der Kapitän und alle Offiziere, auch der Dritte, der hysterische, der mich schikanierte und herumkommandierte, der Koch, Maschinisten und Matrosen, auch Philippos und die Pakistani mit dem falschen Lächeln, das ihre eisernen Zähne entblößt. Und ich allein war frei, ich auf dieser kleinen Terrasse über dem Schiffsheck und vielleicht auch noch der Schiffsjunge, dieser arme Teufel, ein Neger aus Kenia. Ich schälte mir also mit dem Messer eine Orange, hörte den Vasco, *Voglio una vita spericolata* ... »Ich will ein gefährliches Leben, ein Leben wie im Film / will im Leben etwas wagen / will ein Leben wie Steve McQueen ...«, da sehe ich über mir den Offizier, blaß, mit schwarzen Bartstoppeln, die besessenen Augen, noch größer als gewöhnlich, und unter den Achseln die Schweißränder.

Ich rühre mich nicht von der Stelle, liegend schaue ich zu ihm auf, ich bin ruhig. Auf der anderen Seite taucht das grinsende Gesicht von Philippos, diesem Hurensohn, auf.

Der Offizier brüllt, er hebt meine Zeitschriften vom Boden auf und läßt sie ins Meer flattern, dann tritt er mir mit den Füßen in die Hüfte und gegen die Rippen. Ich bin rasend vor Wut, mir wird schwarz vor den Augen. Ich schnelle hoch und stoße ihm das Messer in die Wade.

Wir trugen ihn in die Kabine, ich und Philippos, den er gleich fortschickte, ihm jedoch befahl, über das Vorgefallene den Mund zu halten. Er versprach mir, mich weder beim Kapitän noch in Piräus bei den Behörden zu verklagen. Daß ich aber immer an die Wunde denken solle und an Philippos, den Zeugen.

Er hatte schadhafte Zähne, voll Zahnbelag. Das ist alles. Von jenem Tag an behandelte er mich übertrieben gut, er sagte, mein Name und mein Nachname seien griechisch, und fragte, warum. Wie soll ich das wissen? Ich bin in der Nähe von Syrakus geboren. Er meinte, daß ich John Travolta gleiche, nannte mich Alkibiàdes und mit noch einem anderen, amerikanischen Namen, Billy, Billy Budd (das war ein Idiot); er sprach dann auch von einem anderen Griechen, Kavafis, und sagte Gedichte auf, wie ein Pfarrer beim Beten.

Das erzähle ich nur, damit klar wird, daß mich der wahnsinnige Idiot erpreßt hat, daß er mir mit der Drohung, mich zu verklagen, dauernd die Klinge an die Gurgel gehalten hat, sonst hätte ich nämlich für diese unglückseligen Neger ... Ich weiß, was es heißt, zerfleischt zu werden. Und dazu noch im Meer ...

Ständig die Drohung, mich beim Kapitän zu verklagen. Ihr könnt Euch nicht vorstellen, was das für einer war. Bis Mombasa habe ich ihn nie zu Gesicht bekommen. Oder besser, die wenigen Male, die er seine Nase aus der Kabine steckte oder die ich ihn von weitem sah, bog ich um die nächste Ecke. Er hatte gewelltes, pomadeglänzendes Haar, zwei dicke, gebogene Brauen und darunter zwei Augen, die in die Ferne blickten, ins Unbestimmte, hinter die Dinge und die Personen. Er war untersetzt, und sein Gang war so steif, als hätte man ihn eingeschnürt. Er hatte schmale Lippen und entblößte nie die Zähne. Man wußte, daß er nie sprach, kaum die Lippen bewegte, keinen Laut von sich gab, wenn er den Offizieren einen Befehl erteilte, und er verlangte, daß man ihn verstand. Ansonsten brüllte er oder bellte wie ein Hund. Es war der reinste Terror. Abgesehen davon, auch mit den anderen war es kein Honigschlecken, mit den Offizieren, dem Zweiten, dem Dritten und dem Koch. Und auch mit den Matrosen, sogar mit den bärtigen Pakistani war nicht zu spaßen. Schon beim ersten Mal, als ich ein Schiff als Schiffsjunge betrat, habe ich gemerkt, daß alle, ein paar Tage nach der Einschiffung, anfangen, seltsame Sachen zu denken und zu tun. Wie auf den Inseln. Wie auf Lampedusa, wo wir einmal im Winter mit dem Fischkutter anlegen mußten. Die Inselbewohner sahen traurig aus, abwesend oder wie von der Tarantel gestochen. Da war auch eine Frau, die immer an der Mole saß und stumm auf den Horizont starrte.

In Mombasa also, im Hafen von Kilindini. Drei Tage lang haben wir im Laderaum geschuftet, Waren aus- und eingeladen. Der Kapitän stand stocksteif oben an der Schiffsluke, daneben der zweite Offizier, und er erteilte auf seine Art Befehle oder kommandierte uns bloß mit Handzeichen. Ich weiß nicht, welche Waren in Mombasa ein- und ausgeladen werden, ich habe nur Container und Säcke gesehen, die wir mit Seilschlingen umwanden und am Kran befestigten: mir ist es egal, ich habe gelernt, mich um meinen eigenen Kram zu kümmern, mich interessiert nur ein guter, sicherer Lohn.

Am letzten Abend habe ich geduscht und mir die

Haare gewaschen, meine Rifle angezogen, die Bomberjacke von Armani und die Timberland und habe den Dritten um Erlaubnis gebeten, von Bord zu gehen: wie gesagt, meine einzige Leidenschaft ist der Tanz. Ich fragte nach einem Bus ins Zentrum, und man nannte mir die Avenue Kenyatta. Ich fragte auch nach einem Tanzlokal, und man schickte mich in den »New Florida Night Club«: so ein Luxusschuppen, voll Fremder, Deutsche, Engländer, Amerikaner, Japaner. Ich hätte gern ein paar schöne Negerinnen kennengelernt, doch schwarz waren da nur die Kellner. Auch viele Italiener waren da, und eine Gruppe hat mich an ihren Tisch eingeladen. Lauter bessere Leute, Ärzte, Ingenieure aus Mailand, Brescia, Turin. Die Frauen waren um die vierzig, aber schön, elegant und vollbehangen mit Schmuck. Es machte ihnen Spaß, nacheinander mit mir zu tanzen, und sie boten mir Sandwichs, Obst und Champagner an. Das ist alles. Danach begleiteten sie mich sogar in einer Kolonne von Landrovern bis Kilindini. Auch sie reisten am nächsten Tag weiter, nach Nairobi zur Safari. Die eine, die neben mir saß und sich an mich klammerte, sagte, ich solle doch mitkommen. Aber das ging ja nicht. Jedenfalls gab sie mir ihre Mailänder Adresse.

Ich erzähle das, damit klar wird, daß ich in jener Nacht an Land war und nicht bemerkte, wie und wann die blinden Passagiere an Bord kamen. Sie wurden auf der Fahrt nach Karatschi entdeckt. Philippos, dieser Hurensohn, hat sie als erster bemerkt. Er war ein Spürhund, überall hat er seine Nase hineingesteckt und auch die Augen. Er stöberte die

Neger im Laderaum auf und meldete die Sache persönlich dem Kapitän. Es gab einen Mordskrach. Die Schiffsluke wurde geöffnet, und die ganze Besatzung stand da oben und schaute erstaunt hinunter auf diese Überraschung. Wir schrien alle auf einmal los. Da unten liefen sie gebückt, aneinandergeklammert los und drückten sich in die engen Lücken zwischen den Containern. Zusammengepfercht blieben sie dort stehen und schauten mit ihren weißen Augen herauf. Der Kapitän befahl Ruhe, dann begann er, auf englisch Fragen zu stellen, er flüsterte sie dem zweiten Offizier ins Ohr, und dieser brüllte sie mit Hilfe eines Megaphons hinunter: »Wer seid ihr? Woher kommt ihr? Wer hat euch aufs Schiff gelassen?« Die da unten blieben stumm, atemlos, alle auf einem Haufen, man verstand nicht einmal, wie viele es waren. Sie waren jung und einer von ihnen war sehr jung, knappe fünfzehn vielleicht, mager, hochgewachsen und zitterte wie eine junge Palme im Wind. Einige hatten Jeans mit ausgefransten Knien an, manche Unterhosen und zerrissene Hemden mit verblichenen Aufdrucken, Werbungen für ein Hotel oder ein Produkt. Dann wurde nach dem Schiffsjungen aus Kenia gerufen, und der Kapitän sagte ihm die Fragen, die er auf suaheli weitergab. Darauf brachte einer von unten nur: »kula, tafadhali« heraus, was »zu Essen, bitte« bedeutet.

Der Kapitän war wütend und befahl, sie an Deck zu bringen und in einen sicheren Abstellraum einzuschließen. Mit seinem steifen Gang kehrte er auf die Kommandobrücke zurück, gefolgt vom Zweiten und von dem Idioten, der mir Gedichte aufgesagt hat. Philippos, der schwachsinnige Koch und andere fingen die Neger und sperrten sie ein, dabei amüsierten sie sich wie die Cowboys mit den Indianern. Sie pferchten die Männer in eine stickige Abstellkammer neben der Kombüse, ein Loch, das schon vollgestopft war mit Geräten, Scheuermitteln und Giften gegen Mäuse und Kakerlaken: alle elf paßten stehend kaum hinein.

Dann gingen wir alle wieder an die Arbeit. Am Abend, nach der stickigen Hitze vom Tag, zog ich mich müde auf meine kleine Terrasse zurück, um mich zu erfrischen. Ich fror sogar, hatte eine Gänsehaut. Mir kam es vor, als fielen die Sterne auf mich herunter. Ich legte mich auf den Rücken und dachte über mein Leben nach, ich dachte an meine Mutter, an meinen Vater, der aus unserem Leben verschwunden war, ohne je wieder von sich hören zu lassen. Und da hörte ich es wimmern, es kam von unten, aus der Kombüse, wurde immer lauter, ein unerträgliches Jammern. Ich ging zum dritten Offizier. Der blieb stur, sagte, ich solle mich um meinen eigenen Kram kümmern, und befahl mir, schlafen zu gehen. Doch auch in der Kajüte und sogar über diesem schnarchenden Tier, Philippos, hörte man durch die Luke das Klagen. Ich konnte nicht einschlafen. Da drückte ich mir die Kopfhörer vom Walkman in die Ohren und habe schließlich doch geschlafen.

Am nächsten Tag ist dann alles passiert.

Früh am Morgen gelang es den armen Kerlen endlich, die Tür ihrer stickigen Abstellkammer aufzubrechen, und instinktiv stürzten sie sich in die Küche. »Maji, maji«, flehten sie, »Wasser, Wasser!«

und hoben die mageren, schwarzen Hände. Doch der Koch, dieser Schinder, und sein Küchenjunge stellten sich ihnen in den Weg, hielten sie mit den Messern zurück und schlugen Alarm. Die Neger wurden gefesselt und auf die Brücke neben die Schiffswand gebracht. Der Kapitän kam. Mit einem Gewehr in den Händen. Dieses Mal hat er geredet, das heißt, er hat gebellt, wie ein Wolf geheult und den Gewehrlauf auf die Neger gerichtet. Ihre Haut glänzte in der Sonne, in den Augen konnte man das Weiße noch deutlicher sehen, und ihre Lippen waren trocken und rissig. Dem mageren Jungen liefen die Tränen über die Wangen, aber der Gesichtsausdruck blieb unerschütterlich, so als würde er im Traum weinen.

Der Kapitän beriet sich mit den Offizieren; der zweite Offizier erklärte dann allen, daß man die Neger ins Meer werfen würde. Einige von uns haben aufbegehrt, »Nein, nein«, schrien wir. Der Kapitän richtete das Gewehr auf uns. Er brüllte seinen Entschluß auf griechisch, dann auf englisch. Der Schiffsjunge aus Kenia übersetzte seinen Landsleuten alles langsam auf suaheli. Die hörten ihm unbeweglich und abwesend zu und rührten sich nicht von der Stelle. Der Kapitän befahl, ihnen nur Schwimmwesten zu geben. Der Koch grinste aus seinem blöden Gesicht, der dritte Offizier mit seinen schlechten Zähnen grinste, und auch die Pakistani lachten mit ihren Eisenzähnen. Die gegen den Entschluß waren, sind weggegangen, ich bin schnell in mein Versteck am Heck. Ich warf mich auf den Bauch, setzte die Kopfhörer auf, und die Musik dröhnte in voller

Lautstärke in meinem Kopf. Wir waren acht oder neun Meilen von der Küste entfernt, wahrscheinlich auf der Höhe von Mogadischu, und das Schiff fuhr mit Volldampf voran. Ich kroch zwischen zwei Rettungsboote und schaute auf das Meer. Das hätte ich nie im Leben sehen wollen. Der rote Fleck breitete sich langsam aus.

Jetzt bin ich auf Anordnung der Justizbehörde hier in Piräus in einem kleinen Hotel. Der Richter hat mich schon verhört, aber ich weiß nicht, wieviel der verstanden hat. Ich kann nicht gut reden, mir fällt es leichter zu schreiben. Deshalb habe ich diese Verteidigungsschrift verfaßt, die ich meiner Botschaft übergebe, damit sie an die griechische Justiz weitergeleitet wird. Zuletzt möchte ich noch etwas hinzufügen: ich weiß nicht, ob ich mich jemals wieder auf einem griechischen Schiff einschiffen werde. Ich weiß nicht, ob ich mich jemals wieder einschiffen werde. Ich will jetzt nur weg von hier und diesen Sommer in meinem Dorf verbringen.

*Anmerkungen**

Theater

S. 9 Motto: »O Jesus Christus, wie kannst Du es dulden, / daß ich solch bitteren Todes sterben soll? / Schenk mir die Freiheit, mich zu verletzen / und voller Sehnsucht eil' ich in den Tod.«
Jacopone, *Wie die Seele das Entschwinden ihrer Liebe beweint.*

S. 13 *Rodomonte, Ruggero*: Figuren aus *Der rasende Roland*, von Ludovico Ariosto. Durch das sizilianische Puppentheater auf Sizilien sehr populär.

S. 27 Die Prozession des Signore dell'Olmo findet im Mai statt. Die kranken Kinder werden auf den Karren gehoben, wo sie geheilt werden sollen.

S. 30 ... *Knoten*: Das Sprachspiel ist kaum übersetzbar. Ausgehend vom italienischen Sprichwort, *Tutti i nodi vengono al pettine* (wörtlich: alle Knoten kommen unter den Webkamm), was etwa dem deutschen »Es ist nichts so fein gesponnen, es kommt doch endlich an die Sonnen«, entspricht, erweitert Consolo die Metapher: das Gewebe kommt vor lauter Knoten nicht mehr zustande.
Bucellati ist eine Art Hefekranz.

S. 34 *Zapatos de lona*: Segeltuchschuhe.

S. 38/39 Sprechen Sie französisch?
Ich spreche französisch.
Waren Sie in Frankreich?
Nein, ich war in Belgien, habe in den Minen gearbeitet.
...
Und Sie, sind Sie Amerikaner?
Nein, ich bin Ungar, aber ich wohne in Frankreich.
Ach, Frankreich, das Land von Proudhon und Victor Hugo!
Ja, von Proudhon, Victor Hugo und so manchen anderen ...

* Die Anmerkungen des Autors sind besonders gekennzeichnet, alle anderen stammen teils von der Übersetzerin, teils von Irmela Arnsperger, die auch die Übersetzung redigiert hat.

Sagen Sie, kam Kardinal Mazarin aus dieser Gegend?
Ich weiß nicht, hier hat es nie einen Kardinal gegeben, bloß Pfarrer, Mönche und Kapuziner. Die reichen uns! Auf Wiedersehen!
Auf Wiedersehen. Es lebe Frankreich!
Oh ... Es lebe die ganze Welt!

S. 40 Wenn ich einen halben Säbel hätte / oder auch eine Büchse / es gäbe lauter Trümmer / es gäb' ich weiß nicht was. / Wenn ich ein Töpfchen hätte / Knobel oder auch Salz / würd' ich eine Brotsuppe kochen / hätt' ich doch nur ein Brot. (Sizilianisches Volkslied)

S. 43 *Dreißigster April*: Anspielung auf den Volksaufstand bei der Ankunft Garibaldis im April 1860.

S. 44 In Ratumemi schon beim ersten Ausgang / verstreuten sich die Soldaten / die großen und die kleinen Kugeln / fielen dicht wie Hagelkörner / und der Bandit Peduncolo sagte zu Romano: / Lassen wir die Waffen und kämpfen mit der Hand.

S. 46 *Circolo Amicizia*: Klub des aufgeklärten Landadels und der Grundbesitzer.

S. 47 Sizilianische Spezialitäten: *cassata* ist ein Schichtenkuchen aus Biskuitteig und *ricotta* (eine Art Quark) mit kandierten Früchten, Schokoladenstücken und Orangenblütenwasser; *cannoli* sind mit *ricotta*, Schokolade und kandierten Früchten gefüllte knusprige Teigröllchen.

S. 60 *Cirneco*: Ein sizilianischer kleiner Jagdhund.

S. 61 ... *Unschuldslamm*: »*O cefaglione, cefaglione, o palma e giglio, o fiore di giummàrra!*« Wörtlich übersetzt: O du Zwergpalme, Zwergpalme, du Palme und Lilie, du Palmblüte!

S. 66 Alessio Di Giovanni, *La Sicilia*, Florenz 1925. (Anm. d. Autors)

S. 68 Francesco Lanza, *Almanacco per il popolo siciliano*, Rom 1926. (Anm. d. Autors)

S. 69 Alessio Di Giovanni, op. cit. (Anm. d. Autors) (*Li sciorti di furmentu si siminari*).
Für die einzelnen Getreidesorten gibt es im Deutschen kaum entsprechende Übersetzungen; in etwa: Zarter Weizen / Rispenkorn / Weißes Korn / Kräftiges oder borstiges Getreide / Grobes Korn / Gerste / Francisella-Korn / Feines Brotkorn / Riesenweizen / Märzkorn.

Majorca ist ein Korn, aus dem hochwertiges, weißes Mehl für Gebäck hergestellt wird. *Gurria* ist eine großkörnige Getreidesorte mit dicken, an den Spitzen schwärzlichen Ähren. *Urlia* ist ein zartes Getreide, eine Art Gerste. *Giustalisa* ist ein zartes Korn, aus dessen Mehl feines lockeres Brot gemacht wird. *Giganti* ist eine nicht genauer bestimmte Art von großkörnigem Getreide. *Tuminia* wird sehr früh ausgesät.

S. 70 Giuseppe Gesualdo, *Ove più impera il latifondo*, Florenz 1940. (Anm. d. Autors)

S. 72 Giuseppe Gesualdo, op. cit. (Anm. d. Autors)

S. 74 *Picciotto*: 1. Junger Mann (der lebhaft, frech und großzügig bis zur Skrupellosigkeit sein kann); so wurden in Sizilien jene Männer genannt, die sich den Banden von Garibaldi anschlossen. 2. Der unterste Grad in der Hierarchie der Mafia (abgeleitet von *piccolo*, klein). Zit. nach Devoto Oli, *Il dizionario della lingua italiana*.

S. 80 Mario Scelba war Innenminister in der ersten christdemokratischen Regierung nach dem Krieg, von 1947-53.

S. 81 Saatplatterbse und Märzkorn, / gedüngte Erde, und dann mach ich es schon.

Zu Katrein, / nimm den Sack und geh säen.

S. 82 Das Zeug ist da, aber es ist schlecht verteilt.

Den Ehrlichen frißt der Hunger.

Wenn Dir das Glück nicht hilft / wirf Dich zu Boden und sammle Schnecken.

Gegen die Gewalt richtet die Vernunft nichts aus.

S. 96 Hier läßt Consolo den Jungen den sizilianischen Ausdruck für Reiher: *aròi* benutzen.

S. 99 An der Brücke gibt's eine Geldquelle, / Bei Lànniri gibt's sieben Herden, / Sabucina biegt sich vor Gold, / Capodarso ist ein Goldkopf.

S. 109 *Cinquecento* ...: Es handelt sich um Zauberbücher. Mit Rutilio ist Rutilio Benincasa gemeint (1555-1626), Schriftsteller, Autor von *Il calendario perpetuo*, ein Zauberalmanach.

S. 111 Niemand scheint auf der Welt mit seinem Los zufrieden, / Und, obwohl er tausend Städte besitzt, wünscht er noch mehr.

Du siehst, daß alles vergeht; und allein die Tugend beständig ist, / Die Männer ewig macht und adelt.

Was nützen, o Unglücklicher, angehäuftes Silber und Gold, / wenn du danach von den Wassern der Unterwelt gequält wirst.

Wer auch immer zu Wasser oder zu Land Gold erworben hat, / Wäre ein Narr, wenn er die Macht des Himmels schmäht.

S. 114 »Ich will, daß Du mich wie einen Mann ehrst, nicht wie einen Gott.« Aischylos, *Agamemnon*.

S. 116 *Detrimentum ...*: Wenn der Mond verkommt, verkommt die gesamte Natur.

Personen

S. 123 »Alle meine Bücher sind in Wirklichkeit nur ein einziges. Ein Buch über Sizilien, das die wunden Punkte von gestern und von heute berührt und sich wie eine Geschichte der ständigen Niederlage der Vernunft entwickelt.« Leonardo Sciascia

S. 125 Der große Dichter aus Girgenti ist Luigi Pirandello.

Leonardo Sciascia war Sohn eines Schwefelgrubenarbeiters, Luigi Pirandello war der Sohn eines Schwefelgrubenbesitzers.

Mit den Personen wird auf Pirandellos Theaterstück *Sechs Personen suchen einen Autor* angespielt.

Picconieri und *carusi*. Schwefelgrubenarbeiter; *picconieri* sind Gehilfen, *carusi* Träger in den Minen. Früher waren es hauptsächlich kleine Jungen, es konnten aber auch Frauen und Mädchen sein.

S. 126 Luigi Capuana (1839-1915), der eigentliche Theoretiker des italienischen Verismo, der italienischen Variante des Naturalismus.

S. 130 »Ich lebe, / seht Ihr mich? ich spreche!« Ignazio Buttitta, *Die letzte Karte*.

S. 137 *Pignolata* ist ein Gebäck aus frittierten Mürbeteigstängelchen, die wie Pinienzapfen geschichtet werden, und Honig.

S. 140 Emilio Cecchi (1884-1966), italienischer Schriftsteller und Kritiker, *Et in Arcadia Ego*, Reise nach Griechenland.

S. 142 *Selinon*: Der alte griechische Name des Flusses, heute heißt er Fiume Modione.

La scultura ...: Die Steinskulpturen von Selinunte.

S. 151 »... *il cui nome* ...: »... dessen griechischer Name / ein Vers ist, süß in der Wiederholung.« Gemeint ist der sizilianische Dichter Salvatore Quasimodo.
Jacopo da Lentini, erwähnt bei Dante, *La Divina Commedia*, Purgatorio, XXIV, 56, Dichter der sizilianischen Schule, Notar, war am Hof Friedrichs II.

S. 152 *Coppedè*: Bekannte Familie von Baumeistern und Dekorateuren, ihr Stil ist eine Mischung aus den unterschiedlichsten Stilrichtungen.
Brianza, Gebiet in der Lombardei, Industriezone im Einzugsbereich von Mailand, das Carlo Emilio Gadda beschrieb.

S. 154 *Ligäa.* Die Sirene. Eine Novelle von Giuseppe Tomasi di Lampedusa.
Elio Vittorini (1908-1966), sizilianischer Autor.

S. 155 INA Istituto Nazionale Assicurazioni.

S. 157 Die Titel von Uccellos Aufsätzen heißen übersetzt: Risorgimento und Gesellschaft in den sizilianischen Volksliedern: Das Puppentheater von Syrakus, Lieder aus der Val di Noto, Gefängnis und Mafia in den sizilianischen Volksliedern, Die Holzkultur in Sizilien ...

S. 163 Es ist das Jahr der Bauernrevolte in Sizilien, die Großgrundbesitzer flüchten vor den Bauern, und Garibaldi kommt nach Sizilien.

S. 166 *Madonna*: Es handelt sich um das Bild der weinenden Madonna in Syrakus: Madonna delle lacrime di Siracusa.
Scelba, s. o., er erließ ein neues Polizeigesetz.

S. 169 *Kafis*: Ein altes Ölmaß.

S. 170 *Soldatis Gedicht*: An der rissigen Wand / eine junge Frau: / ich weiß ihren Namen nicht mehr. / Ich sehe ihr Lächeln, / den Blick, / das Oval ihres dunklen Gesichts ...
Cesare Zavattini, italienischer Schriftsteller.
Grand Hotel: Italienische Wochenzeitschrift, ausschließlich mit Fotoromanen.

S. 173 *Der ewige Almanach* des Rutilio Benincasa, *Führer zum Monte Pellegrino* und *Patti und die Geschichte seines Bistums.*

S. 174 Das Gedicht von Lucio Piccolo lautet auf deutsch: »So nimmst Du den Weg zum Berg: an diesem Tag / sollte der Wind den Seefahrern nicht von Norden wehen, / sondern von der anderen Seite, wo die Berge sich in Schlünden verdunkeln / und wenn die Zeit kommt der Feste aus Rot und Silber ...«

S. 177 *Il Gattopardo: Der Leopard* von Giuseppe Tomasi di Lampedusa, dtsch. 1958.

S. 178 Lucio Piccolos Verse: »... erlosch allmählich die Strenge der Verse / das Dunkel ist dichter / erscheint die Ruhe, ist doch Fieber / der Schatten hängt am geheimen / Schlagen eines riesigen Herzens / aus Feuer.«

S. 179 *Naso*, die Stadt, bedeutet auch Nase; *incudine* ist der Amboß; *conone* eine Vergrößerungsform von *cono*, der große Kegel.

»*biondo* ...«: »Er schien so blond und schön und ritterlich«, Dante, *Die göttliche Komödie*, Purgatorio, III, 107, übertr. von Wilhelm G. Hertz.

Vento di Soave: »Der Sturm aus Schwaben ...« Dante, ib., Inferno, III, 119. Gemeint sind die Staufer.

S. 182 »*Terrore* ...«: »Schrecken am Strand: blindwütendes Rauben reißt im Geschrei den Rock als Banner mit / und der Korsar mit Augen aus schwarzem Porzellan, / mit einem Schlangenbart: / der Säbel rasselt gegen die Stöcke der Bauern ...«

S. 184 »*anime* ...«: »Die Seelen, die diesen Orten entsprechen.«

S. 185 »*I giorni* ...«: »Die Tage des zerbrechlichen Lichtes, die Tage / gefangen in einem frischen Schütteln / von Zweigen ... ach, rufe sie nicht zurück, bewege sie nicht / auch der scheueste Hauch ist Gewalt, / die sie belästigt ...«

Ereignisse

S. 199 Motto: »Einsam zogen wir ins Verderben«, Giuseppe Ungaretti, *Letzte Chorgesänge für das verheißene Land.*

S. 204 *Garofano Rosso*: Elio Vittorini, *Die rote Nelke*, dtsch. 1948.

S. 204/205 Euripides, *Iphigenie auf Tauris*, zit. in der Übersetzung von J. M. Stowasser, Wien 1926.

S. 217 Camilla Cederna, geboren 1921 in Mailand, Journalistin und Schriftstellerin. Zitat aus Alberto Savinio, *Stadt, ich lausche deinem Herzen*, dtsch. Frankfurt 1989.

S. 218 *Unni* ...: Dort, wo Ihr Berge aus Kreide seht, / das ist

Salemi, macht einen Bogen darum herum: / hier sind die Leute Feinde des Kreuzes, / Freunde Satans.

S. 221 »Und Schön-Trinacria, das düster raucht
Zwischen Pachynum und Palor gelegen,
Am Golf, wo Eurus so gewaltig faucht,
Nicht Triphoeus' nur des Schwefels Bildung wegen ...«
Dante, *La Divina Commedia*, Paradiso, VIII, 67.

S. 223 Luigi Pirandello, *Il fu Mattia Pascal*, 1904.

Inhalt

Theater

Personen

Ereignisse